中青年学者文库

汤哲声 ◎著

中国现代
通俗小说思辨录

北京大学出版社
PEKING UNIVERSITY PRESS

图书在版编目(CIP)数据

中国现代通俗小说思辨录/汤哲声著.—北京:北京大学出版社,2008.5
(未名·中青年学者文库)
ISBN 978-7-301-13731-4

Ⅰ.中… Ⅱ.汤… Ⅲ.小说-文学研究-中国-20世纪 Ⅳ.I207.42

中国版本图书馆 CIP 数据核字(2008)第 060170 号

书　　　名:	中国现代通俗小说思辨录
著作责任者:	汤哲声　著
责 任 编 辑:	魏冬峰
标 准 书 号:	ISBN 978-7-301-13731-4/I·2039
出 版 发 行:	北京大学出版社
地　　　址:	北京市海淀区成府路 205 号　100871
网　　　址:	http://www.pup.cn
电　　　话:	邮购部 62752015　发行部 62750672　编辑部 62752824
	出版部 62754962
电 子 邮 箱:	weidf@pup.pku.edu.cn
印 　刷　 者:	北京汇林印务有限公司
经 　销　 者:	新华书店
	650 毫米×980 毫米　16 开本　14.75 印张　214 千字
	2008 年 5 月第 1 版　2008 年 5 月第 1 次印刷
定　　　价:	29.00 元

未经许可,不得以任何方式复制或抄袭本书之部分或全部内容。
版权所有,侵权必究
举报电话:010-62752024　电子邮箱:fd@pup.pku.edu.cn

目 录

一　中国现代文学的发生是 1892 年还是 1917 年 / 1

二　"鸳鸯蝴蝶派"是个什么样的社团流派 / 9

三　何为通俗小说的苏沪派、京津派、台港派 / 17

四　她们怎样变成祥林嫂 / 25

五　孝子、"马浪荡"和才子加流氓 / 32

六　《蜀山剑侠传》、《卧虎藏龙》、《联镖记》、《七杀碑》/ 39

七　金庸小说中的武功、侠义和女人 / 51

八　英雄和美女：古龙小说的创新和危机 / 60

九　中国武侠小说的三个波段和"21 世纪新武侠"
　　的创新 / 70

十　程小青的《霍桑探案》和孙了红的《侠盗鲁平》/ 77

十一　侦探小说的"栽花不成"与"插柳成荫" / 86

十二　电影和书局：通俗小说创作"升腾"之两翼 / 96

十三　现代通俗小说期刊的"彩色系列"和
　　　"方型刊物" / 105

十四　东吴系、复旦系和新浪漫主义作家 / 115

十五　"故事新编体"小说与"海派狭邪小说" / 122

十六　市民视野和原生态的"海派小说" / 134

十七　滑稽小说的"嬉笑怒骂"与"世俗话语" / 142

十八　《李自成》、《雍正皇帝》、《曾国藩》、《胡雪岩》/ 153

十九　中国科幻小说为什么不繁荣／163

二十　"爱国小说"、"国难小说"和"抗战小说"／172

二十一　张恨水怎样"引雅入俗"／182

二十二　张爱玲和琼瑶：爱情的问号与感叹号／189

二十三　《上海宝贝》、《糖》、《乌鸦》／197

二十四　休闲娱乐、自然人性和模式化／207

二十五　新文学对通俗小说的批判与失误／218

后记　苦在其中,乐在其中／226

一

中国现代文学的发生是1892年还是1917年

以 1917 年 1 月胡适在《新青年》上发表《文学改良刍议》为标志论定中国现代文学的发生似乎已经成为学术界的共识。如果仅仅从文学观念上的变革,并且以"人的发现"和人道主义的宣扬作为现代文学的核心价值的话,以胡适的这篇文章作为现代文学的发生无可厚非。但是文学史的划分绝不仅仅是文学观念的变革,它还需要创作观念和创作体系的变革。如果我们论定创作观念、创作体系和文学观念是划分文学史阶段的三个指标的话,以 1917 年 1 月作为现代文学开端的划分点就不合理了,它应该是 1892年。为什么这么说呢?因为这一年出现了一部性质上有别于古代文学的小说:韩邦庆的《海上花列传》。关于这个问题我师范伯群教授和师兄栾梅健教授都有很多精彩的论述,发表了很多文章。他们的观点我很赞同。这里是我的一些想法,算是一点补充,很多论点来自他们的启发。

韩邦庆的《海上花列传》最初连载于 1892 年的《海上奇书》,1894 年结集出版。说它不同于古代文学首先就在于小说写的是"今社会"的人和事。

作者开篇就说,他写的是自通商以来"海上"(当时不少文人将上海称为"海上")的故事。写"今社会"还是写"过去的事"是区分现代文学与古代文学的要素之一。中国古代文学(特别是小说)总是写"过去的事",《三国》、《水浒》、《西游记》、《红楼梦》皆如此,它们更多的是从历史的起承转合和人生的悲欢离合之中总结历史或感叹人生,写"今社会"就不单纯是总结和感叹了,它更多的是对当今社会问题的思考,是对当今的读者怎么处世做人的指导和劝诫。《海上花列传》又思考和劝诫什么问题呢?我们看韩邦庆是怎么解释他为什么创作《海上花列传》的,他说:"只因海上自通商以来,南部烟花日新月盛,凡冶游子弟倾复流离与狎邪者,不知凡几。虽有父兄,禁之不可,虽有师友,谏之不从。此岂其冥顽不灵哉?独不得一过来人为之现身说法耳!方其目挑心许,百样绸缪,当局者津津乎若有味焉,一经描摹出来,便觉令人欲呕,其有不爽然若失,废然自返乎?"这段话中有三层意思,一是他写的是眼前正在繁荣起来的"通商"以后的上海;二是他讲的都是"过来人的现身说法";三是扮演着一个"劝诫者"的身份,要用形象的语言描述那些来上海的淘金者怎样"着道"的过程。将文学作品视为生活的指导书是中国现代文学的重要特色,通俗小说如此,雅小说同样如此(雅小说的概念并不科学,但又找不到更适合的说法,姑妄称之)。

《海上花列传》的现代意义还表现在它是一部现代"移民小说"。移民是因为工商业的迅猛发展和对劳动力的量的需求,被看做商品的流动和商品积累的重要标志,看做现代社会的文化特征。不同于写农耕社会生活的古代文学,移民文学从题材上说就属于现代文学的一个类型。在中国社会现代化的过程中,上海起到了先锋队的作用。自开埠以来,上海从一个海边小城迅速成为国际大都市,被看做中国社会现代化的风向标。《海上花列传》写的就是大量的江南财富怎样随着商人们进入了上海,大量的劳动力怎样快速地聚集在上海,并开始形成了城市市民阶层。如果说中国社会的现代化以上海开埠开始,《海上花列传》实际就是上海社会现代化进程中最初的文学记录者。

韩邦庆说他写这部小说是为了劝诫那些新移民们不要落入陷阱,但是最让读者凛然的倒不是那些劝诫的话语,而是那些所谓的真实的故事中闪现出来的当时上海特有的"移民文化":"淘金"和"着道"。到上海就能赚到钱在清末民初的中国已经成为了社会的"共识",于是各色人等都涌进了上海"淘金"。但是到上海"淘金"要遇到各种问题,还有很多陷阱,弄得不好就要"着道",这也是一个社会"共识"。"淘金"的方式有多种,"着道"的花色有多样,其心态之恶劣、手段之肮脏,令人咋舌。小说侧重写了来到上海做生意的赵朴斋怎样一到上海就陷入"花丛",结果弄得人财两空在街上乞讨。赵朴斋为什么会"着道",就因为妓女花言巧语的骗局和同行们天衣无缝的设局。小说中那些"着道"之人无一不是带着"淘金梦"来,又无一不是怀着一颗破碎的心而去。可是当我们同情赵朴斋的遭遇时,却又感受到了上海社会正在弥漫着的一种新的价值观念,那就是现代社会的商业关系的信息:金钱观念和交易观念。这样的价值观念似乎很伤人,却也很诱人。小说中的赵朴斋受了骗,退出这个角逐场,回到乡下去了吗?没有。他不过将这次变故看做一次交学费,他将用他的移民经验再从新的移民那里赚回他的钱。更有意思的是赵朴斋的妹妹赵二宝随母到上海追寻陷在妓院里无法脱身的哥哥赵朴斋,要把哥哥带回去。谁知,到了上海以后的赵二宝不但带不回哥哥,反而觉得做妓女能赚大钱,自己也就"落到堂子"里。其母其哥表示支持。赵朴斋置家具、写牌匾,从此"趾高气扬,安居乐业"。他们的朋友也不觉其耻,不断结帮,前来哄抬(第35回)。"笑贫不笑娼"是因为娼能赚到钱。小说不是用家破人亡的例子说明道德的失缺,而是打着揭黑的旗号写人与人之间的金钱交易和商品意识,以及趋利的社会心态。从这个意义上说,《海上花列传》记载的是现代城市文化发展的一个过程。

韩邦庆的《海上花列传》已经拉开了中国现代文学的大幕,但这还只是一种小说的叙述。对这样的文学现象进行理论总结的是两篇文章,一篇是几道(严复)、别士(夏曾佑)1897年在《国闻报》上连载的《本报附印说部缘起》和梁启超1902年发表在《新小说》上的文章《论小说与群治之关系》。这两篇文章有三个方面很值得一说:一是"重小说"。中国是一个诗文大国,中国文人从来就以能写诗作文而自豪,小说从来就是边缘化的。但是这两篇文章却强调了小说的重要性。中国现代文学当然是小说、诗歌、戏剧、散文都各具特色,但是小说显然处于现代文学的中心位置,说现代文学就是小说的时代也不为过,而小说如此明确地被推崇也就是从这两篇文章开始。二是"今社会"。为什么如此地推崇小说,就在于小说能够生动地反映当今社会复杂的人和事。"今社会"的生活韩邦庆在小说中已经表现了,这两篇文章在理论上再一次强调其重要性。三是"寓教育"。这两篇文章都将新小说看做新国民的前提和必要的条件,小说的工具化和教育化在他们那里得到特别的强调。用小说"寓教育"是中国现代文学的特色。如果我们将这两篇文章与后来的文学研究会的宣言、鲁迅的《〈呐喊〉自序》、毛泽东的《在延安文艺座谈会上的讲话》等中国现代文学史上的重要文章联成一线的话,我们可以发现它们之间的思维方式具有很强的相似性。

《海上花列传》和《本报附印说部缘起》、《论小说与群治之关系》值得关注的另一个问题是它们发表的刊物《海上奇书》和《国闻报》、《新小说》。《海上奇书》是韩邦庆自编的、创刊于1892年的个人杂志,《国闻报》是我国早期的新闻报纸之一,《新小说》是梁启超为主笔的创刊于1902年的综合性文艺杂志。发表小说和文章不再是斗室创作、自己刻印、赠送亲友,而是以大众媒体为载体,它们的出现标志着文学创作体系中一种新的生产方式的到来。小说与大众媒体的联姻不仅要求作家们更加关注现实,关注老百姓的民生,大众媒体的大众化要求对小说创作的审美形态也产生着深刻的影响。

开始时作家们对新闻和小说的认识并不是很明确,他们经常将小说就看做新闻。当时黄人在为《小说林》写发刊词时,就明确地说:"新闻纸报告栏中,异军特起者,小说也。"[①]后来他们逐步认识到小说毕竟不是新闻。到了民国初年,小说开始从报纸中剥离出来。这种剥离最明显地表现为报纸副刊向文艺性杂志的过渡。以《民权报》副刊为大本营,派生出《民权素》、《小说丛报》、《黄花旬报》、《小说新报》、《小说季报》、《五铜元》、《消闲钟》

---

① 黄人:《小说林发刊词》,载《小说林》1907年第1期。

等；从《申报》副刊《自由谈》、《时报》副刊《滑稽时报》、《新闻报》副刊《庄谐丛录》起家派生出《小说月报》、《自由杂志》、《游戏杂志》、《礼拜六》、《女子世界》、《小说大观》、《小说画报》、《半月》、《星期》、《小说时报》、《妇女时报》等数十种杂志。有的刊物如《自由杂志》、《小说时报》本身就是报纸副刊的汇刊。依靠大众媒体创作小说是现代文学不同于古代文学的生产基础，在这个时期它被确定为一个规律了。

中国传统小说几乎都是长篇小说，篇幅较短的也就是根据"说话"改编的一些话本小说和一些文言的笔记小说。因此，短篇小说的出现被认为是现代小说的一大特色。中国短篇小说是在民初通俗小说作家手中形成的（当然与新文学作家的要求还有差距）。短篇小说的形成并不是这些通俗小说作家对之有特别的认识，而是由报刊的要求所决定的。报刊的篇幅有限，而且是分期发行。报刊的这种特殊性使得惯于长篇制作的中国作家很不适应。开始时，以报刊篇幅的大小决定长篇小说的中断处（如《瀛寰琐记》），但是这种不论小说内容（甚至不论一句话是否说完）就中断的做法大大减弱了读者的阅读热情，于是就改革为以章回作为长篇小说的中断处（如《新小说》），然而这种方法实行了不久也出现了问题。就读者来说，他不愿意看这种断断续续的小说；就作者来说，他的创作热情不能得到持续，在创作过程中往往因为主观上的热情转移或客观上的报刊停刊而使作品半途而废，这也是当时很多作品成为半截子的一个原因；就书商而言，他更不愿意作品的中断影响稳定的读者群。正因为这样，到《小说时报》（1909）时，就宣布每部小说一次刊完。然而，又到哪里去寻找这么多的长篇小说呢？而况这些作家都是整天为几个报刊写作的"忙人"，很难枯坐数月潜心创作的。在这样的情况下短篇小说也就成为报刊小说的最佳选择。这种变化可以从当时期刊刊载短篇小说的数量上看出。最早标明"短篇小说"的作品是《月月小说》（1906），仅是每期一篇。到了《小说月报》（1910）和《小说画报》（1917）时，每期均有4—6篇短篇小说，长篇小说已退居其后了。

到了1920年,《小说月报》就明确宣布"惟以短篇为限,长篇不收"①。短篇小说被视为新时代的新体裁,被视为反映社会生活的"最经济的手段",其中的原因当然很多,实在也是报刊"逼迫"的结果。

清末民初时期也是外国小说被大量翻译进中国的时期,这个时期的作家们不像"五四"时期的新文学作家带有目的性地翻译外国小说,他们是根据市场的要求寻找外国小说并翻译之。这个时期作家们的外国文学修养和外语水平也不如"五四"时期的新小说家们,他们中很多人甚至不懂外语(如林纾),因此,他们的译作的质量不如"五四"时期的新小说家们的译作。但是我们不能不承认,在泥沙俱下的同时,很多当时世界的一流作家作品是他们首先引进到中国来的,如托尔斯泰、果戈理、巴尔扎克、莎士比亚等等。更为重要的是此时的作家们又是十分贴近市场的作家,他们不像"五四"新文学作家那样具有文学改革的自觉性和理论性,但是他们善于吸收市场能够接受的新鲜事物。从外国翻译小说中吸收一些美学要素促使中国传统小说模式发生转型,也使得此时的小说具有了一些现代色彩。在外国小说的影响下,中国小说从传统的说史、故事、神怪、公案等分类中转变为社会、言情、武侠、侦探、历史、科幻等各种小说文类,标志着中国小说的美学的评判标准与世界文学趋向一致。

以外国小说为标准,鲁迅等中国作家在"五四"时期对中国小说的审美形态进行了结构性的变革,他们创作的小说被称为"新小说"。但是"五四"时期之前中国的小说是不是出现了一些新的因素呢?也还是有的。中国传统小说从全知型的叙事视角转向半知型的叙事视角(第一人称)完成于清末民初时期。据现有资料,中国最早的用"我"作为叙事视角的小说是1903年吴趼人创作的《二十年目睹之怪现状》。这样的尝试,当时就受到人们的关注,并得到好评。这样的创作视角到了后来的"鸳鸯蝴蝶派"作家手中已经成为了时髦文体。作家们争相写作"我"所见、"我"所闻和"我"所感。到1917年《小说画报》创刊时,"鸳鸯蝴蝶派"中的有些作家甚至尝试第三

---

① 《小说月报征文广告》,载《小说月报》1920年第11卷第1期。

人称的写作,例如周瘦鹃的《檐下》、徐卓呆的《石佛》等作品。白话创作是现代文学重要的美学标志,其实从小说创作的角度上说,白话创作在清末民初时期已基本成型,道理非常简单,小说是发表在大众媒体上的,大众媒体是给大众看的,小说语言不大众化怎么行呢？不仅如此,他们已经将白话创作提高到文学观念的层面。1917年1月(胡适此年此月在《新青年》上发表《文学改良刍议》),包天笑在其主编的《小说画报》创刊号上作《短引》,他提出:"盖文学进化之轨道,必由古语之文学变而为俗语之文学……乃本斯创兹小说画报,取浅显,意则高深,用为杂志体例。"并在《例言》中说:"小说以白话为正宗。本杂志全用白话体,取雅俗共赏,凡闺秀学生商界工人无不咸宜。"白话创作有白话描述与白话刻画的不同,我们可以体会到包天笑等作家的白话创作与鲁迅等人优秀的"五四"白话小说的差别,但是我们不得不承认《小说画报》是中国第一份白话文学杂志。短篇小说是中国现代文学重要的文体。"短篇小说"的名称出自晚清时期的杂志,此时的作家也写了一些称之为"短篇小说"的作品。但是,总体上说,这些"短篇小说"还不能称为现代意义上的短篇小说,因为它们虽然篇幅短小,结构上还不能做到"截取一段人生来描写"[①],还是时间艺术。不过,也应该看到,既然是写"短篇"的小说,作家们就必须在调整小说的时空布局上做出一些努力,例如,他们开始大量采用倒叙的方法叙述情节,其中运用得最多的是"梦境"和"小序"。所谓"梦境",就是把将来发生的事情拉到现实生活中来,把传统小说中惯用的因果叙述颠倒过来,周瘦鹃等人的小说最善于运用此法;所谓"小序",就是把小说的结局用小序的方式置于小说的开头,然后再叙述故事的正文,最后呼应,包天笑、最哉等作家最善于运用此法。这种做法在鲁迅的《狂人日记》等早期小说中还存在着。

根据以上的分析,我们可以得出这样几个结论:

用现代的眼光看待中国文学的发展进程,中国现代文学的开始应该以

[①] 沈雁冰:《自然主义与中国现代小说》,载《小说月报》1922年7月第13卷第7号。

韩邦庆《海上花列传》为标志,发生在该小说开始连载的 1892 年。1917 年胡适发表《文学改良刍议》标志着中国现代文学史上的"新文学阶段"的开始。如果只是以 1917 年作为现代文学的起点,并且仅仅将新文学的价值观作为现代文学的价值观,这样的文学史只能称之为"新文学史",而不是"现代文学史"。

新文学登上文坛以后,将清末民初的作家作品称之为"鸳鸯蝴蝶派",后来统称为"通俗文学"(下面将专论这个问题),就沿用这样的称呼。应该承认通俗文学是中国文学现代化的开创者,他们为中国文学的现代性的转型做出了很多努力。

新文学与通俗文学都是中国现代文学的组成部分。1892 年到 1917 年之间,中国文坛上只有通俗文学。1917 年以后中国文坛上是新文学与通俗文学双流并进。在抗日战争的背景下,新文学与通俗文学开始合流。如果再将眼光放到当下,雅俗合流的趋势还在发展,但是通俗文学似乎更加繁荣。新文学与通俗文学之间发生过多次争论和批评。这种争论和批评只是中国现代文学发生进程中不同流派之间正常的文艺运动。这样的争论和批评更多的具有积极意义,它使中国文学的创作更加的繁荣,那种站在某一方面分析和评判另一方面,是文学研究者不可取的态度。

二

"鸳鸯蝴蝶派"是个什么样的社团流派

在相当长的时期内,文学史都将"鸳鸯蝴蝶派"看成中国现代文学的"逆流",看成是"五四"新文学的对立面。但是,如果进一步追问,知道"鸳鸯蝴蝶派"究竟具有什么样的特征和价值取向么?可能真正能回答的没有几个人。

与文学研究会、创造社等文学社团流派不一样,"鸳鸯蝴蝶派"并没有什么创作宣言,也不是什么组织严密的文学团体,它只是以文学杂志为纽带,文学趣味相近的中国传统文人们活动于清末民初松散的文学社团流派。"鸳鸯蝴蝶派"是新文学作家给予他们的名称。据现有资料,最早这样称呼的是周作人。他在 1918 年《新青年》第 5 卷第 1 号上发表《日本近三十年小说之发达》一文,谈论到中国文学流派时说:"此外还有《玉梨魂》派的鸳鸯蝴蝶体,《聊斋》派的某生者体。"以后胡适、鲁迅、茅盾等人在文章中就逐步用"鸳鸯蝴蝶派"称呼他们,到了现代文学被写成史的时候,他们也就理所当然地被戴上了这顶帽子。

"鸳鸯蝴蝶派"究竟是什么样的社团。它的第一个特征就是他们是传统型作家。他们是沿袭着几千年中国文化传统的新时期的文学传人。他们具有很强的民族情绪。大多具有汉族情结,反对满清政府。1911年民国政府成立以后,包天笑曾经说过一句话,很能代表他们的政治立场,那就是:"所持的宗旨,是提倡新政制,保守旧道德。"①他们提倡的新政制是刚刚成立的共和制度。他们为什么要提倡共和制度呢?并不是共和制度所表现的人权、民主和自由,而是认为刚刚建立的共和制度是汉族人建立的政府,他们对共和制度的认识主要还是从民族主义的角度出发的。同样是从民族主义的角度出发,他们具有强烈的爱国主义思想:对外,他们反对帝国主义侵略,因此,他们成了现代文学史上写"爱国小说"、"国难小说"最多的作家;对内,他们反对军阀的统治,他们认为军阀政府是卖国政府,是中国始终不能强盛的政治根源。民族主义在他们看来就是一个中国人的气节,这是大义。从生活经历上说,"鸳鸯蝴蝶派"作家都是在科举场上跌打摸爬多年的文人。历史的变化使得他们失去了考取功名的机会,但是,中国传统的道德观念已经渗透于他们的言行之中,仁爱忠孝、诚信知报、修己独慎,成了他们论人处世的基本标准。只要简单翻一翻"鸳鸯蝴蝶派"的小说就会发现,做坏事的人一定是道德败坏者,做好事的人则一定在道德上也是一个君子。所以说,"鸳鸯蝴蝶派"小说也可以称之为道德小说。

　　坚持传统文化,就以为"鸳鸯蝴蝶派"作家是一个整日只会寻章摘句的"书蛀虫",那就错了。在实际生活中,他们是中国最后一批风流倜傥的传统名士。他们的形态风姿在很多小说的描述中可以体会到。以《海上花列传》为例,该书从第39回开始写以号称"风流广大教主"的齐韵叟为首,包括高亚白、方蓬壶、华铁眉等在内的名士在"一笠园"里的风流生活,他们拥妓点香、花酒填词、以四书五经中的典故作秽亵文章,以点配青楼女子为乐趣,并以为雅。在自况色彩很浓的毕倚虹的《人间地狱》中,我们还可以看到那些已经有现代职业的名士们的生活状态。柯莲荪、姚啸秋、赵栖梧或者

---

① 包天笑:《钏影楼回忆录》,香港:大华出版社1971年版,第391页。

在报馆里操觚,或者在银行里办事,生活不如齐韵叟那么优游,但是他们同样追求名士生活,坐谈风月、看花载酒、互为欣赏、互为唱和。特别值得一提的是他们接待和尚朋友苏玄曼上人的方式竟是召妓吃花酒。苏玄曼上人被认为影射的是苏曼殊。作者这样描述苏玄曼上人:"虽说是自称和尚,但见他诗酒风流,酒色不忌,性情孤傲,语言雅隽,并且间擅中西,诣兼儒佛,实在算得如今一位硬里子的名士了。"(第20回)这个和尚也真了得,不仅酒肉照吃、风月照弄,还是一个"品花"高手。他对身旁的妓女有这番评论:"老老实实一句话,秋波这孩子这般光艳明秀,确是出类的人才,我一见就赏识她。尤其好的是天真未凿,颦笑之间还夹着三分稚气,两分憨态。这种稚气憨态,女儿家只有十四五岁的时候有。过此以往,光艳有余,娇憨渐去。这个时候真是极好的时代,所谓好花看在半开时。"从这番评论中可以感受到这位和尚的"品花"水平,名士风流即使是整日混在妓院里也是本色不变。《九尾龟》里的章秋谷是一个浪迹在妓院里的人,但他也是相貌堂堂,能文能武,眼界和品位都高人一等,成为众妓女心中的一颗明星,成为"妓院法院"中的法官。

"鸳鸯蝴蝶派"这样的名士作风是从哪里来的呢?我认为有两方面的原因很值得一说。

一是江南士族的传统风气。清盛时"士大夫必游"的五都会是北京、南京、杭州、苏州、扬州。北京和南京是科举之门,到那里去是为了寻求功名。杭州、苏州、扬州则是烟花之地,士子到那里是为了显示归隐气质和清流姿态。后三座都会都在江南。江南地区读书风盛,士风绮丽,"江南财赋地,江浙文人数",这个区域本就是才子佳人尽情处。"鸳鸯蝴蝶派"作家几乎都出生在苏州地区、杭州地区和扬州地区,主要活动场所是上海。所以说,"鸳鸯蝴蝶派"作家身上的那些名士气质是与生俱来。

二是"鸳鸯蝴蝶派"作家与南社的关系。江南文化只是传统,这些作家身上的名士气息在清末民初得到进一步张扬主要是南社。在反清的旗帜下,清末民初之际江南的士子们纷纷结团结社,其中最著名的就是南社。南社主要是文人组成的文学团体,自1909年第一次雅集到1936年,前后活动了27年之久,社友达一千多人。这个相当庞杂的社团基本上聚集了当时江南所有的文人,"鸳鸯蝴蝶派"作家几乎都是南社成员。包天笑、叶小凤、朱鸳雏、刘铁冷、许指严、贡少芹、苏曼殊、陈蝶仙、范烟桥、周瘦鹃、姚民哀、胡寄尘、徐枕亚、吴双热、赵苕狂等人都是南社的主干,也是"鸳鸯蝴蝶派"的主要作家。所以说"鸳鸯蝴蝶派"具有很浓的"南社色彩"。南社的活动极具名士做派:倨傲不驯,不拘小节;拥美醉酒,吟风弄月;互为唱和,众人雅集。郑逸梅在《南社成立及其他支社》中对南社成立时的情况有这样的描述:"社员和来宾共十九人,先后都到了。开了两桌,菜肴是船上备着的。一方面喝酒,一方面选举职员……选举既毕,觥筹交错,酒兴勃发,大家都带着醉意,高谈阔论,忽然谈到诗词问题,亚子为人不解世故,是很率直且复天真成性的,闹出一个小小的笑话来……""鸳鸯蝴蝶派"的名士作风就是南社作风的翻版。作家们常常以酒为媒,聚集在一起高谈阔论,其地点不拘,甚至在妓院里。包天笑在他的《钏影楼回忆录》里有这样的回忆:"如苏曼殊在上海,极为高兴,主人为他召集许多名花坐其侧,我有句云:'万花环绕一诗僧',在座大都是南社中人。我亦常在座,无容讳言,二十年颠倒于狂荡世界,诚难自忏也。"[1]南社成员都有很多斋名,"鸳鸯蝴蝶派"作家不仅有斋名,还以花品为序以稗品喻人,如以"细密"喻包天笑,以"娇婉"喻周瘦鹃,以"哀艳"喻徐枕亚等等,名士气十足。

才子写小说首先选择的就是才子与佳人的故事,你写一部,我写一部,民初的言情小说也就这样被哄抬了起来。才子写小说一定要炫耀才气,因此,此时的言情小说几乎都是文言写作,诗文并茂,用词典雅,如徐枕亚的《玉梨魂》就是一部骈文小说。深深男女情,浓浓才子气;一把辛酸泪,莫云作者痴。民初言情小说就是这些江南文人的精神写照。除去那些贬义,将这些作家称之为"鸳鸯蝴蝶派"确也符合他们的气质和小说成绩。

历史也给这批江南文人提供了机遇。清末民初以来,新兴的现代传媒在上海蓬勃发展起来,办报、办杂志一时成为一种时髦的产业。所以中国科

---

[1] 包天笑:《钏影楼回忆录》,香港:大华出版社1971年版,第355页。

举制度的废除,对江南文人并没有什么影响,他们纷纷进入了报馆、杂志社,成为各种报刊、杂志的主笔。他们也许对现代报纸、杂志的新闻性没有多少认识,但是他们善于文学创作,于是就在各种刊物上写小说、写诗歌,互相应酬,互相哄抬,十分热闹。

于是"鸳鸯蝴蝶派"作家就有了双重身份:他们是中国最早的报人,又是小说家。新闻工作的经历和操作方式对他们文学创作生产体系的改变起了至关重要的作用。新闻刊登在报刊上,小说也刊登在报刊上;新闻写作有稿费,小说写作当然也有稿费;新闻写作需要"读者效应",读者多,报纸销路广,记者就成了名记者,小说创作同样需要"读者效应",读者多,报刊的销路广,作家就成了名作家。既然记者是一种工作,新闻是一种事业,作家自然成为一种工作,写作自然成为一种事业。根据现有资料,当作家在当时经济效益还不错。以1904年的稿费价格计算,上海报界文章的价格是"论说"每篇5元,而当时一个下等巡警的工资每月只有8元,一个效益较好的工厂的工人工资每月也是8元。在报章上连载小说,收入似乎特别好。同样以1904年的小说市价为例,一般作家的稿费是千字2元,名家的稿费是千字3—5元(如包天笑是千字3元,林琴南是千字5元),以每月写稿2万字计算(这一字数对当时的作家来说并不算多),每月的收入也有40元以上。更何况这些作家都是笔耕不辍,同时为数份报纸、刊物写稿,其收入是可想而知的。既然创作文学作品的收入不菲,名利双收,作家也就成了一个热门的行业。中国第一批职业作家就出现了,这就是"鸳鸯蝴蝶派"作家。

他们是真正意义上的市场化的职业作家。他们不同于鲁迅等人将市场作为生存的手段进行社会启蒙和思想启蒙,而是完全将市场视为能否生存的生命线。他们也进行社会批评,依赖的是市场所提供的现代传媒。现代传媒代表着相对独立的"公共舆论",它给作家们相对独立的人格空间。在传媒手段完全市场化的前提下,职业作家完全可以根据自己的文化观念和政治观念表明自己的生活态度。清末,"鸳鸯蝴蝶派"作家们对官场的腐败嬉笑怒骂;民初,"鸳鸯蝴蝶派"作家们反对袁世凯复辟;20世纪二三十年代,通俗小说作家们抨击社会乱象,嘲讽军阀政府。"鸳鸯蝴蝶派"作家们能够从各自的文化立场和做人的标准对主流意识形态进行批评,没有相对独立的经济空间根本不可能。他们把文学创作作为谋生的手段,为了活得更好,他们就必须使其创作服从于市场(尽管有些不甘心)。他们的文学作品有着更多的"市场气"。在市场的逼迫下,作家们很容易使得文学创作跟风走、庸俗化;但是它又促使着作家们具有很强的创新精神。他们要拼命地写好,也拼命地花样翻新,道理很简单,写得不好,总是老花样,就没人看,没人看就没有人请你写,也就没有了钱。于是,我们看见了"鸳鸯蝴蝶派"在受到新文学批评之后,不但没有衰竭,反而在20世纪二三十年代走向全面繁荣。从民初的社会小说、言情小说全面地扩展至二三十年代武侠小说、侦探小说、科幻小说、滑稽小说各种文类。我们也看到了他们二三十年代的小说创作中的社会批判明显加强。二三十年代的上海不仅是中国经济的中心,还是新文学创作的中心。在上海创作小说,要想得到市场,没有"新"的气息就不行。举个例子说明,早期的张恨水以创作社会言情小说为主,他创作了《春明外史》、《金粉世家》和《啼笑因缘》,前两部创作发表在北京,后一部创作发表在上海。《啼笑因缘》不同于前两部的地方最突出的是两点,一是写了社会压迫,二是建立了人物中心,小说所展示的悲剧是时代的悲剧,也是沈凤喜等人的性格悲剧。这两点正是新文学的特征,张恨水将之纳入通俗小说的创作之中,将中国通俗小说提高到一个新的境界。这是张恨水自己的努力,也受上海创作气氛的影响,正如他自己所说:"到我写《啼笑因缘》时,我就有了写小说必须赶上时代的想法。"[1]"鸳鸯蝴蝶派"的这些变化可以说是来自作家们的价值观念的变动,但是更主要的原因是市场的需求和市场的动力。

"鸳鸯蝴蝶派"小说创作的"新闻性"有没有负面影响呢?还是有的。清末民初的小说流行着"镜子说"的创作观念。何为"镜子说"?李涵秋在

---

[1] 张恨水:《我的创作和生活》,载魏绍昌编:《鸳鸯蝴蝶派研究资料(上卷)》,上海:上海文艺出版社1984年版,第254页。

《广陵潮》中有一段话说得很明白,他说写小说的目的:"不过借着这通场人物,叫诸君仿佛将这书当一面镜子,没有紧要事的时候,走过去照一照,或者悔改得一二,大家齐心竭力,另造成一个世界,这才不负在下著书的微旨。"(第52回)也就是说,作者只是客观地描写生活,至于小说能产生什么样的社会效果,那就靠读者自己了。"镜子说"符合新闻写作的"客观性"原则,却有悖于小说创作的"典型性"原则。与"镜子说"相匹配的还有他们创作中的"新闻采访法"。清末民初的通俗小说作家十分关注社会生活,他们把社会生活当作创作的源泉。李涵秋是民初著名的通俗小说作家,他的《广陵潮》是民初很有名的社会小说。时人对他收集材料的方式作了如下回忆:"先生于无聊时,每缓步市上,予以觇社会上之种种情状,以为著述之资料,所谓实地观察也。一旦遇泼妇骂街,先生即驻足听之,见其口沫横飞,指手画脚,神色至令人发噱,而信口胡言,尤极有趣,先生认为此种材料为撰稿是绝妙文章,因即听而忘倦。"①与李涵秋相同的还有写《茶寮小史》的程瞻庐。时人记载:"君偶出,见村妇骂街,辄驻足而听,借取小说材料。君得暇,啜茗于肆,闻茶博士之野谈,辄笔之于簿,君之细心又如此。"②这些都是新闻记者社会新闻的采访法。他们的小说素材也就是他们收集来的那些新闻材料,实录有余,提炼不够;材料丰富,思想微弱。为了吸引读者,就只能不断用"奇"、"怪"材料刺激读者。在文体上,他们还常常用"某闻"、"又悉"等等新闻导语导入,大新闻套着小新闻,若断若续,可以长至无穷。

这样的小说曾被"五四"新文学作家斥之为"黑幕小说"和"记账式小说",其根本原因就在于这些通俗小说作家对小说的美学原则认识不够,他们在用新闻的手法写小说,没有认识到小说创作除了生活的记载之外,还需要有对生活的主观判断和人物形象刻画。不过,应该特别强调的是,通俗小说的这种创作方式到20世纪30年代初开始发生改变。

---

① 余牖云:《涵秋轶事》,载《半月》第二卷第20号。
② 严芙孙:《程瞻庐小传》,载魏绍昌编:《鸳鸯蝴蝶派研究资料(上卷)》,上海:上海文艺出版社1984年版,第550页。

历史就是这么有趣,中国社会的现代化就在地域特点浓厚的中国江南地区开始了,于是一批熟读圣贤书的江南才子们就成了中国现代文学的开创者。他们身上的传统性、地域性和身处社会变革大环境中的现代性混杂在一起,这些特征也就构成他们的文学社团流派"鸳鸯蝴蝶派"的特征。

三

何为通俗小说的苏沪派、京津派、台港派

20世纪中国通俗小说作家主要集中在苏州和上海、北京和天津、台湾和香港。由于地域的特点,作家的创作风格很多方面显示出一致性,我称他们为苏沪派、京津派和台港派。这三个流派的作家不仅作品众多,而且此起彼伏地成为引领中国通俗小说创作的排头兵,因此,对这三个流派了解,也就了解了20世纪中国通俗小说创作发展变化的总体特点。

苏沪派主要活动于清末民初时期,苏沪派也就是"鸳鸯蝴蝶派"。说他们是苏沪派,一是为了与后来的两个派别一样,都是用地域来命名;二是这个流派的主要成员大多来自苏州及其周边地区,主要活动场所则在上海。苏沪派中徐枕亚、包天笑、周瘦鹃、李涵秋、李定夷等作家最有名,这五个人也被称为"鸳鸯蝴蝶派五虎将"。其中四个人来自苏州及其周边地区,即使最远的李涵秋,也不过是离苏州稍远一点的扬州人。

在"五四"新文学兴起的时候,这些作家作品曾经受到严厉的批判,新文学作家斥之为"守旧"的、"封建"的文学。这种说法并不准确。严格地

说,他们应该是一批继承着中国文化、文学传统的作家,他们的作品显示的是中国传统文化、文学在新时期的延续。这些作家大多是在科举场上爬滚过多年的中国传统文人,具有名士作风。他们小说中的价值观念基本上是中国传统的伦理道德,这是他们所恪守的做人的标准;小说风格基本上是中国传统的"笔记体"或者"话本小说体"。如果不是简单地排斥中国的文化、文学传统,而是将中国传统的文化、文学看做与"五四"新文学引进的西方文化价值观念和文学风格并行的文化、文学类型,这些通俗小说的"苏沪派"作家应该是中国20世纪文学的开创者之一。

关于20世纪中国通俗小说的苏沪派(也就是"鸳鸯蝴蝶派")作家的特点和贡献,我在前面已经讲了很多了,这里不再赘述。这里要讲的是这个派别的余绪。20年代以后,通俗小说进一步市场化以后,苏沪派的特征也就开始发生变化,特别是30年代初张恨水进入上海的创作界,标志着京津派在通俗小说创作中的中心地位开始确立。那么,在二三十年代苏沪派是否还有可圈可点的地方呢?也还是有的。这个时期他们还成立了两个社团:青社和星社。这两个社团可以看做苏沪派掀起的最后两轮涟漪。

青社成立于1921年上海的半淞园。主要成员有包天笑、周瘦鹃、何海鸣等人。出版的刊物是《长青》周刊。这个社团延续时间不长,刊物办了5期就停刊了,其社员大多移入星社。星社于1922年的农历七月初七在苏州留园成立,之所以题名为"星社"是因为这一日为"七夕",是牛郎、织女双星渡河之辰。最早的发起人只有范烟桥、顾明道、姚赓夔等9人,后来扩展到36人,号称"三十六天罡",再后来上海的那些名士文人纷纷加入,扩展到105人,并且力图将总人数定于108人,以凑水泊梁山之数。星社的活动场所主要在苏州,地点一般选择在园林和一些有厅堂客院的社员家中。苏州的那些妇女都是做点心的高手,所以开始时相聚的方式是茶话,后来嫌茶话热闹不够,改为酒集。星社的最后一次雅集是在1926年2月21日苏州的沧浪亭。星社的主要刊物是小型报《星》,大约出版35期后改名《星报》,再出版70期止。出版两本小说集《星光》,还办了《星宿海》、《罗星集》两个刊物,这两个刊物也各只有一期。无论是活动方式还是作品的风格,青社和星社都可以看做"鸳鸯蝴蝶派"及其刊物的延续。但是时代正在发生变化,那种老名士的做法虽然还能热闹一时,毕竟已不能产生多大能量了。随着两个社团的结束,苏沪派(鸳鸯蝴蝶派)的时代也就算过去了。

京津派的崛起与张恨水小说的走红有很大关系。早年张恨水在苏州蒙藏垦殖学校读书时就很受"鸳鸯蝴蝶派"小说的影响,他曾经写了两篇小说《旧新娘》和《桃花劫》向当时的《小说月报》投稿,此时用的笔名是"愁花恨水生"。最早的稿子虽然没有发表,但是受到《小说月报》主编恽铁樵鼓励。这段经历对张恨水后来走上小说创作道路影响很大。1924年张恨水的《春明外史》在北京的《世界晚报》上发表,引起轰动,张恨水一举成名。之后,他又发表了《新斩鬼传》、《京尘幻影录》以及《金粉世家》等小说,均产生了很大影响,标志着通俗小说京津派的形成。1930年张恨水应上海《新闻报》之约,在《新闻报》上发表小说《啼笑因缘》。这部小说的成功,不仅仅是张恨水的小说终于进入了"鸳鸯蝴蝶派"的大本营上海,不仅仅是张恨水成了全国性的知名作家,更重要的意义在于京津派已经取代了苏沪派成为通俗小说创作的中心。

清末民初之际京津地区也有一些通俗小说作家作品,但是和苏州、上海地区的通俗小说相比,京津地区始终形成不了气候,因为京津地区始终缺少一个作家群。这种状况到张恨水小说开始流行后有很大的改变,一个通俗小说作家群在京津地区形成,他们的作品构成了20世纪通俗小说的"京津派"。京津派小说以其浓郁的地域特点展示出它的特色。

燕赵之地多豪气。武侠小说是京津派的强项。李寿民(还珠楼主)、王度庐、白羽、郑证因、朱贞木可称为此时武侠小说五大家,也是京津派作家群的中坚力量。他们对中国武侠小说进行了创造性的改造,使得中国的武侠小说有了自我的发展空间。

京津派小说中,与武侠小说同样繁荣的还有社会小说。与南方的社会小说相比,北方的社会小说很少写新旧矛盾的交替和争斗,商业气氛和金钱的欲望也很淡漠,爱国小说和"国难小说"几乎没有。它的特色在于描写政治黑幕、码头文化和小知识分子的卑琐人生。京津派社会小说主要的作家作品有:陈慎言的《故都秘录》等,李燃犀的《津门艳迹》等,耿小的的《滑稽侠客》、《时代英雄》等,刘云若的《小扬州志》、《粉墨筝琶》等。

　　陈慎言在《故都秘录》的第一回中,从衣服的角度写了这样一些人物:"有戴珊瑚顶穿国龙马褂的王公贝勒,有朝珠马褂小辫子的遗老,有挂数珠穿黄马甲红长袍的嘉章佛,有戴顶帽佩荷包的宫门太监,有光头黄衣的广济寺的和尚,有蓄发长颈阔袖垂地的白云观的道士,有宽袍阔袖拿大皱折扇的名流,有礼服勋章的总次长,有高冠佩剑戎装纠纠的师旅长,有西装革履八字髭的官僚……"这里面有旧有新,有文有武,有老有少,都是一些很有特色的"北派人物",正是这些人构成北京、天津的上层社会。这些人不仅要钱,还要权。他们争权夺利、专横跋扈、内心肮脏、生活腐败。从张恨水开始,京津派的社会小说写的就是这些政治黑幕以及这些政治人物的家庭黑幕。

　　码头文化是指天津的通俗小说所表现出来的特殊韵味。作为中国北方重要的港口城市,天津聚集着众多三教九流的人物,有着更多亚文化的积淀,也为通俗小说提供了无穷的题材。对天津的码头文化写得最生动的是刘云若的《小扬州志》和李燃犀的《津门艳迹》。天津有"小扬州"之称,是说它虽是北方城市,却有扬州那样的喧闹和繁华。刘云若的《小扬州志》写的是破落的士家子弟秦士虎与几位女性的爱情纠葛和起伏的人生命运。小说中的这条情节主线在其他作家的同类小说中也有,并没有什么特殊的地方。倒是围绕着这条情节主线描写的天津特有的"码头文化"使人大开眼界。作者为了说明天津为什么被称为"小扬州",竭力地写天津的喧闹和繁华,小说"津味"十足。如小说开始时对天津城市的描写、秦虎士眼中的"南市"、江湖戏班子的生活实态……这些土里土气、原汁原味的描述给人留下了深刻的印象。有天津的地域特色就有具有天津地域特色的人,最有代表性的就是"混混"。写天津"混混"最出色的作品是李燃犀的《津门艳迹》。"混混"并非如人们想象中的地痞流氓,它是一个比较复杂的社会阶层。他们中的一些人为乡邻排忧解难,热心于公益工作;也有些人讲义气,不怕死,敢出头,平时多吃多占,关键时候也敢为民办事;当然还有为数众多的依靠官府、欺行霸市、滋扰乡里的"混混",他们是地方的黑势力。这部小说就写了这些不同的"混混"不同的行为以及他们互相的争斗。小说在写现实生活的同时将一些历史、掌故、轶闻、趣事穿插其中,处处透现出地域的韵味。

"京津派小说"也有"市民小说"。与苏沪派的"市民小说"善写城市的店员、家庭妇女、小商小贩以及妓女略有不同,京津派的"市民小说"写城市小知识分子的形象特别的生动。在这方面表现得最出色的是耿小的。耿小的肄业于北京师大,长期担任职员或者教师工作。他在20世纪40年代以小职员和中小学教师为主人公在报纸上连载了30多部通俗小说。这些小说有一个共同的特点,就是揭露那些"小衙门"和"小学校"乌烟瘴气的黑幕以及混迹于其中的那些小知识分子的卑琐人生。正如他在《行云流水》开头所说:"我写小说的意思,以是暴露官场上的一点黑暗,而这点黑暗仅今写了万分之一而已……这部《行云流水》仍旧是写机关的女职员们,自然故事没有影射,起始仍要写位科长……实际上也许是局长,也许是会长,也许是校长……"科长、局长、会长、校长以及他们周围的各色人等如何地骗人骗钱、投机钻营、虚伪弄巧、不学有术就构成了耿小的笔下一个个灰色的人生故事。

自张恨水在上海发表《啼笑因缘》之后,他的创作中心就开始南移。40年代京津地区写言情小说最有影响的作家是刘云若和梅娘。与张恨水一样,刘云若也是报人出身。他创作的言情小说也和张恨水相同,将社会和言情结合在一起,走的是社会言情小说的路子,因此刘云若也就有了"小张恨水"之称。与张恨水小说不同的是,他的小说缺少社会广阔性和政治敏感性。他的小说描写的一般是市民阶层的生活,故事性很强,生活气息很浓。人物描写更为细腻,在"小处"见功夫。梅娘是接受新式教育的女作家。40年代中期她在北京创作了很多有关女性婚恋生活的小说,其走红的时间与上海的张爱玲相同,因此也就有了"南张北梅"之称。与张爱玲的小说比较起来,无论是小说的社会性、文化性还是人物形象的刻画,梅娘与张爱玲都有很大的差距。但是在女性特有的心理描写上却胜张爱玲一筹。她特别善于细腻地描写婚恋中的女性心理,哀哀怨怨、款款曲曲,十足的家庭少妇情调。因此,她的小说可称为"闺怨小说"。

这里特别值得一提的是,京津派还包括1931年以后东北地区的通俗小说。在不同的政治气候和社会环境中创作通俗小说,其作家作品均有特别的韵味。可惜的是对这段时期这里的通俗小说研究还比较薄弱,还没有什么批评分析。

台港派小说在中国大陆产生影响是20世纪80年代以后。君不见香港电影在中国大陆一时甚嚣尘上;君不见《外婆的澎湖湾》、《我的中国心》等台港歌曲几乎成了80年代中国人的时尚小调;君不见粤语班一时林立,很多人满嘴粤语。金庸、琼瑶、倪匡、李碧华、亦舒等作家为代表的台港派通俗小说就是在这样的背景下进入中国大陆的。

现代台湾的通俗小说从"日据时代"就开始流行,到现在当然是蔚为大观。对台湾的通俗小说除了惯有的休闲、娱乐等评价外,应该特别注意它还具有民间立场的特性。在"日据时代",台湾大多数的通俗小说是用中文创作的,说起来是为了给社会平民阅读,当然用一些通俗语言创作,但是更深层的意义在于,与那些用日文写的所谓的"精英小说"比较起来,这些通俗小说创作者们是利用"通俗小说"的旗号保留民族的文字血脉和传达平民的社会理想。通俗小说的民间立场在20世纪的60年代再一次发挥了效应。20世纪50年代的台湾文坛就有一些通俗小说出现,如《侦探月刊》(1951年创刊)、《皇冠杂志》(1954年创刊)上的一些作品,但是在文坛上占主导地位和代表文学创作价值观念的是那些"反共文学"。到了60年代之后,琼瑶等人的言情小说开始流行。琼瑶小说的流行不仅仅给台湾的通俗小说创作带来了繁荣,它的价值还在于这些言情小说与正在崛起的余光中等人的现代诗一起软化了当时僵化的台湾文坛,带来了新的文学创作观念。

香港是一个商业文化相当繁荣的社会,而商业文化正是通俗小说创作的最佳土壤。所以,当两岸三地政治格局基本稳定之后,香港的通俗小说创作很快走向繁荣。从50年代开始武侠小说掀起了创作高潮,接踵而起的是言情小说,接着玄幻小说创作热点再现。从某种程度上说,香港小说创作是通俗小说一枝独秀。

在20世纪的五六十年代,台湾通俗小说完全依靠传统文化的力量与当时的政治小说抗衡难以取得成功,它需要欧美、日本等外来文化的支持。对欧美和日本文化的接受符合当时台湾的政治气氛。借欧美、日本的文化精神讲中国的故事,发中国人的情,这是琼瑶等人的通俗小说和余光中等人的现代诗歌能够被当局容忍并能够流行起来的不可或缺的原因。香港是背靠中国大陆的世界城市,中国的传统文化与世界流行文化混杂在一起,形成了特有的香港都市文化。这样的文化背景在台港派通俗小说中即表现为其具有很强的世界性现代意识和现代情绪。孤独的英雄、伤感的人生、苦涩的爱情、戏谑的弄臣,台港派小说的这些现代意识和现代情绪,我们可以在大仲马的小说、莎士比亚的宫廷戏以及美国的"硬汉派小说"、英法的"伤感小说"、日本的"推理小说"等众多世界流行小说中找到源泉。忠孝观念、因果报应、恪守人格、发乎情止乎礼等,这些中国传统的价值观念之中夹杂着英雄主义、个人主义和颓废主义,无论是悲情还是喜剧总是夹杂着自怜自悼的伤感、愤世嫉俗的孤独和或浓或淡的人生宿命等世界性人生情绪。台港派通俗小说将中国通俗小说创作引领到世界流行文化的潮流中去。

长期以来,中国文学中"做人"和"个性"处于二元对立的状态,似乎"做人"就是要坚持传统的伦理道德,而传统的伦理道德就是束缚"个性"发展的枷锁,要想"个性"发展就要冲破"做人"要求的束缚。这种二元对抗的价值观念在"五四"文学中表现得特别充分,并成为20世纪中国文学中的一个主题。台港派通俗小说解决了一个重要问题,就是不再使两者处于对立的状态,而是使两者处于认同的状态,并从中展示人物形象和性格。琼瑶的小说是以人的生活经历的起伏写人的情感世界,金庸的小说是以人物成长为线索写人的形象和性格。无论是人的生活经历还是人物的成长过程都是人格逐步健全的过程,也就是传统的伦理道德升华的过程。"做人"和"个性"不是对立的,而是相辅相成,互为圆满。台港派通俗小说的成绩实际上解决了长期困扰通俗小说创作中的一个问题,就是小说创作如何既保持中国特色,而又人物生动,这对90年代以来的大陆的通俗小说创作影响深远。

不管作品的内涵多么地欧美化、日本化,作品的美学形式一定是传统的,这是台港派通俗小说的另一个特色。通俗小说作家们决不会像某些精英小说家那样改变小说形式,他们并没有对自己的小说结构、情节、话语等方面进行全面的"西方化"变革,而是在保持中国化的基础上接受外国小说的影响。道理很简单,他们还是通俗小说作家,他们需要大众的认可,这是通俗小说作家的生命力所在。台港派作家们完全明白这个道理,而且做得相当成功,可以这么说,他们是一批真正意义上的将中国传统小说与世界文学沟通起来的作家。

金庸、琼瑶、倪匡、李碧华、亦舒等台港派通俗小说成名作家毫无例外的都是小说、影视双栖作家,他们作品的红火与影视的推动密不可分。影视创作技巧渗透于这些台港派作家的作品当中。影视创作技巧对通俗小说的创作而言是把双刃剑,它对小说创作中的时空调度、动作语言、环境描述等都起了积极作用,因此现在的通俗小说情节更为紧凑,故事更加好看;但是情节内涵、语言表述、心理刻画却越来越弱化,语言艺术正在丧失语言的优势,使得当今通俗小说"快餐化"的倾向越来越明显。台港派作品的模式在当今的中国文学市场上正在强劲地发酵,一部影视剧的热播带来一部文学作品的热销已经是中国当今文坛的惯例。强大的社会效益和经济效益都促使着当代作家们有意或无意地向影视媒体靠拢,说现在中国的通俗小说就是影像小说也未尝不可。

"苏沪派"、"京津派"、"台港派"是20世纪中国通俗小说的三个流派,也是20世纪中国通俗小说发展链中的三个环节。从中我们可以看到中国通俗小说具有怎样的特色,又是怎样一步一步地从"传统型"走向了"现代型"。

四

她们怎样变成祥林嫂

我一直有这样的观点,中国传统的礼教制度对男人和女人的标准有很大的不同,虽说都是怎样"做人",但男人主要在道德层面上,行为受制于社会,而女人主要在家庭层面上,行为受制于男人。"好男人"的标准常常是社会标准,"好女人"的标准常常是家庭标准。社会标准的核心价值是对社会的影响力,显得宽泛和原则,家庭标准的核心价值是与男人的关系,显得具体和敏感。女性的话题是个涉及性别的具有浓厚的文化意味的问题,所以只要社会变革加速,文化制度发生变化,它常常首先成为社会议论的中心。

在欧风美雨的冲击之下,清末民初的中国社会正在迅速地向现代化行进,中国传统的礼教制度受到了前所未有的冲击。在这样的社会文化背景下,女性话题自然受到人们的关注,其中又主要集中在女人是否需要守节的问题上。

在理论论述之前,我先讲四个寡妇的故事。

1909年,"鸳鸯蝴蝶派"的一个重要作家包天笑在《小说时报》上发表了著名的小说《一缕麻》。这部小说曾在当时引起了巨大轰动,它被改编成所有能改编的曲艺形式,如大鼓词、越剧、京剧,等等。在小说中,作者为了体现故事的真实性,故意把女主人公的名字隐去,而用"某女士"来代称。值得注意的是,用"女士"这个称谓就已经透露了某种信息,那就是时代变了,文中的这位女性是一个接受过新式教育的新女性。小说的大概情节是这样的:某女士,长得很漂亮,人又聪明,上新学堂,接受良好的教育。可她难逃父母之命、媒妁之言,被迫嫁给一个长得丑、人又笨的男人,更悲惨的是,他是个傻子。某女士当然很不高兴,于是就把自己的苦恼说给班上的一个男同学听,这个男同学一表人才,两人在一起的时间一长,就渐渐发生了感情。就在这个时候,男方要求完婚,尽管她不愿意,但是没有办法,只好嫁给这个傻子。新婚之夜,某女士大病一场,得了很重的传染病,没有人敢靠近她。这个时候,只有一个人悉心地照顾她,他就是傻子。于是某女士的病好了,但是傻子病了,而且暴病而亡。他死后,某女士自然是十分伤心。小说中有这样的话:为人感情是其次,道德是第一位的。于是她下定决心,再也不嫁,为傻子守节。她也不再和那个男同学来往了,不和他见面,即使他给她写信,她也从来不拆。终于有一次见面的机会,她也不说话,脸上毫无笑容。这样,两个人就分手了。最后,作者说道,至今,人们还在称颂着某女士的贞节。这是第一个寡妇的故事。

第二个寡妇出现在徐枕亚 1912 年发表的《玉梨魂》中。《玉梨魂》是一部才子佳人小说。一个怀才不遇的书生叫何梦霞,姑苏人氏,在亲戚的介绍下在无锡做小学老师,住在一个姓崔的远房亲戚家。家里有一个老头,叫崔老翁。崔老翁的儿子已经死了,留下一个媳妇白梨影和一个小孙子,女儿崔小姑在外面读书。何梦霞住在别人家心里过意不去,就给崔老翁的小孙子做家教。崔家很大,但人少,何梦霞与白梨影虽同住一个屋檐下,却从来没有见过面,因为白是个寡妇,她始终和某女士一样坚守着贞节。可是有一次出现了变故。那是一个早春时节,崔家院子里的梨树开花了,很是好看,但被一夜风雨打落了,满地梨花。于是有了一出戏:何梦霞就像黛玉葬花那样,把花瓣埋起来,又立了一个碑,上题"香冢"。这本来没有什么,但是这一幕被窗子后面的白梨影看到了。她深深地被感动了,感叹世上竟还有这样的有情人。如果白梨影能够像"某女士"那样压抑自己,那就没有下面的故事了。白梨影的感情被激发了,她不知不觉走到了何梦霞的房间,在书桌上看到了何梦霞写的一本诗集,翻看之后,心里更是感动,诗如其人。于是,她把诗集带走了,给何梦霞留了纸条。何梦霞回到房间看到纸条,心里狂喜不已,心想终于找到知己了。于是他就写了一封信给白梨影,让白梨影的儿子带回。之后,两人就开始书信来往谈恋爱了。他们的感情一日深比一日,但是不能结婚,因为白梨影是寡妇。有一次,何梦霞病了,作为主人的白梨影应该去探望客人。一个躺在床上,一个坐在床边。家里也就他们两个人,这时候有什么话就快说,有什么计划就赶快制定。但他们两个就是一句话也不说,而是你一句我一句地互相写诗来表达感情。后来还是白梨影出面向崔老翁提出把崔小姑嫁给何梦霞。和传统小说不一样的是,家长崔老翁在子女的婚姻问题上很开放,对白梨影与何梦霞的交往并没有表示反对,白梨影现在提出让崔小姑嫁给何梦霞,他也不反对,于是崔小姑和何梦霞结婚了。可是婚后的何梦霞感情还是在白梨影身上,这次结婚不但没有解决感情上的难题,反而使他们更加痛苦了,还白白拖了崔小姑进来。当然这样的感情是无法进行下去的,怎么办呢,通俗小说一贯的做法就是把感情推向极致,把矛盾不断激化,到达一定程度,就用死亡来解决问题,这部小说的结果也是如此。在感情的重压下白梨影死了。崔小姑觉得嫂子的死是因她而起,也郁郁而终。两个女人都死了,何梦霞觉得活着也没意思了,但一个男人总不能为了情而死,于是他背井离乡,去了日本留学,还参加了革命。在辛亥革命中,他冒着枪林弹雨,战死在武昌城楼下。死后,人们在他身上找到了一本书,书名叫《玉梨魂》。

这两部小说受到读者的欢迎,却在保守人士和激进人士之间两面不讨好。这种不讨好来自小说中的情节发展过程与故事结局之间的矛盾。从小说的情节看,两部小说都讲到了个人情感的可贵,特别是《玉梨魂》讲到了个人情感被压抑的痛苦和可怕的结果。对个人感情如此张扬,当然要引起保守人士的不满。照这样的情节推理下来,应该是情感战胜伦理观念,取得个人情感的圆满和幸福。可是结局并不是如此,第一个女人完全被道德所束缚,"礼"战胜了"情";第二个女人确实有"礼"和"情"的斗争,但最终还是"礼"战胜了"情"。如此保守的结局又引起了激进人士的不满。于是文坛上又出现了两部产生影响的写寡妇的小说。

第一部小说是李定夷连载于1916年《小说新报》第1期到第12期的《廿年苦守记》。小说叙述了江苏武进一名叫汤书岩的大家闺秀出嫁仅两个月,丈夫就病死了。看见丈夫死了,书岩痛不欲生,欲吞金殉其夫,后被救起。她的家翁(公公)这样劝她:"祖姑年高,代夫尽孝,亦应尽之职,俟重闱百年后,殉夫未晚。"于是书岩尽心服侍祖姑、家翁。在家翁病危时更是割股疗亲。祖姑、家翁相继去世后,又抚养小姑直至出嫁。完成了这些事情以后,她已经守节17年了。最后,她自杀身亡,绝命书中写道:"今日之死,实出本心,以不负17年前之誓言。"对于创作这样一部小说,作者在小说《弁言》中说:"晚近数十年间欧风美雨侵入华夏,自由之说行,重婚不为羞;平等之说行,伦常可泯灭。圣人云:邪说横行,甚于洪水,吾为此惧。端居之暇,思小说家言,以振末俗。"小说完成的是一个言行一致寡妇守节的标准形象。第二部小说就是大家再熟悉不过的鲁迅的《祝福》里的祥林嫂。这个故事也是讲寡妇的问题。但不一样的是,祥林嫂确实嫁了两个男人,换句话说,前面三个女人是"礼"战胜了"情",她们是贞节的,但祥林嫂却是不贞节的了。鲁迅就是要通过《祝福》来告诉我们,女人如果不贞节,她的结果会是怎样。祥林嫂这样的不贞女人应该去死,但是她最怕的就是死,给我们留下深刻印象的也是她最可悲最可惧的地方就是,她怕死,因为嫁了两个男人,死后到了阴曹地府,就会被锯成两半,被两个男人抢。这就是她的结果。我们清楚地看到,嫁了两个男人的祥林嫂不死不行、欲死不能。鲁迅就是写所谓的不贞女人如何受到封建礼教的惩罚,从而引发的是对封建礼教的批判。

前三个寡妇形象出自"鸳鸯蝴蝶派"作家之手,后一个寡妇形象出自新文学作家之手。这四个寡妇形象明显地表现出了当时作家们的三种文化态度。

包天笑笔下的"某女士"和徐枕亚笔下的白梨影,她们所经历的都是"礼"战胜"情"的过程,从中明显地看到一些通俗小说作家的文化倾向,他们对中国传统的文化道德似乎有些怀疑、有些不满,但最终还是选择了回归传统礼教。无论是包天笑还是徐枕亚,他们的小说都可以被纳入"发乎情,止乎礼"的模式之中。

虽说同样是"鸳鸯蝴蝶派"作家,李定夷是传统礼教的坚守者,他笔下的女性,只能"止乎礼",不能"发乎情"。他要批判的不仅仅是祥林嫂这样二嫁的女人,大概那些"发乎情"的"某女士"、白梨影也在他的批判之列。在《廿年苦守记》前后,李定夷还发表了两篇小说《伉俪福》和《自由毒》,对当时正在兴起的"恋爱自由、婚姻自主"的模式提出了批判,他认为用什么方式结婚并不重要,重要的是"人品"要好。《伉俪福》用倒叙的手法写了一对在"父母之命、媒妁之言"的婚姻模式中结婚的夫妇如何幸福生活了十年。他们之所以如此幸福,就在于他们的人品好,生活上不但处处谦让,而且总是为对方着想。小说向读者勾画了一幅典型的"先结婚后谈恋爱"的生活画卷。《自由毒》则专门写"自由婚姻"的可怕性。小说写一对年轻人在"自由结婚"的感召之下同居了,结果,男的嫖妓,女的偷人,一片乌烟瘴气。对这样的恋爱结婚,作者感慨万分,说:"男也无行女也荡,毕竟自由误终身",并将小说标为"警世小说"。在"鸳鸯蝴蝶派"作家中,与李定夷持同一观点的还有陈小蝶和周瘦鹃。陈小蝶曾经写过一个古代节妇苦守的故事,内容没有什么新意,周瘦鹃却大加赞赏,作为编辑的他还专门加了一段按语把小说推荐给读者,说:"叔季之世,伦常失坠,坚烈为黄节妇,百世不易见也……于戏节妇,可以风矣。"写了这篇编者按,他似乎意犹未尽,过了半个月,他自己也写了一篇节妇小说《十年守寡》。有意思的是,周瘦鹃的这部小说不是正面赞赏节妇,而是对不节之妇的嘲讽。小说中的那个王夫人守了十年的寡,终于守不住了,不但偷人,还生了个私生子。小说对王夫人的行为持嘲讽轻蔑的态度,守节时,王夫人处处受到尊重,失节后,王夫人处处遇到冷眼,连她13岁的女儿都瞧不起她,其结果可想而知。所以,作者说他是为王夫人做一篇"可怜小说"。

鲁迅是一个传统礼教的批判者。他批判中国传统的女性贞节观念,认为这是造成女性痛苦的罪魁祸首。为此,他还专门写了篇杂文《我之节烈观》,鲁迅认为节烈之说,不仅是传统礼教造成的,在中国已经成为社会无意识的集体行为,成为中国国民性的痼疾之一。

对名士气息很浓的"鸳鸯蝴蝶派"作家来说,传统的婚姻制度会造成情爱伤害他们不是不知道,但是传统婚姻制度又和传统的道德观念结合在一起,所以他们中的很多人只能是哀其不幸,却无力抗争。对自由婚姻的模式,当时大多数中国人只是听说过,而且听说的都是些行为不端的放荡故事,例如李定夷的《自由毒》就来自于"听说"。于是又有人感觉到,与其实施自由婚姻,还不如维持原有的婚姻模式,因为原有的婚姻模式虽可能造成个人情感的伤害,但不会伤害社会风气。所以鲁迅等人的观念在当时被大多数人看做激进主义,李定夷等人的观念虽然保守,却还有很大的市场。

四则寡妇的故事代表着三种观念,这是它们的不同。它们之间有没有联系呢?也还是有的。我认为有三点值得一说:

一是无论是"鸳鸯蝴蝶派"作家还是新文学作家都很关注社会问题,并尽可能地做出深入思考。妇女的节烈问题显然是当时文化转型时的热点问题,对文化热点的关心和思考显示了作家们的现代素质。尽管他们的思维角度和思维结论并不相同,但在这个问题的讨论中,"鸳鸯蝴蝶派"作家和新文学作家都没有缺席。

二是这四个故事有个共同的结尾,都是悲剧收场,特别是后三个故事都是以死亡为人生的结局。这是女性命运的终结,也是当时女性小说的突破。因为中国传统文学中是没有真正意义上的悲剧的,从来都是光明的结果,要么化蝶,要么结为连理枝。这四部小说才是真正的悲剧了。悲剧意识是中国现代文学的一个重要标志。悲剧与喜剧的区别就在于:喜剧总是给人以希望,悲剧是对社会黑暗的绝望和批判。

三是这四则故事之间有着反衬、铺垫、传承的联系。要看到鲁迅的《祝福》不是飞来之石,祥林嫂的形象也不是突兀而起。鲁迅的《祝福》是清末民初众多讨论节烈小说中的一篇,祥林嫂是众多节女中的一个,只不过她代表着文化的另一端。要看到鲁迅的《祝福》和祥林嫂的形象之所以能够产生巨大的影响,与其他节烈小说的铺垫有关系。不管是正面的肯定,还是反面的否定,以悲剧告终的节烈小说总是让人们想到很多问题,为什么她们就不能婚姻自主呢?为什么她们都要以死作为代价呢?作家既然那么发乎情,为什么又制造出如此浓重的悲剧气氛呢?这些问题又出现在哪里呢?这些小说看多了,心中的疑问也就积累得多了,于是鲁迅的《祝福》发表之后在知识分子中间能产生更多的共鸣,否则,小说的那些描述只能让人感觉激进和惊奇而已。

五

孝子、"马浪荡"和才子加流氓

　　对中国现代文学熟悉的人都知道此时的文学作品中有一些叛逆的青年,如觉慧(巴金《家》)等;都知道有一批勤劳的市民人物,如祥子(老舍《骆驼祥子》)等;都知道有一批报国无门、愤世嫉俗的知识青年,如萧涧秋(柔石《二月》)等。这里我将分析另一些青年形象:孝子;另一些市民人物:"马浪荡";另一些知识青年:才子加流氓。这些人物存在于通俗小说作品中。

　　通俗小说中最典型的孝子形象是周瘦鹃《父子》中的陈克孝。此人功课好,体育也好,是个典型的新派学生。就是这样一个接受新式教育的青年对自己的父亲十分孝顺。他的父亲脾气极坏,经常打骂他,可是无论父亲怎样打骂他,他都逆来顺受。后来父亲被汽车撞伤了,需要输血,他让医生取出自己的血救父亲。结果,老父亲救活了,而他却因总血管破裂而死了。

　　就人物形象来说,陈克孝这个人物编造的痕迹十分明显,只是个概念化的人物。使我感兴趣的是这个人物背后所开展的"孝"与"非孝"的争论。"五四"新文化运动秉持的是人道主义价值观,以人的发现和个性主义为核心内容。从这样的立场出发,他们对家庭和家庭观念常常持批判的态度。在很多新文学作品中家庭被看做封建的堡垒,家长则是专制的象征,冲破家庭则被看做革命的举动。这样的观念和故事情节,我们在巴金的《家》、曹禺的《雷雨》、茅盾的《春蚕》、路翎的《财主底儿女们》等作品中能够深刻地体会到。正是从这样的立场出发,周瘦鹃这篇小说发表之后,很快就受到新文学作家的批判和嘲笑。郑振铎在1921年10月的《文学旬刊》上发表了《思想的反流》一文,对这篇小说进行了点名批评。他说:这就是一篇《孝子传》,并且说:"想不到翻译《红笑》、《社会柱石》的周瘦鹃先生,脑筋里竟还盘踞着这种思想。"郭沫若则嘲笑周瘦鹃不懂医学知识:"周瘦鹃对于输血法也好像没有充分的知识……他这总血管不知道指的是什么,照医学上说来,当然是大动脉 Aoria 和大静脉 Vene Cavatubetsup,这两种血管藏在胸腹腔中,不开胸割腹是不能露出的,哪里会割开取出血来呢?我敬告周先生,不要那么惹人笑话了吧。"①

说周瘦鹃不懂医学知识是可能的,说周瘦鹃脑子里面充满了旧思想也是对的。周瘦鹃写这样一篇概念化的小说实际也就是对当时正在兴起的新文化运动的不满。这些通俗小说作家对"五四"新文化运动的精神实质并没有多深的了解,总觉得发生在身边的一些所谓的"新"的社会风气与他们所奉行的伦理道德不相适应。他们认为这些"新"的社会风气败坏了社会道德,并且将矛头指向了新文化运动者。在当时很多通俗小说作家的眼中,新文化运动者就是一个"强盗"。胡寄尘在1921年8月1日的《晶报》上发表了一篇文章《一个被强盗捉去的新文化运动者底成绩》。说是一个新文化运动者到一个小县城发动农民,结果被强盗捉去了。在一番争辩后,强盗不但没杀他,还放了他。原来新文化运动者宣称他所做的事是"反对非法政府、反对官、反对兵、反对警察",强盗认为他们是"同道",都是社会的破坏者。既是"同道",岂有不放之理。强盗自有强盗之理。其中"非孝"就是通俗小说作家最不能容忍的"强盗之理"。周瘦鹃的《父子》还是正面教

---

① 郭沫若:《致郑西谛先生信》,载《文学旬刊》1921年6月30日第6号。

育。与此同时,《礼拜六》的主持人王钝根还写了一篇小说《生儿观》,就从反面批判了那些"非孝"的强盗理论。小说写牛舔犊先生和马爱驹女士含辛茹苦将三个儿子养大,为了培养他们各自成才,夫妇俩不仅牺牲了青春,而且背负了一身的债。人到老年,当他们需要儿子们赡养时,却遭到了拒绝。当他们提到赡养之情时,听到这样的回答:"凡人生下儿女,就有教育之责,这是义务,算不得恩,况且父母生儿子的时候,并非真为了要生儿女,不过是自己娱乐罢了。却因男女生理上的关系,无意之间凑成了生儿女的结果,这哪里算得是恩呢?"儿子们不但这样说,而且告诉他们的父母这是最新的理论。

  新文化运动者的形象和所谓的"非孝"理论当然绝不如通俗小说作家眼中那么夸张,他们之间真正的分歧还是在对传统伦理道德是批判还是维护上。进入现代社会之后,中国传统的伦理道德如何坚守和变革,这是当代文化与文学领域的大课题。用我们的当代眼光再去看"五四"时期的那场"孝与非孝"之争,很多结论似乎可以得到新的解释。在那场争论中,通俗小说作家的那些"孝"的理论和"孝子"的形象,一直被认为是保守的、落后的,甚至是反动的。但是当我们今天提倡"以德治国"的时候,当我们对那些一诺千金的"大孝至爱"给予称颂的时候,对通俗作家们当年对孝道的那些坚守,我们是否应该给予更多的理解呢?传统的伦理道德应该与时俱进,但是一些根本性的原则还是应该坚守的,因为那是中华民族的"根"。

  "马浪荡"就是当时上海滩上整日无所事事、混吃混喝混玩的二流子,这种人又被称为"白相人"。"马浪荡"是通俗小说中写得最出彩的形象之一,其中又以汪仲贤的《角先生》和徐卓呆的《李阿毛外传》最引人注目。何谓"角先生"?汪仲贤写道:"上海的白相人,弄得走投无路生机告绝的时候,连短衫裤都剥下来当饭吃了,他们便赤裸裸地去钻棉花胎里,卧待机会到来。这种英雄落难的窘态,个中人的术语也叫做孵豆芽。豆芽的形状是两瓣嫩黄色的脑袋,下面连着一具精裸洁白的身体,只因饿得瘦了,身躯剩绝细的一根,像豆芽一样苗条。脑壳的周围却依旧很大,正似豆芽的小身体顶着一颗大黄豆一样。孵豆芽须在阴湿处,不能见天日,他们也钻在小客栈里,无面目见人。"汪仲贤写过很多剧本,他对人物形象的描述特别生动。《角先生》写了一对"走投无路生机告绝"的"白相人"如何抓住任何一次机会混吃混喝,装疯卖傻,敲诈勒索,就像怕见天日的老鼠一样总是乘人不备之时出来偷食,令人可恶又可恨。

《角先生》写的是一对落难的"马浪荡",徐卓呆的《李阿毛外传》则写了一个风光的"马浪荡"。在20世纪40年代的市民中有两个名字很响亮,一个叫王保长,一个就叫李阿毛。前者在农村,后者在城市,活动的区域不同,性格和形象却很相似,都是私心极重,但是手段高明,充满了滑稽和幽默的趣味。《李阿毛外传》写于1942年,当时正是日本人侵占上海,日语很时髦,于是,李阿毛就办了一个日语学校,第一个月规定学生交的学费是大米,他就将自己刚刚学会的日语"米"教了一个月;第二个月教"油",这个月学生当然交油做学费;第三个月就要求学生交煤球了。从小说本身看,破绽很多,好像社会上只有李阿毛最聪明,其余的人都是笨蛋,在李阿毛面前只有被骗的份;从李阿毛的所作所为来说也令人难以接受,为了达到自己的目的,李阿毛已经达到了偷窃扒拿无所不为的程度了。例如在《愚人节》一节中,李阿毛向某住宅的主人谎称前来祭奠四年前在此自杀的妻子,乘人不备居然偷了人家的自鸣钟和热水瓶;他谎称枣核为药,骗取了房东太太150元钱。这些行径无异于小偷与无赖。

"马浪荡"的形象在当时的读者中很受欢迎,读者们既不从道德上去谴责这些人,也不追究这些小说形象上的不足,反而对这些人的做法给予一定的理解。为什么呢?因为在滑稽幽默的背后,"马浪荡"小说都透露出一个主题:在当今社会中人怎样才能活下去。时代中的人们正饿着肚子,从"马浪荡"们的不择手段中人们看到了自己的生活状态,感觉到了某种生活的苦涩。对40年代的中国市民来说,最重要的切身利益就是如何填饱肚子,"反饥饿"是时代的呼声。从这个层面上说,"马浪荡"小说也就有了时代和社会意义了。

批判和嘲笑知识分子的酸气、臭气,揭露他们的丑态是传统小说惯有的话题。与明清时在科举场上批判和嘲笑知识分子不同(如《儒林外史》),现代通俗小说是在妓院里和妓女身上批判和嘲笑这些知识分子,因此,这些人物形象也就被称做"才子加流氓"。这类形象最有代表性的人物就是《九尾龟》中的章秋谷。小说中的章秋谷:其貌,"白皙丰颐,长身玉立";其才,"胸罗星斗,倚马万言";其意气,"蛟龙得雨,鹰隼盘空";其胸襟,"海阔天空,山高月朗";其金钱,"日散千金,眼睛眨都不眨";其武功,"拳棒极精,等闲一二十人近他不得"。在妓院里,他充分施展出才华,处理问题游刃有余,那些敲竹杠搭架子的妓女在他面前无不服服帖帖;那些吃过妓女暗亏的朋友找他帮忙解决问题,他总是马到成功;那些设圈套让他钻的诡计,他又总是逢凶化吉,甚至会因祸得福。这么一个几乎是"全人"的人为什么整日在妓院里呢?小说用其母亲的话给他作了注解:"你平日间专爱到堂子里头混闹,别人都说你不该这样。只有我一个人知道你的意思,无非是为着心上不得意,便故意到堂子里头去这般混闹,借此发泄你的牢骚。"我们明白了章秋谷为什么自命为"憔悴青衫客",明白了他为什么成为"嫖界英雄",是因为命运不济、事业难成,只能到妓院里、到女人堆里去施展才华和发泄苦闷。这样的理由是每一个变成流氓的才子所打出的旗号。

这样的旗号到1930年前后又被打了出来。代表作家是张秋虫和平襟亚。张秋虫和平襟亚属于30年代通俗小说"才子型"作家,他们以写新式才子而著名。

张秋虫的成名作是1928年6月发表在《紫罗兰》上的《烦恼的安慰》。小说同样塑造了一个在妓院里鬼混的才子西君。与章秋谷不同的是,西君是一个接受过新式教育的知识青年,他有着清醒的头脑,他明知道这样鬼混是自甘堕落,但是他自愿胡闹,自愿走向毁灭。"一个人能够没有心肝没有脑筋是何等可以快乐的事啊。""我也在睡梦中寻生活,而头脑却无时无刻不是清醒的,这是没法想的。"这篇小说还是一种情绪的宣泄。1930年6月由中央书店出版了张秋虫的一本怪书《新山海经》。这部小说出版以后,很快就流行开来,吸引了大量的读者。

这本书为什么怪呢?首先就是这本书的书名。给书取名为《新山海经》是因为《山海经》尽写些"闳诞迂夸,多奇怪佹诡之言",用其名,取之意。

他告诉读者,书中都是些怪人怪事,都是不合情理的,应该用离奇的眼光视之。又为什么加一个"新"呢?因为他不同意《山海经》作者郭璞所说"怪所不怪,其怪在我",而是"怪其所怪,其怪在物"。因而他又在"山海经"前加了一个"新"字。

其次是小说的内容。这部小说在写"怪"的创作宗旨下,放开了笔墨,尽情地搜罗发生在1928年前后北京的各种怪异之人和怪异之事。其中最引人注目的是三个"才子加流氓":金一刀、江竟无、祖终穷。金一刀(精一刀),是位自认为很精明的花界小报编辑。这位曾在上海混出一些名气的"才子","觉得十里洋场,俗尘扑面,是个以声色货利为钓饵的苦海,人们偶然失足,滚进了漩涡,不堕入畜生道,也不免堕入饿鬼道"。于是,到了北京他想恢复"文人寒酸的本色"。可是四处投稿,四处碰壁,只好又混迹于北京的"花界"之中。他明知自己所做的一切是"畜生道"和"饿鬼道",但也只能如此这般地混迹下去;他明知自己所做的一切是没有"人味"的,也就只能闭着眼睛自暴自弃。小说中作者对他有这样的评价:"身无媚骨,不知道降志辱身,不知道趋炎附势,穷愁潦倒,不能取悦世人,自己知道一肚皮不合时宜,这辈子没有得意的希望,索性自暴自弃,狂放不羁,不敢再作奢望……他的怨毒之气,上彻云霄,恨不得拿切菜刀杀几个人泄愤,恨不得来一个大地震,使全世界的人同归于尽,即使这个目的达不到,至少也得弄死一个嘤嘤宛宛的女性,这口气也就平了些了,再不然自己死在任何女性的身上也是情愿的。"与这样黑暗的社会格格不入,干脆化做油腻加速其运转,张秋虫就又创作了江竟无和祖终穷两个人,他们反正"将近无"和"祖宗穷"了,干脆就肆无忌惮地胡作非为。这两个人的生活为金一刀如何毁灭自我、走向死亡的性格发展作了交待。

不管怎么怪,作者还为这些怪人怪事找出了一个理由。小说中张秋虫藉小说人物的口说出了自己的一番见解:

> 读书时代的青年,不知怎的都会有那么大的志气……等到出了学校的门,投身到法力无边的社会里去,或者因为娶妻生子穿衣吃饭的关

系,少则三五个月,多则三五个年头,志气便渐渐地改变了……于是他发现以前的见解是错误的是幼稚可笑的,他现在总算觉悟了,有了经验了,走到政治上光明之路了……

不是不想走正道,是社会不让走。社会的"法力"是如此地强大,只能顺应它。

与张秋虫趣味一致的是平襟亚。此时,他写了两部小说《人海潮》及其续集《人心大变》。《人心大变》的开头就说道:"近年来上海有三多,律师多于当事人,医生多于病人,婊子多于嫖客。"这两部小说就是以妓院为中心写"社会种种秘幕未经人道过者"。小说的中心人物也是一个新式的才子沈衣云,此人整日征逐于酒肉林中,混迹于花柳丛中,一边胡调于人生,一边整日感叹:"人兽相争的世界已到",人"早已不成其为血肉结晶的灵性了",早已与兽相伍了。既然是兽,又要什么理想、道德呢?

闭着眼睛装糊涂,并用社会黑暗人生险恶作为理由,为自己寻找心灵上的安慰。这些才子加流氓是一批"明白的糊涂人"。在20世纪的中国文学中,知识分子问题一直是作家关心的主要问题。鲁迅等新文学作家写了中国的礼教对知识分子灵魂和性格的扭曲,写了他们报国无门的内心的苦闷。这些"才子加流氓"的知识分子没有这样的深刻性和沉重感,只有轻浮性和自虐性,甚至还有罪恶感。是不是这些作家的自况呢?我们自当别论。但是有一个结论是明确的,那就是他们应该是20世纪中国文学中知识分子的众生相之一。

六

《蜀山剑侠传》、《卧虎藏龙》、《联镖记》、《七杀碑》

20世纪上半叶,中国武侠小说创作出现了四大流派,它们被称为神魔派、侠情派、本色派和历史派。这里我将分析这四大流派的四部代表作品《蜀山剑侠传》、《卧虎藏龙》、《联镖记》和《七杀碑》。

20世纪30年代以后,中国文化市场上就始终摆着一部书,一印再印,正版盗版,印量不知其数,这就是李寿民的《蜀山剑侠传》。1989年以后《蜀山剑侠传》被正式重新印行,其销量同样火爆。20世纪90年代以后,小说的部分情节被改编成电影、游戏软件,小说更为流行。

这部小说如此流行,其原因就是:谈玄说异。

小说的主干故事非常简单,写峨嵋山剑仙为首的正派与其他邪派争斗的过程,但情节的构造却相当地神奇。

它构造了一个半人半仙的剑仙世界和半人半魔的魔幻世界。半人半仙是正派人物的形象,他们过着凡人的生活却长生不老,因为肉身可以消灭,"元真"是生命的永恒,肉身只不过是"元真"的附体而已。他们的武功各异,但都有翻山覆水、填海缩地的超现实的能力。这些正派人物组成了一个似人似仙的剑仙世界,为了维护武林的安定和群仙"劫运"的安全,他们驭剑乘云、踩波踏浪,到处与邪派人物争斗。半人半魔是邪派人物形象,这些人的长相都很诡异,只不过有一个人形而已。小说是这样描述邪派人物绿袍老祖的:"小半截身躯和一个栲栳大的脑袋,头发胡须绞成一团,好似乱草窝一般,两只眼睛发出碧绿的光芒,头颈下面虽有小半截身子,却是细得可怜,与那脑袋太不匀称,左手只剩有半截臂膀,右手却像个鸡爪,倒还完全。咧着一张阔嘴,似笑非笑,神气狰狞,难看已极。"小说有时用美丑对照的方法写这些人物形象,例如写万载寒蚿的形象,刚出场时,她是一个美女:"粉弯雪股,嫩乳酥胸,宛如雾里看花,更增妖艳。尤其是玉腿圆润,柔肌光滑,白足如霜,胫趾丰妍,底平趾敛,春葱易折,容易引人情思。"然而,她的本相是相当丑陋的:"体如蜗牛,具有六首九身四十八足。头作如意形,当中两头特大,头颈特长,脚也较多,一张扁平的大口,宛如血盆,没有牙齿。全身长达数十丈,除当中两首三身盘踞在宝塔之上,下余散爬在地,玉台儿被它占据大半。"先是"美女"形象,后是"蜗牛"形象,十分怪异。这些邪派人物的武功也很怪异,但每个人都有绝招,或是吐烟,或是放蛊,或是摇幡,或是念咒。为了达到控制武林和满足自己私欲的目的,他们互相利用,也互相帮忙,联成了一个魔幻世界,与正派人物在各种怪异的环境中展开了一次次的争斗。

它构造了神幻莫测的武打场面。向恺然的《江湖奇侠传》中红姑等人虽然已是驭气而行,但是武功还是中华武功,武器还是刀枪剑戟等中华武器。到了李寿民的《蜀山剑侠传》则将中华武功与神妖斗法、民间传说结合起来,武器也从传统的中华武器扩展到神奇的宝物以及飞鸟走兽、昆虫草木,因此打斗的场面显得十分离奇、怪异。向恺然写武功点到为止,李寿民则一招一式详细地描绘,很多场面被他描绘得令人瞠目结舌:

> 岩上成千累万的小洞穴中,一阵吱吱乱叫,似万朵金花散放一般,由洞中飞出无数量的金蚕,长才寸许,形如蜜蜂,只身略长,飞将起来,

> 比剑还疾……断臂妖人刚往岩前落下,一部分千百个金蚕,忽然蜂拥上来,围着断臂妖人,周身乱咬……转眼工夫,咬得血肉纷飞,遍体朱红,眼见肉尽见骨……

一招胜一招,一物降一物,像这样匪夷所思、稀奇古怪的打斗场面在小说中一波接一波地出现,层出不穷。

它构造了优美和离奇的环境。这些环境是剑仙和神魔们生活的场所、练功的地点和打斗的地方,大段大段地穿插在情节的叙述之中:

> 云雾都在脚下,碧空如拭,上下光明,近身树林,繁荫铺地,因风闪乱,远近峰峦岩岫,都辉映成紫色。下面又是白云舒卷,绕山如带,自在升沉。月光照在上面,如泛银霞……

这样的文字就如一篇篇优美的写景散文。这些地方当然都是剑仙们时常出没的地方。那些神魔们出没的地方则是洞穴、深潭、海岛或幽谷。这些地方在作者的笔下被写得腥气熏天、森气逼人、鸟迹不至或瘴气弥漫。生动的环境描写有力地烘托了这部小说的神幻气氛,与剑仙和神魔们一起构造了一个超现实的魔幻世界。

武侠小说的文体特点就在于它超乎寻常的想象力。这部小说将这种想象力发挥得淋漓尽致。小说构造的神魔世界和神奇的人物形象、打斗场面与作家的文学修养、生活经历、创作方法也有很大的关系。作家显然接受了中国传统的"述异"文学的影响,《山海经》、《封神榜》、《西游记》、《镜花缘》等文学作品的影子在这部小说中比比皆是。李寿民是四川人,曾经"三上峨嵋,四登青城"。他游历的经历不仅给他的小说提供了素材,更给他提供了一个超现实的想象空间。在这样的想象空间中,他自由翱翔,也随意地发挥。他的创作方法更为奇特,后人曾作了这样的介绍:

> 这种栩栩如生的奇特描写,原型来自哪里呢?已故老报人吴云心先生曾谈及此事:30年代吴云心在天津电话局与还珠楼主共事时,有一次问及书中那些怪兽是怎样想出来的。还珠答:"容易得很,取任何

昆虫,如蝗虫、椿象、青蛙、蚯蚓、螳螂等,放大若干倍而描写之,其凶猛诡异之状便可以想象。"此外,作者本人也曾于 50 年代中期在报纸上披露过他当年写作的情况,大意是说,用高倍放大镜去观察各种昆虫,通过高度夸张,再添上别的动物的爪、牙、角、尾,便描绘出世间所没有的怪物了。以蚂蚁为例,若把它扩大一万倍,再加上大象的鼻子、犀牛的尖角和鳄鱼的尾巴,就可以描写出恐怖的怪物了。由此可见,书中的妖邪也有其"模特儿"的。妖邪之外,该书对各种"天劫"的描写也是如此。40 多年前徐国桢先生曾有如下概括:关于自然现象者,海可煮之沸,地可掀之翻,山可役之走,人可化为兽,天可隐灭无迹,陆可沉落无形;风霜水雪冰,日月星气云,金木水火土,雷电声光磁,都有精灵可以收摄,练成各种凶杀利器,相生相克,以攻为守,藏可以纳之怀,发而威力大到不可思议。这些绘声绘色的笔法,分明是作者向壁虚构,却如耳闻目睹之真。徐国桢将其归结为"物理的玄理化,玄理的物理化",可谓慧眼所识,一语中的。①

小说中的很多描写都荒诞不经,但仔细想想,似乎都有一些道理,原因就在于这些描写都有生物根据或者物理根据,有那么一点"理"。

李寿民的《蜀山剑侠传》对后来的武侠小说创作模式影响极大。它首创了武侠小说人物的成长模式。小说隐隐约约的发展线索是峨嵋派新近人物李英琼、余英男、严人英、齐灵云、周轻云(号称"三英二云")的成长过程。他们成长过程中的各种坎坷也就构成了小说的主要情节。齐漱溟、晓月禅师、胖和尚以及神雕、神猿、参秘籍、看秘图等等,这些小说中的人物名称、奇禽、奇遇、奇技,甚至是一些细节在后来的武侠小说中更是常见。

小说的缺点是明显的。由于基本上是以事件作为情节发展的主干。小说就一事接着一事、一事未完就又生出一事地写下去。从 1932 年在天津

---

① 倪斯霆:《民国时期天津通俗小说与出版史话》,载《通俗小说评论》1998 年第 1 期。

《天风报》上开始连载,到 1948 年已出版了 50 集,还未写完。这样的小说结构显得相当的散漫和拖沓。整部小说进行比较,前面几集写得比后面好。小说出现这样的状况,除了作家的创作观念之外,市场的需求和读者阅读口味是重要的原因。

武侠小说是写侠义的小说,也是写人的小说,武侠人物是江湖中人,也是有血有肉的现实中人。与李寿民写神魔不同,王度庐走的是侠情的路子,《卧虎藏龙》是他的代表作。《卧虎藏龙》是王度庐"鹤—铁系列"小说中的一部。"鹤—铁系列"共由五部小说组成,它们是《鹤惊昆仑》、《宝剑金钗》、《剑气珠光》、《卧虎藏龙》、《铁骑银瓶》。这五部小说自成一体,又各自独立地写了五代武侠人物的恩怨情仇。《卧虎藏龙》写了玉娇龙的故事,已是第四代武侠人物了,是五部小说中最为成功的一部。

玉娇龙是九门提督之女,是一位大家闺秀,又是一位身怀绝技、争胜好强的女盗。她是一个身兼秀气和盗气的女性。两种身份是刻画这个人物的出发点,它使玉娇龙有了两种形象和复杂的性格;也是小说设计情节的基本思路,它使故事中有了很多的谜,有了更多的奇。一个大家闺秀,又怎么会有武功,又怎么会有如此的盗气呢?小说对此作了相当合理的解释:她的家庭教师兼师傅高朗秋和"师娘"碧眼狐狸耿六娘,一个是诈骗秘籍自学成才的落魄文人,一个是靠打家劫舍为生的江洋大盗。他们的言传身教使得玉娇龙不出闺门就已经盗气十足,只不过被她的秀气掩盖起来而已。师傅未死之前小说侧重写她的心计,她偷录秘籍、纵火灭迹、控制"师娘"、偷学武功,她的师傅对她也奈何不得,惊呼:"我为人间养大了一条毒龙。"师傅死了以后,小说侧重写她的争胜好强,她偷盗"青冥剑",是她认为自己的武功最高,她说:"宝剑就跟传国玉玺似的,玉玺是有德者居之,无德者失之,宝剑也是,谁的武艺高就谁使用。"于是她手持宝剑与俞秀莲斗,与李慕白斗,与那些自以为是的捕快路盗斗,即使被围困至死地也不顾。然而,她的本性并不坏,她容貌美丽,行为端庄,对蔡氏父女充满同情,对父母非常孝顺,对"师娘"的所作所为根本不屑。她原想做一个知书达理的闺中女性,但是环境不允许她这么做。她的"师娘"就是一个强盗,作为她的徒弟必定要受其影响;她也想改"邪"归"正",将偷盗出来的剑放了回去,但是婚姻所迫使得她将放回去的宝剑再一次偷盗出来。小说将玉娇龙放到不得已的环境中写她的盗气,写她的本性,亦邪亦正,亦邪还正,真实可爱。

更生动地展示玉娇龙感情性格的是她的婚姻纠葛。玉娇龙在她的感情世界中遇到了两个男人。父母安排的是出身世家的"探花"鲁侍郎,而她爱上的是沙漠中的强盗"半天云"罗小虎。两个男人有着两种形象和性格,鲁侍郎形象猥琐,心地狭窄,但少年得志,满面春光;罗小虎剽悍粗犷,心胸坦荡,但少小磨难,性格鲁莽。从理性上说,玉娇龙应该嫁给鲁侍郎,但性格的差异如此之大,使得玉娇龙一刻也不愿意和他在一起;从感情上说,她与罗小虎最为习性相投,自从相识以后,她就时刻思念他,但他们身份的差距如此之大,他们也不可能结合。既要有一个好前途,又要性格相投,是玉娇龙的择偶标准,于是,她试图改造罗小虎,要他脱离匪籍,寻个官做。她对罗小虎说:"英雄不论出身,只要将来你能够致力前途,不必做大官,我就能……"然而,罗小虎做不成官,又不能做官。亦恨亦爱,亦恨还爱,玉娇龙在情感上处于爱恨两难的境地。小说的最后,玉娇龙与罗小虎缠绵一夜,然后飘然而去,这的确是最好的结局了。

正邪难辨、爱恨两难,性格的刻画和情感的描述交织在一起,玉娇龙的形象就跃然纸上。小说中不少次要人物也写得很生动。作为穿线人物的刘泰保,一身流气,却又不乏正义感;报仇心切的蔡氏父女,嫉恶如仇,却又不免小家子气;同样富有心计的高郎秋和耿六娘,一个性格猥琐,一个性格放肆。相比较而言,倒是在前两部小说中有着精彩表现的俞秀莲、李慕白在这部小说中表现一般。除了神奇的武功保留下来之外,他们的言行成为说教的象征。正派人物代表着正气,邪派人物代表着邪气,正派人物行侠仗义,压邪扶正,表现出了一股凛然的侠气,这几乎成了武侠小说人物的定式。王度庐的这部小说首先关注的是人性和人情,而不是人物品行的正邪,这种写法无疑大大提高了武侠小说的内涵,给武侠小说的创作打开了一个巨大的艺术空间。

《卧虎藏龙》是章回体小说,语言叙述上还有不少评书的色彩,但小说结构却采用倒叙的手法。玉娇龙的新疆生活、罗小虎的家庭惨变、高朗秋和耿六娘的匪盗生涯,这些小说的主要故事都是在倒叙中完成的。倒叙的手法首先就设了一个谜,一下子就抓住了读者的注意力,回忆的叙述又为前面的谜作了解释,故事情节的推进显得合情合理,小说的结构也显得紧凑。因此王度庐小说虽然故事也是不断地枝蔓,却显得完整和紧凑。这样的小说结构在当时的武侠小说创作中显得相当突出。另外,小说中还有不少出色的景色描写,这些景色往往又随着人的感情而变化,显得很有灵气。最出色的是新疆大漠的描写,这是玉娇龙与罗小虎相识、相恋的地方,既写得苍凉和博大,也写得多情和妩媚。

　　家庭贫寒的王度庐没有上过大学,但他曾在北京大学做过旁听生,自学过大学课程。北京大学的新文学气氛和他的大量阅读使他对一些新思想和外国小说有一定的了解,并有自己的心得体会,但他的文学创作却是从做小报作家开始的。在创作武侠小说之前,他在一些小报上发表过很多侦探言情小说,如《红绫枕》等。这些小说都有很强的平民主义色彩,都是侦探小说为经、言情小说为纬的艺术结构。应该说,当他开始创作武侠小说时,他的文学修养和创作经验就集中地表现了出来。

　　在人们一哄而上,学习李寿民、王度庐写神魔、侠情小说的时候,天津的白羽另辟蹊径,走出了武侠小说创作的另一条路子。他既不写侠客的腾云驾雾,也不写侠客的儿女情长,白羽将武侠小说引入了镖局黑道。既不做正邪之分,也不做人生理想表述,白羽将生活在那个生态圈子里的人实实在在地很本色地描写了出来。这就是武侠小说的本色派。白羽的《联镖记》就是这样的一部武侠小说。《联镖记》写的是一个复仇的故事。小说的生动之处在于写了镖客和黑道的生存法则。生活在这样的圈子里,可以发家致富,可以大碗喝酒、大块吃肉,有着惬意和豪气的一面,但是,这毕竟是刀口上舔血的生活,有着不得不做的游戏法则。根据这样的法则,就要妻离子散、家破人亡,就要置性命于不顾。小说中林廷扬与邓氏兄弟结仇,并不是有意为之,而是护镖道上有规矩,同伴有难,不得不救;飞蛇邓潮不但杀了林廷扬,还要杀其妻子、灭其门庭,如此惨毒,也是生活所迫,他的身上背负着杀兄、辱嫂、杀侄、灭嗣的深仇，此仇不报，岂能为人；至于小白龙方靖出手相援，更是迫不得已，他明知邓潮助他是别有用心，但是受人之恩，必要舍身相报。真是生在江湖，身不由己。既然没有什么善，也没有什么恶，只有舍身相救和相拼，小说中的故事情节也就被演绎得十分惨烈。林廷扬和方靖，一个是名镖头，一个是名侠盗，两人却身不由己地拼命相搏，结果，一个命丧船舷，一个遁水逃亡；邓潮一路追杀林廷扬的妻小，手段歹毒，为的是不要数年后让"姓林的老婆孩子翻过手来"。他们锲而不舍的投入和所作所为的残酷非道中人不能理解。

与这种江湖本色和惨烈情节相呼应的是小说中武打场面的描写。白羽小说中的武功没有什么神怪色彩，也不是简单的描写，而是用夹叙夹议的方式将武功的神奇和人物的感受结合起来写，因此他的小说中武打场面写得有声有色。下面这一段是林廷扬与方靖决斗的最后场面：

> 那少年战败倒地，羞忿交迸，骤然一个虎跳，从船头窜起，"燕子掠空"袭来。伸右掌，迅如电光石火，照林廷扬"玉枕穴"猛然挝过。林廷扬急闪不迭，脑海一震，如耳畔轰了一个焦雷，蓦地一阵昏惘，狂吼一声，将手中镖猛向身后一抡，嗤的一下，横穿透少年左臂。这一镖，乃是林廷扬被狙拼命时的一股死力。那少年一阵奇痛，又听得格登的一箭，猝不及顾，负伤带镖，一头窜入水中去了。那箭掠顶而过，也落入水中，那把剑依然丢在镖船上，林廷扬紧跟着也一头栽倒在船头，只两手微微发抖。

白羽不会武功，据说他写武侠小说常请会武功者在旁讲解，因此他的武功都写得相当到位。令人称道的是他将武功的一招一式都化为了小说的情节。少年的"羞忿"，林廷扬的"狂吼"，少年的逃遁，林廷扬"两手微微发抖"，武打的场面有着浓厚的感情色彩。小说中这样的武打场面占有相当的篇幅，既很激烈，也富有表情，极大地渲染了惨烈的气氛。

与那些重义轻财的侠客们不同，镖客和那些匪盗们是既重义也重财，侠义之中有着商人的气息，正直刚毅之中也有几分冷酷无情。因此，白羽的小说人物身上体现出更多的世态炎凉。小说中两个人物写得最为生动,一个是飞蛇邓潮,一个是小白龙方靖。邓潮为了报仇整整隐忍了15年,从一个性格张扬的豪匪巨盗变成了阴毒多谋的复仇者。他逼方靖为其报仇,运用的就是商人的手段,投其于利,蔽其之弊,甚至连自己的性命也不顾,充满了狡诈和阴谋;他追杀林廷扬的妻子就像一个急红了眼的赌徒,不择手段地要扳回"血本",要获取最大的利益,残杀无辜而不惜。小白龙方靖有着两副面孔,在其妻面前,他是一个饱读诗书的文弱书生;在同伙面前,他是一个杀人越货的独脚大盗。在情意和匪气之间,在温文尔雅与面目狰狞之间,作家写出了他的复杂心态。在事情败露、官兵追杀之际,同伙们为了丢弃累赘,竟然逼迫他杀掉爱妻。为了大家的意气,为了不被说成是重色轻友,小白龙手持利刃,抢奔内宅,"割爱!我只有忘恩割爱。为了大家的意气,你们尽管放心,我一定这样做。"到了内宅,面对着一无所知的妻子,面对着充满爱意的笑脸,小白龙无从下手了。强盗和丈夫、匪气和情义,小白龙无所适从,喃喃自语,焦躁不安。终于,丈夫战胜了强盗,情义战胜了匪气,他说:

"好,来来来,我拼着受人奚落,也要把你带走。哪怕是枪林箭雨,我也要闯。你放心,要死你我死在一处。"紧紧一抱,狠狠一亲,忽然一松手,把春芳整个掷在床头。

这样的语言和这样的动作写出了小白龙的心态,也写出了小白龙的个性。根据现实生活的样子,实实在在地写出现实中的人,这是白羽小说创作中的基本原则。他说:"一般小说把心爱的人物都写成圣人,把对手都陷入罪恶渊薮,于是加以批判,此为正派,彼为反派,我认为这不近人情……我愿意把小说(虽然是传奇的小说)中的人物,还他一个真面目,也跟我们平常人一样,好人也许做坏事,坏人也许做好事。等之,好人也许遭恶运,坏人也许获善终,你虽不平,却也没法,现实人生偏是'这样'。"[①]人物有自己的喜怒哀乐,有自己的处世原则,在别人看来,他也许是错的,在人物自己看来,他不

---

① 转引自宫捷:《鲁迅与通俗小说作家白羽》,载《通俗文学评论》1997年第2期。

得不这样做。白羽笔下的人物没有什么理想化的色彩,是一种几近冷酷的白描,倒是比较真实的。

《联镖记》的情节线索很单纯,邓潮向林廷扬复仇是一个大的故事框架,在这个大框架内,围绕着复仇之事,讲述了邓潮、林廷扬、方靖和杨心樵的身世。小说结构干净利落。小说吸引人的地方是采用了倒叙的手法制造悬念,先以邓潮的身份作为悬念,从邓潮的身份引出林廷扬的身世;再从邓潮和林廷扬的交恶之中引出方靖和杨心樵的身世。神龙见首不见尾,悬念一环套着一环,到小说的最后一章就算交了底,还留下了一个悬念,让林廷杨之子林玲找小白龙为父报仇,又是一则情爱和复仇的故事将在续集中展开。这种写法始终抓住读者的注意力,欲罢不能。

《七杀碑》是20世纪40年代末期的一部武侠小说。为何叫《七杀碑》,朱贞木在《序跋》中有这样的交待:

> 张献忠踞蜀,僭"大顺",立圣谕碑于通衢,碑曰:"天以万物与人,人无一物与天,杀,杀,杀,杀,杀,杀,杀。"即世所传七杀碑也,碑文"杀"字,不六不八,而必以七,何也,蜀中耆旧有熟于掌故者,谓余曰,献忠入蜀,屠杀甚惨,而屡挫于川南七豪杰,恨之也深,立碑而誓,七杀碑者,誓欲杀此七雄耳。七雄为谁?华阳伯杨展、雪衣娘陈瑶霜、女飞卫虞锦雯、僧侠七宝和尚唏容、丐侠铁脚板陈登嗥、贾侠余飞、赛伯温刘道贞是也……

朱贞木说,这段文字来自于偶得的一部破书之中,这也许是小说家言。但它说明了一个问题,即:武侠小说走进了历史。武侠小说进入历史,是现代武侠小说发展史上的重要转折点。就小说题材来说,有了那么一点历史根据,多少避免了一些题材的荒唐性;就小说情节来说,江湖和江山连在一起,打斗之中似乎多了几分历史的兴亡之感;就小说的人物来说,豪杰之气中有了更多的英雄之概。这样的创作模式对后来的武侠小说创作产生了深远的影响。

《七杀碑》可以分前后两部分,前半部分以杨展打擂台为情节中心,侧重于介绍七侠的生平奇事，是奇情武侠小说的结构；后半部分以张献忠入川为中心，侧重于描述七雄纵横川南保全至众的事迹，小说成了历史武侠小说。奇情武侠小说在朱贞木之前屡见不鲜，历史武侠小说写得如《七杀碑》这般成功者却不多见。小说描述了张献忠入川时的残暴。小说写道："从谷城到歇马河这一带已被张献忠屠城洗村，杀得鸡犬不留，鬼哭神嚎……官道上难得看到有个人影，河里漂着的，岸上倒着的，走几步便可瞧见断头折足的死尸。饿狗拖着死人肠子满街跑，天空成群的饥鹰，公然飞下来啄死人肉吃。一路腥臭冲天，沿路房屋，十有八九，都烧得栋折墙倒，劫灰遍地。抬头看看天，似乎天也变了颜色，显得那么灰沉沉的惨淡无光，简直不像人境，好像走上幽冥世界。"江山如此之乱，愈显江湖的英雄本色。这个世道越乱，就越显示出七位大侠的重要性，只有他们才能使得这个世道转乱为安；张献忠越是残暴，越是显出七位大侠所作所为的正义性，只有他们才能除暴安良。明写张献忠，实写七位大侠，江山和江湖相得益彰。小说中还写了张献忠入川时很多古怪的事情。张献忠不但残暴，而且十分狡诈。他为了鼓舞士气，避免部下分心，就将部下身边的女人和自己身边小妾的小脚砍下，堆成"小脚山"。这些事情显然来自野史笔记中的记载或者是作家自己的编造，放在历史小说中似乎还需要仔细地辨认一番，放在武侠小说中则毫无顾忌。武侠小说写历史无需辨认它的真实性，历史只是武侠情节的一张皮，只要合得上武侠情节的身，尽管挑离奇的写。《七杀碑》中的历史就是这样的"历史"，它使小说的传奇性、趣味性和历史性杂糅在一起。

小说第28回的回目是"英雄肝胆，儿女情长"，写的是杨展一时性起在塔儿冈的楠木大梁上刻下了这八个字。这八个字实际上道出了作家塑造小说侠义人物形象的基本思维模式。作家借小说人物之口对这八个字作了解释："你们要知道，有了英雄肝胆，没有儿女心肠，无非是一个杀人不眨眼的混世魔王，算不得真英雄。有英雄肝胆，还得有儿女心肠，亦英雄，亦儿女才是性情中人，才能够爱己惜人，救人民于水火，开拓极大基业。这里面的道理，便是英雄肝胆，占着一个义字，儿女心肠，占着一个仁字，仁义双全，才是真英雄。"小说一开始就演绎了"巫山双蝶"的侠情故事：双双行侠，情深意笃,红蝶病死,黑蝶出嫁。接着就演绎他们的后代杨展与陈瑶霜的侠情故事:两小无猜,情意绵绵,行侠仗义,深明大义。这两则故事分为前后两代数十年,有着很多的感情纠葛和江湖恩怨。围绕着这些感情纠葛和江湖恩怨又牵扯出很多侠义人物。这些人物面貌不同,性格各异,大多都有一个侠情故事。

  与这些光彩照人的侠义人物相比,小说中还有很多诡异的人物,伴随着这些人物的则是一些诡异的行为。漂亮的女孩婷婷与一条双头蛇相斗,那蛇"遍身赤斑,隐似鳞甲,头下尾上蟠在一条横出的粗干上,身子并不十分大,形似壁虎,前半身长着四条短腿,紧抓着树干,下半身一条尾巴,比前半身长得多,不到一丈,也有七八尺,可怕地并生着两个蛇头,头顶上长着鸡冠似的东西,鲜红夺目,四只蛇眼,其赤如火,两个怪蛇头,朝着下面那女子,此伸彼缩,不断地发出急促的'国国……'的怪叫……"活僵尸练的是"五毒手",打斗起来像只大蝎子;铁拐婆婆发起怒来,头上萧疏的白发竟如同刺猬。朱贞木在20世纪30年代就开始创作武侠小说,其风格一直追随还珠楼主,到了40年代开始形成自己的风格,但是那些奇异之风还明显地残留在小说之中。

  小说的整体结构是章回体,但作家做了一些改良。他将章回体惯有的回目改成了报章连载小说的章节标题,如"新娘子步步下蛋"、"疑云疑雨"、"秘窟风波"、"齐寡妇"等等,口语化很强,显得自由活泼。大概是为了避免章回小说情节分散的弊病,作家经常自己站出来说几句话。这几句话的目的是让情节过渡自然些,但在无意之中给小说增加了另一条叙述系统,显得比较累赘。

七 金庸小说中的武功、侠义和女人

金庸和金庸小说是当代大众文化中的一个"神话":说不尽的金庸。在金庸和金庸小说的众多话题中,我感兴趣的是三个话题,那就是武功、侠义和女人,我认为这三个话题能够体现出金庸小说创作的价值观念。

武功是武侠小说的第一要素。中华武功第一次真正进入小说是《水浒传》。《水浒传》之前,有一些神怪小说。这些神怪小说中那些人物的举动只能称为"仙人举动"或者"神魔举动"。《水浒传》是实实在在的中华武术美学化的体现。可以这么说,一直到1949年之后的梁羽生的小说,都是中华武功的体现。金庸的小说却有所变化。概括一下,金庸武侠小说具有四个层面,也可以说是四种境界。

第一个层面自然就是中华武功,这是传统的延续,源于中国传统武侠小说,比如说,琵琶手、蝴蝶掌、蛇骨鞭。真正体现他成就的是后面三种境界。

第二个层面是他把中华艺术和学术融化于武侠小说中。在他的小说里,琴棋书画都能化做武功。比如说《连城诀》中最厉害的武功是"唐诗剑法"（却被阴险的师父读做"躺尸剑法"），最厉害的一招是"大漠孤烟直,长河落日圆",这就是武功的美学化。又如《侠客行》中李白的同名诗歌也是一套绝世武功。再如《射雕英雄传》中,为了体现黄药师的武功之奇妙,作者让黄药师吹了一曲《碧海潮生曲》。箫声一起,"万里无波,远处潮水缓缓推近,渐近渐快,其后洪涛汹涌,白浪连山,而潮水中鱼跃鲸浮,海面上风啸鸥飞,再加上水妖海怪,群魔弄潮,忽而冰山飘至,忽而热海如沸,极尽变幻之能事,而潮退后水平如镜,海底却又是暗流湍急,于无声处隐伏凶险,更令聆听者不知不觉而入伏,尤为防不胜防。"黄药师先以玉箫吹奏此曲试探欧阳峰功力,后又以此曲考较郭靖。内功定力稍弱者,听得此曲,不免心旌摇动,为其所牵。轻者受伤,重则丧命。（但是有研究者把这段描写与还珠楼主的《蜀山剑侠传》做过比较,发现金庸这段和还珠楼主的一样,所以说他有抄袭之嫌。但不管怎么说,总能发现其中的美学境界。）金庸小说在学术上更显高明,但高明并不是让人难以捉摸的高深。比如,郭靖的降龙十八掌来自《易经》,段誉的北冥神功来自《庄子》,全真教来自道教……这些都是把学术小说化。又如,中国文化的最高境界是"化境",即化有形于无形。《倚天屠龙记》中有这么一段,张三丰和徒孙张无忌在交谈,突然门外有人来向张三丰挑战,要与他过招。张三丰怎么会轻易出手呢？当然是张无忌代为出手。张三丰现教张无忌三招,张无忌每学完一招后,张三丰问的不是"你记住了吗",而是"你忘记了吗",忘记了招数才能继续往下学。强调一个"忘"字,化有形为无形。小说把学术化成武功,感觉意味深长。

　　讲到这儿,不妨推演一下,说说梁羽生的小说。梁羽生的小说也能达到这样的境界,特别是古典诗词在他小说章节回目的运用上,很见功夫。相比之下,金庸小说的后两重境界就很少有人能达到。这与他的人生阅历有关。第三层境界是把个性和人生经历融入作品中去。比如说,降龙十八掌一定是要像郭靖那样的老实人才能学的,因为他肯勤学苦练;而黄蓉只可能练打狗棒法,因为那是一种灵巧的武功;老毒物欧阳锋练的就只能是蛤蟆功;而周伯通的顽童个性,所以他练的是"双手互搏",这其实就是两种意念的互相搏斗。武功必须是与个性相结合的,每个人必须练和他个性相符合的武功,选择不对就要受到惩罚,就会出现像东方不败、岳不群、林平之那样的变态人物形象。《神雕侠侣》中杨过遇到了一个异类朋友——雕兄。杨过曾经救过它,作为回报,雕兄把杨过带到它的主人独孤求败那里。独孤求败向杨过展示了他的剑冢,上面都立有碑,碑上题着字,剑冢里埋着好几把他用过的剑。独孤求败告诉杨过他用这些剑的经历。在20岁以前,他用的是刚猛之剑,取其锐利刚猛;30岁以前,他用紫薇软剑,取其灵巧机智;40岁以前,他用玄铁重剑,取其大巧不工;40岁以后,他用的是木剑,此是万物皆为剑的境界;而到了50岁,他不用剑了,用的是剑气。就是这么五个阶段,可再仔细想想,这哪里是在讲剑,明明是在讲人生,正是人生的五重境界。金庸将自己的人生经历和感悟贯穿于作品中,这恰恰是他的作品高人一等之处,也是现在那些年轻的武侠小说作家达不到的境界,因为他们缺乏的正是这些人生的阅历,没有这些经历是写不出那么深刻的作品来的。

  金庸小说中武功的第四种境界是把有形的武功化为无形的武功。将武功作为自己的一部分,彻底参悟,从而达到人武合一的化境,这是武功的最高境界。这样的武功一定是独创的,它与习武者的个性、经历、情感息息相关,相互渗透而成。在金庸小说中,这个类型写得最好的要算令狐冲和杨过了。令狐冲在华山顶上面壁的时候,正是他参悟武功、走向化境的过程,也就是把自己的思想和意念完全融入练武过程中。再说杨过,他的独门武功是黯然销魂掌。为什么会叫黯然销魂掌呢?这和他与小龙女的16年之约有关,原来这套掌法是因为"杨过自和小龙女在绝情谷断肠崖前分手之后,不久便由神雕带着在海潮之中练功,数年之后,除了内功循序渐进之外,无可再练,心中却整日价思念小龙女,渐渐的形销骨立,了无生趣。"在这样的百无聊赖中他创成这套掌法。他16年里的苦闷和煎熬通过黯然销魂掌反映出来,这是和他的经历、感觉和心境融为一体的武功,要别人来学,肯定是学不来。我们来看看这黯然销魂掌的17招都有些什么招式:心惊肉跳、杞人忧天、无中生有、拖泥带水、徘徊空谷、废寝忘食、孤形只影、饮恨吞声、六神不安、穷途末路……招招都是心声。

  下面我们总结一下金庸武侠小说中武功的四种境界,第一种境界其实讲的是中华武功的招式,第二种境界是武术与学术和艺术的结合,第三种境界是写个性与人生,其实是和"人"这个要素结合,第四种境界达到人武合一的地步,就是最高境界,与人的"灵魂"相结合了。这就是金庸小说中武功的"门道"。

"侠义"是武侠小说最核心的部分。被称为侠的人,有武功最好,没有武功也不要紧,只要符合一定的标准就能被称做"侠",因此侠义是一种境界。写侠义就是写境界,写侠的文化上的意义。金庸小说中最令人感兴趣的不是他怎样写侠,而是他怎样从"有侠境界"写到"无侠境界"。金庸前面几部小说中"侠"的形象都很分明,如《书剑恩仇录》中的陈家洛、《碧血剑》中的袁承志、《飞狐外传》中的胡斐、《射雕英雄传》中的郭靖等等,他们都是为国为民,牺牲小我,服从大我,侠之大者。这群大侠都活得很沉重,因为他们身上承担的道义责任比一般人要重很多。大侠们除了背负沉重的道德观念外,还有一定的形象标准,要儒雅风流。最典型的例子是陈家洛。小说的最后陈家洛与张召重有一场决斗,陈家洛身着一身长袍,手中挥舞着一把扇子,所用的武功是自己独创的"庖丁解牛",一旁是十四弟余鱼同吹着《十面埋伏》。想象一下,他当时的举止是如何的潇洒、如何的行云流水,这就是大侠的形象。

到了写《笑傲江湖》时,金庸不再计较什么正邪之分,而是强调个性。令狐冲与其说是一个大侠,不如说是个率直而为的个人主义者。这其中透露出一个重要的信息,金庸对传统的侠义观念产生了怀疑,并预示他对侠义之说有了新的思考。这样的思考结成的果实就是他的最后一部作品《鹿鼎记》。《鹿鼎记》里没有大侠,陈近南是天地会的总舵主,肩负着反清复明的重任,但是小说在写到他的时候,也不免嘲讽地把他刻画成一个计较个人私利的角色;而一代大师顾炎武、黄宗羲也不过是昏了头的老朽,他们因为满汉之见,宁可让韦小宝当皇帝……再看小说中的主人公韦小宝。他是个市井之人,出身于妓院,混迹于赌馆和酒馆,却被他机缘巧合地屡遇贵人,不是进宫成了康熙面前的红人,就是被某个高人收做徒弟。但看看他都学了些什么武功,都是些下三滥的功夫,哪有大侠在关键时刻躲到桌子底下用匕首戳人家的脚背的？哪有大侠打架时用石灰撒人家的眼睛，然后脚底抹油的？金庸告诉我们世界上根本就没有那种胸怀广阔的侠义之人，侠义只是一个理念，而这个理念一旦与现实结合难免存有私利。《鹿鼎记》是一部对以前传统之侠理念的颠覆之作，可以称做"反武侠小说"。沿着这样的现实性、理性化的思路，在这部小说中，金庸还告诉我们，中国文化的雅俗之分是人为的，它们的本质是一致的。韦小宝所代表的三教九流，是一种现在被称为草根阶层的文化，是一种俗文化，而与他相对的是康熙所代表的庙堂文化，是雅文化。韦小宝却能在康熙那里获得成功，在官场上如鱼得水，原因何在？细细推敲一下，就会发现其实这两种文化实质上是互通的，所谓的俗文化非常适应所谓的庙堂文化，它们是一个文化共同体的两个侧面。康熙杀鳌拜是靠赌，平定三藩也是靠赌，韦小宝更是嗜赌成性，走到哪里都离不了一个赌字；康熙与别人在一起总是别扭，与韦小宝在一起就感到自在……既然如此，康熙能有三宫六院，韦小宝为什么就不能有七个老婆呢？（金庸曾经要修改这个状态，要让韦小宝的七个老婆最后都离他而去，如果真要这么修改，小说的价值就变化了，大可不必）一个庙堂皇帝，一个草根皇帝，遥相呼应，这是金庸对中华文化做出的深入思考。

与武功、侠义的独创性相比，金庸写女人显得相当地保守。金庸小说中的女性没有大英雄。简单地归纳，金庸小说中的女性形象大致分为六类：

第一类：纯情类，代表人物是小龙女、仪琳。她们毫无杂念，用情专一，完全以情作为自己的生命支柱，作为自己是非判断和行动的指南。

第二类：痴情类，代表人物是穆念慈、岳灵珊、李文秀、程灵素、马春花。她们往往表现出一种单相思，爱上了一个根本就不爱她的人，但却痴心不改。"早已明知对他的爱，开始就不应该，我却宁愿改我生命，痴心也不愿改。"这是香港电视剧《射雕英雄传》中为穆念慈配的歌词，用在这些女性身上非常恰当。

第三类：聪慧类，代表人物是黄蓉、赵敏、任盈盈。她们多计善谋，行为常在正邪之间。因为嫁了一个大英雄，最后终成正果。

第四类：端庄类，代表人物是宁中则、双双。她们往往表现为端庄、懿淑，而她们身边的那个男人则是奸诈、虚伪。

第五类：乖张类，代表人物是周芷若、郭芙、哑婆婆。她们因妒而偏执，因情而乖张，其行为不可理喻。

第六类：邪恶类，代表人物是李莫愁、叶二娘、阿紫。她们因情生恨，走向变态，是一种"情疯子"。

从以上的分类可以看出，金庸小说中的女性形象是丰富多彩的，而且性格鲜明，蕴涵丰富。作家在塑造这些女性形象和描述她们的心理世界时都显得相当地用心、精心。她们构成了金庸小说特有的风景线。但是，从两性的角度看问题，我们将会看到，这些女性只是一些配角，她们是为了男性而存在的，都是些男性英雄或男性小人的陪衬。金庸小说中的男性，无论是英雄还是小人，他们心中都有社会的理想和个人的奋斗目标：陈家洛、袁承志背负着反清复明的大任；郭靖、杨过、萧峰是抗金保宋的英雄；令狐冲、石破天弥合了江湖的纠纷；即使那些邪派人物张召重、杨康、慕容复、段延庆，以及亦正亦邪的韦小宝，都有他们的人生目标。女性却没有什么社会理想和人生目标。在金庸第一部小说《书剑恩仇录》霍青桐的身上还有一点痕迹，之后的女性皆被情所淹没，她们为情而生，为情而争，为情而累，为情而死，得到、保护、跟随她们心中的理想男人是她们人生的最高理想，是她们喜怒哀乐、行为举止的出发点。在以情作为终极目标的前提下，她们的个性随着婚嫁的变化也发生了变化。一个很明显的情况是，一旦她们的婚恋对象得到了落实，不管她们之前是多么顽皮，多么乖张，多么无所顾忌，此时都只有一个模式：从夫。黄蓉是那么有个性，但她一旦与郭靖的婚嫁明确以后，她满脑子满嘴也只有"靖哥哥"了，《射雕英雄传》中的黄蓉与《神雕侠侣》中的黄蓉性格差距那么大，根本原因是她有了丈夫；初见小龙女，虽不谙人事，却很有主见，但她一旦情属杨过以后，也就唯杨过而活了；至于《鹿鼎记》中韦小宝身边的七个夫人，婚前个个都是一只"凤"，婚后都成了一条"虫"，只有生儿育女、保护丈夫的责任了。女性为男性而存在，这就是金庸小说女性角色的定位。理解了这一点，我们就会对金庸小说中很多惨烈的、令人唏嘘的场面有了更深刻的认识。我们将会更深刻地认识到叶二娘、殷素素、阿紫等人为什么会那么惨烈地死去；会更深刻地认识到岳灵珊、马春花等人临死之前为什么会出现"悲喜交加"的场面；会更深刻地认识到穆念慈只被脱了一只鞋，就终身不悔地随杨康而去；同样，也会更深刻地认识到段正淳身边的那些女人为什么受到遗弃，却始终对段正淳爱恨交加，情意绵绵。女为悦己者容，女为悦己者死，这是被很浓的感情层面很深掩盖住的金庸小说的文化层面。武侠小说张扬的是武侠精神，是爱国的情绪，是自我的个性，而金庸武侠小说中的女性都被情"锁"住了，当然就出不了大英雄，自然是男性的配角。

　　金庸小说为什么会出现这样的情况呢？在我看来原因有两个。首先，女性的配角地位似乎是武侠小说的一个传统（不过有特例，台湾作家司马翎、卧龙生等人常常塑造女性英雄，另外，梁羽生的小说中也有不少女英雄，如《七剑下天山》中的飞红巾）。武侠小说是中国的"国粹"，在源远流长的武侠小说中女英雄并不多见，相反，贬低女性的描写却比比皆是。《水浒传》中的女性基本上都是祸水，个个都是非正常地被杀死，108将中有3个女英雄，但名声皆不好，孙二娘叫母夜叉，顾大嫂叫母大虫，稍微好听一点的是一丈青扈三娘，但偏叫她嫁给矮脚虎王英。到了晚清和民国初年，在武侠小说创作热中，出现了十三妹、红姑这样的女侠。这些女侠都是些不食人间烟火似的独往独来的半人半仙的人物，她们在飘忽之中扶助落难公子，在飘忽之中惩恶济贫。到了20世纪40年代，朱贞木创作《七杀碑》、《罗刹夫人》等作品时，开始出现"众女追一男"的模式，小说中的女性都是些情欲的符号或邪恶的符号，虽然程度有不同，表现技巧有高低。金庸小说也是依据这个"传统"延续下来的。其次，也是更重要的原因是长期以来武侠小说所宣扬的价值取向均是以儒家文化为主的道德规范，仁爱忠孝、诚信知报、精忠爱国、修己独慎，要做一个大侠，首先要做一个君子。武功只是外在的"毛"，修养才是内在的"皮"，这是中国"侠文化"的根本。应该看到，中国传统文化给武侠小说带来了文化内涵和中国特色，也带来了负面影响。这种负面影响最突出地表现为女性地位的低下。在以儒家文化为主的中国传统文化中,女人和小人从来就是相提并论的。金庸小说是最规范的中国儒家道德文化的宣扬书,作家是以最规范的儒家道德文化建立起他的武侠世界和武侠人物的行为标准的。① 中国儒家的道德文化给他的小说带来光彩的同时,同样也给他的小说带来了负面的影响。从主观上说,金庸也许并不愿意这么做(金庸在很多场合下都表达过他对女性的尊重),但是在"传统"和文化的两重压迫下,他确实有些"身不由己"了。

特别应该指出的是,说金庸小说中的女性只是男性的配角,是从两性对比和小说的文化视角的层面上分析的,绝没有否定金庸小说中女性形象的艺术表现力的意思。相反,金庸小说中的女性形象的艺术表现力是相当高超的。因为金庸在坚持中国传统文化的同时,还坚持小说创作中的"人的模式"。"在小说中,人的性格和感情,比社会意义具有更大的重要性。"② 没有了人的性格和感情的描写,小说也就没有了生动性和可读性,金庸对此有着清醒的认识,他在为自己的小说所作的序跋中多次提到。文化的观念决定了女性的性别位置和最后的归宿;"人的模式"决定了女性的形象空间和个性的张扬。前者强调的是位置,后者强调的是过程,而金庸淡化的是位置(也许,金庸是在无意识之中理所当然地认为这就是女性的位置),强化的是过程。当然,过程只是一种经历,无论怎样张扬,最后终究要奔向她们所属的位置。那么,这两者是否矛盾呢?如果将个性的实现看成是解除一切束缚,既定的文化模式和张扬的个性是不能共存的。但是金庸小说并不矛盾,因为他把既有的传统文化的实现看做个性张扬的终极目标,把人的价值的实现看成是人的道德的自我表现。做人不是不要人的个性和人的欲望,而是使人的个性和欲望进一步规范化和理性化。个性和感情表现的是人物的张力,规范化和理性化表现的是人物的内涵,两者在金庸的小说中得到了

---

① 对这一问题我做过详细的阐述,可参见拙作《金庸小说的价值取向和对中国小说现代化的思考》一文,载《2000年北京金庸小说国际研讨会论文集》,北京:北京大学出版社2002年版。

② 金庸:《神雕侠侣后记》,载《神雕侠侣》,北京:三联书店1994年版。

高度的统一。

　　武功表现的是金庸小说的创作观,侠义表现的是金庸小说的价值观,女性形象表现的是金庸小说的道德观,它们是金庸小说的三个侧面。

八

英雄和美女：古龙小说的创新和危机

　　武、侠、情、奇是武侠小说的四大要素。这四大要素的体现者是英雄和美女。从这个意义上说,武侠小说也就是英雄和美女的小说。古龙与金庸、梁羽生并称为新派武侠小说三大家。古龙之所以得到人们的推崇,并不在于他多么会说故事(武侠小说家都会说故事),而在于他笔下的英雄和美女在众多的武侠小说中自成一格。

　　中国武侠小说的文化取向是中国的传统文化,儒释道的思想精髓常被演化成武侠小说的某种理念。与其他作家不同并显得特别突出的是,古龙把世界文化之中的现代意识和现代情绪引进了武侠小说之中,从而大大拓展了中国武侠小说的文化空间。人类的思维总是处于二律悖反之中,在人类的社会活动越来越集团化的同时,人们对社会集团化的意义产生了怀疑;在人们都在寻求某一种信仰作为生存的精神动力时,人们似乎又对信仰中的某些既定的人生结论产生了怀疑。这种思维常使现代人的行为和理想、理性和感性产生矛盾。在社会大集团的生存空间中,人们却越来越感到孤独;在既定的人生模式中,人们对自我价值的存在越来越感到恐慌。这就是现代社会的孤独感和寂寞感。古龙的小说表现的就是这样的现代意识和现代情绪。李寻欢、萧十一郎、楚留香、陆小凤,这些古龙笔下的英雄人物无不是这种现代意识和现代情绪的象征。他们是侠肝义胆的武林高手,他们为江湖世界而生,也为江湖世界而死,他们离开了江湖世界就无法生存。然而,他们又是那么地孤独和寂寞,他们所遇到的人,无论男女老少,几乎都心怀叵测,阴险毒辣;他们很少有朋友(他的小说《流星·蝴蝶·剑》的主题竟是"你的致命敌人,往往是你身边的好友"),即使有一两个朋友,也很难与他们达到思想交流的境界。他们自称是匹"孤独的狼",而不同于成群的"羊"(《萧十一郎》中萧十一郎语),羊受伤了有人照顾,狼受伤了只能依靠自己,"狼被山猫咬伤,逃向沼泽,它知道有许多药草腐烂在那里,躺了两天又活了"。"暮春三月,羊欢草长,天寒地冻,问谁伺狼?人心怜羊,狼心独怆。天心难测,世情如霜……"萧十一郎这番凄凉的话和这首凄凉的歌裹挟着更多伤感和无奈。

也许是与这世界格格不入,他们对死亡也就看得很轻。死亡在他们看来只不过是一个正常的人生归宿,他们需要的是快意的生活、快意的人生,"人生得意须尽欢,莫使金樽空对月"。《多情剑客无情剑》中的李寻欢既喝了一口毒酒,那就干脆把一壶毒酒都喝掉,"我为什么不多喝些,也免得糟蹋了如此好酒"。就是死也要死得快活。金庸、梁羽生小说中的大侠在决战之前,总是闭门静思,或加紧研练心法绝技。古龙小说《武林外史》中的沈浪在与快活王决战之前是美餐一番:"快下去吩咐为我准备一笼蟹黄汤包,一盘烤得黄黄的蟹壳黄,一大碗煮得浓浓的火腿干丝,还要三只煎得嫩嫩的蛋,一只甜甜的哈密瓜……快些送来,我现在什么都不想,只想好好吃一顿。"侠盗楚留香的那只漂流不定的船,也许有着暗示主人人生飘忽的含义,但装饰之豪华令人咋舌,另外还有美酒、佳肴和三位充满魅力的美女宋甜儿、李红袖、苏蓉蓉。至于那位不知生死在何处的有四条眉毛的陆小凤更会享受:"舟,扁舟,一叶扁舟。一叶扁舟在海上,随微波飘荡。舟沿上搁着一双脚,陆小凤的脚。陆小凤舒适地躺在舟中,肚子上挺着一杯碧绿的酒。

他感觉很幸福,因为沙曼温柔得像一只波斯猫那样腻在他身旁。沙曼拿起陆小凤肚子上的酒,喂了陆小凤一口……"不再是苦守古墓,勤学苦练,也不再是古庙晨钟,枯坐守禅,而是生命无畏,人生无定,充满了情欲和物欲。今朝有酒今朝醉,古龙的小说夹杂着一股世纪末的情绪。

在武侠小说作家中,写作最轻松的大概要数古龙了。他后期的小说中没有什么历史背景,他无需为是否违背历史的真实而拘束;他笔下的人物没有什么国家大业、民族复兴的重任,他们介入江湖纠纷相当程度上是由于随兴所至,作家的笔显得特别潇洒;古龙不会武功,似乎也不愿意在纸上摹画武功,那就干脆不写武功的招式,只写武斗的结果。《多情剑客无情剑》中是这样写李寻欢的飞刀和阿飞的快剑的:"他瞪着李寻欢,咽喉里也在'格格'的响,这时才有人发现李寻欢刻木头的小刀已到了他的咽喉上。但也没有一个人瞧见小刀是怎会到他咽喉上的。"这是李寻欢的飞刀;再看阿飞的快剑:"忽然间,这柄剑已插入了白蛇的咽喉,每个人也瞧见三尺长的剑锋自白蛇的咽喉穿过。但却没有一个人看清他这柄剑如何刺入白蛇咽喉的。"要想达到这么快,就要达到人剑合一的上乘的武功境界。既遮住了自己的弱项,又将其美化,这实在是聪明之举。这种聪明还体现在小说的情节安排和人物的刻画上,最能代表这一特色的作品是《绝代双骄》。这部小说的故事就像一个大恶作剧,情节安排就像做游戏,移花宫的两位宫主所设计的让江枫的两个亲生儿子互相残杀的诡计是游戏的开始,江小鱼和花无缺的兄弟相拥是游戏的结束。这其中,江小鱼和花无缺所做的每一件事,又无不是依据游戏的规则在进行。小说中最生动的人物都带有游戏色彩,恶人谷的"十大恶人"、占小便宜吃大亏的"十二星象"、要尽心机的江玉郎,特别是油滑的江小鱼,本来就是恶作剧的产物,又被"恶作剧"般地培养,而他又恶作剧地对待每一个人。作者写得轻松,读者也读得轻松。聪明的是作者没有忘记要在游戏之中写出人性来。游戏本来就是假的,人性却是真的。在游戏中人的机智、贪婪、恶毒、狡诈……人性中的所有特点都会充分地暴露出来,古龙将这些人性表现得淋漓尽致。

这就是古龙小说中的英雄和美女的形态和心态,他们潇洒人生,却又多愁善感;快意恩仇,却又自伤自怜。不过,虽然古龙笔下的英雄美女表现了作家的人生理念,但男女之别又决定了他与她的不同位置。在大多数武侠小说之中,女性的位置是微不足道的,甚至是卑下的(有些作家对女性比较尊重,如司马翎、卧龙生的部分作品)。金庸小说中的女性总是为情而活,被情所累。这些女性形象尽管都不完美,但她们都还有自己的意志和奋斗的目标,她们还是一个人。在古龙的小说中,女性只是一个符号,代表了情欲和淫欲。朱七七为了追到沈浪,历经千辛万苦,日散千金在所不惜(《武林外史》);凤四娘为了萧十一郎会从花轿中逃跑(《萧十一郎》);楚留香身边的那三个女人更是争风吃醋(《侠盗楚留香》)……这些女人都在追逐她们心中的偶像,她们是情欲的象征。还有一些女性也在追逐她们心中的偶像,但其手段却卑鄙毒辣,《绝代双骄》中的邀月公主、怜星公主、屠娇娇;《侠盗楚留香》中的石观音、水母阴姬;《多情剑客无情剑》中的林仙儿……这些女人追逐男人不是为了情,而是为了自我的淫欲,她们是淫欲的象征。无论是情欲还是淫欲,她们都依靠男人而生存,都缺乏女性自我的人格。不仅如此,古龙小说中还有不少对女性的不健康描写,《武林外史》中漂亮的朱七七被易容成又丑又哑的老太婆,得到解救要放到药水盆里数日方才泡松皮肤,小说就让沈浪为赤裸的朱七七一根一根地拔掉身上的麻丝;《陆小凤》中最后陆小凤杀掉了宫九,不在于陆小凤武功高强,而在于身后的沙曼脱光了衣服引诱宫九爆发了性变态。不仅如此,古龙常常用对女性的杀戮和女性的情欲表现来刺激读者的感官。我们举《陆小凤》中的两则例子加以说明:

> 屋子里的情况,远比屠宰场的情况更可怕,更令人作呕。
> 三个发育还没有完全成熟的少女,白羊般斜挂在床边,苍白苗条的身子还流着血,沿着柔软的双腿滴在地上。
> 一个缺了半边的人,正恶魔般箕踞在床头,手里提着把解腕尖刀,刀尖也在滴着血。
> 她的呼吸更急促,忽然倒过来,用手握住了陆小凤的手。

她握着实在太用力,连指甲都已刺入陆小凤的肉里。

　　她的脸上已有了汗珠,鼻翼扩张,不停的喘息,瞳孔也渐渐扩散,散发出一种水汪汪的温暖。

一是写恐怖,一是煽动情欲,这样的感官描写几乎遍布古龙的小说,是古龙小说特有的风景线,它们与神奇的人和离奇的事裹挟在一起,大大刺激了读者的阅读欲望。女人就如玩物和工具一样,她们只是提供给男性享乐或为男性所用。古龙小说中的这种"重男轻女"现象,有人认为是重友情轻爱情,表现出了英雄的人格。这是粉饰之词。应该看到古龙的小说有着严重的歧视女性的倾向。

　　古龙说过:"我们这一代的武侠小说,如果真是由平江不肖生的《江湖奇侠传》开始,至还珠楼主的《蜀山剑侠传》到达巅峰,至王度庐的《铁骑银瓶》和朱贞木的《七杀碑》为一变,至金庸的《射雕英雄传》又一变,到现在又有十几年了,现在无疑又已到了应该变的时候!"①古龙竭力使自己的小说求新求变。那么古龙又是怎样变革武侠小说的呢?这与他接受的教育有很大关系。他曾就读于台湾淡江大学外文系,大学期间阅读了大量的外国小说,接受的是现代教育。在创作上,他最初是以创作纯文学登上文坛的,写过一些爱情小说。这些文化经历都给他的武侠小说创作留下了痕迹。他说:"要求变,就得求新,就得突破那些陈旧的固定形式,尝试去吸收。《战争与和平》写的是一个大时代中的动乱,和人性中善与恶的冲突,《人鼠之间》写的却是人性的骄傲和卑贱,《国际机场》写的是一个人如何在极度危险中重新认清自我,《小妇人》写的是青春和欢乐,《老人与海》写的是勇气的价值,和生命的可贵……这样的故事,这样的写法,武侠小说也同样可以用,为什么偏偏没有人用过?谁规定武侠小说一定要怎么样写,才能算正宗?"②从这段话中可以体会到古龙变革武侠小说的基本思路:从外国小说

---

① 古龙:《多情剑客无情剑·代序》,深圳:海天出版社1988年版。
② 同上。

中接受养分作为武侠小说的新元素。

"外国小说",这是一个泛化的概念,但是与以中国文化为中心的东方文化比较起来,却说明了另一种价值取向。古龙这段话中列举的小说虽多,却有一个共同点,那就是不同于中国文化的人性。古龙小说中的现代意识和现代情绪正是源于这些外国小说所表现出来的人性。不仅是小说的价值取向和人物形象的塑造,古龙的小说情节同样受到外国小说的影响,其中最为深刻的影响,在我看来是"硬汉派小说"。

"硬汉派小说"是起源于英美侦探小说的新形式,比较著名的作家有达希尔·哈米特(Dashiel Hammett,代表作《马耳他雄鹰》)、雷蒙德·钱德勒(Raymond Chandler,代表作《长眠不醒》)、英国作家伊恩·弗兰明(Lan Fleming,代表作"007系列小说")等。"硬汉派小说"起源于20世纪50年代,盛行于六七十年代,80年代走向高潮,至今仍继续流行。这类小说以侦破案件和捉拿刑犯作为主要情节,主人公被卷入案件,或是被派遣;或是无意中被拖进去了;或是为了说清自己身上的冤情去抓真正的罪犯。他们总是单枪匹马,其危险不仅来自对手,还来自自己的身边。他们的心永远是孤独的、寂寞的,却又是顽强的。拼搏生活也享受生活、忍受折磨也迎合诱惑、坚持原则也不拘小节,这是他们的生活态度。当然,在他们侦破案件时,身边都有一两个美貌的女性,她们无论是敌是友,最后终被主人公的魅力所征服(如007邦德)。个人英雄主义的主题、曲折离奇的情节、阳刚阴柔相兼的格调是"硬汉派小说"的基本风貌。将这些特征与古龙的小说相比,就会发现,它们太相似了。楚留香、陆小凤、沈浪、李寻欢、萧十一郎,他们既是一位大侠,又何尝不是一位侦探?他们的所作所为就是侦破一个案件,这个案件就是一个江湖秘密。他们身边也有很多女人,这些女人无论是敌是友,见到他们都是要死要活的。"硬汉派小说"给古龙提供了构思小说情节结构的蓝本,给他的小说人物带来了现代的气息,说古龙的小说是"硬汉派武侠小说"也不过分。

古龙的小说受到"外国小说"的影响是明显的,聪明的是他对其做了个性化的处理。这种处理表现在四个方面。

他在小说之中尽管表现了很多新的思想,但从不走极端。现代意识和现代情绪体现在小说情节发展的过程中,结尾从来都是"中国式"的;个性主义体现在人物的行为上,并且尽量地与中国的道家文化结合起来,善恶是非的评判标准也从来都是"中国式"的。恶有恶报,善有善报,作恶者必自毙,好心人必得好报,这是中国人处人遇事中最基本的告诫,也是古龙小说最常见的结局和道德底线。有了一个令人满意的结尾和做人的标准,中间不管你怎么变,怎么西方化,中国读者似乎都能接受。

"硬汉派小说"是侦探小说,侦探小说就少不了神秘和离奇,而神秘和离奇是侦探小说与武侠小说的相融之处。对这些相融之处,古龙展开了极度的渲染和夸大。古龙的小说不写朝廷王室,也很少写武林派别,总是写邪派魔教如何在江湖上兴风作浪,而这些邪派魔教的所在地总是在人迹稀少之处,要么是大沙漠,要么是海底,要么是冰封的北国,要么是陡峭的绝壁。这些地方本已神秘离奇了,作者还写了邪派魔教在这里设置了种种的机关,那就更不可思议了。环境描写是静态的,很多作家都可以写,古龙的特色是写神秘离奇的人。明明是寻常之辈,却是武林高手;明明是仁慈之辈,却是邪恶魔头。愚者弄巧,智者中计,凶手背后有凶手,圈套背后有圈套。以他的《七种武器》为例,小说写了七种武器,也就是七则意外的故事。《碧玉刀》中段玉要到"宝玉山庄"当女婿,半路上受到青龙会的暗算,他舍身相救的那个女孩,竟然是青龙会所设的"香饵"。段玉开始以为凶手是铁水,后来又以为是顾道士,最后才发现真正的凶手是顾道士的妻子花夜来。凶手和圈套扑朔迷离,却似有所悟。《长生剑》中方玉香处处讲朋友义气,被白玉京视为朋友,实际上却是一个阴险的小人;在白玉京面前那么温柔的女人,竟然是青龙会的女魔头。值得提出的是,古龙在渲染和夸大小说的神秘和离奇的同时,还在人性的挖掘中为这些神秘和离奇寻找根据,因此,他的小说中的某些情节那么神秘和离奇,大多数读者却能接受,似乎还有所悟,有所得。同样以《七种武器》为例,《离别钩》中,狄青麟与万君武赌气买马,赢了马的狄青麟却又将马送给了万君武,然后又将万君武杀了。小说的人物如此善变,读者却能接受,因为看到了狄青麟的阴险和狡诈,谁会相信如此慷慨的送马者竟是凶手呢?狄青麟明明喝下了美女青儿下毒的酒,却没有死,而且杀了青儿以及幕后策划者花四爷,人物如此神奇,令人吃惊,但细想起来,却能接受,因为狄青麟本就是一个善于伪装之人。不可思议是侦探小说的特点,古龙则把不可思议推演到人际关系之中,并从中寻找出根据,这就是古龙的艺术功力了。

优秀的武侠小说总是不甘心停留在武功和侠义的层面上,总是要展现更多的人生内涵。金庸和梁羽生的小说是江山和江湖的结合体,他们将人生和生活哲理通过历史的评判和人物的刻画表现出来;古龙的小说是侦破和江湖的结合体,它缺少历史沧桑感,却具有情节的多变性,于是他干脆就根据情节的发展来点评人生哲理,例如:

一个人绝对不能逃避自己——自己的过错,自己的歉疚,自己的责任都绝对不能逃避。因为那就是自己的影子,是绝对逃避不了的。

——《碧血洗银枪》

只要是人,就有痛苦,只看你有没有勇气去克服它而已。如果你有这种勇气,它会变成一种巨大的力量,否则,你终身被它践踏和奴役。

——《七种武器》

和赌鬼赌钱时弄鬼,在酒鬼杯中下毒,当着自己的老婆说别的女人漂亮,无论谁做了这三件事,都一定会后悔的。

——《多情剑客无情剑》

这些人生哲理或生活哲理的语言都出现在小说情节发生转变的时候,并且都有事实的证据,似乎也就成了人生经验的某种总结。由于古龙小说情节多变,这样的语言也就遍布古龙的小说。

与注重情节相匹配的是古龙小说的叙述语言。他很少用长句,多用短句,而这些短句又常常以散文诗式排列。这些排列的短句总是抓住中心词,反复地变换意思,如:

屋子里有七个人。

七个绝顶美丽的女人。

　　七张美丽的脸都迎着他,七双美丽的眼睛都瞧着他。

　　阿飞怔住了。

这段表述中,"七"是中心词,围绕着"七"字,作者在推动情节的发展。这样的句型排列,增加了小说的节奏感和紧张感,还带有一些俏皮的意味。这是古龙的创造。

　　仔细分析古龙这四个方面的"个性化的处理",可以看出他实际上是在修正小说中可能出现的过分的"西方化"倾向。应该说,他修正得不错,使得他的小说既摆脱了中国传统的武侠小说的创作之路,带来了独特的风格,又保持了"中国武侠小说"的基本原则。

　　古龙是中国武侠小说的革新者,然而,革新者的价值除了自己的成功之外,还应该带领后来者一起形成一个新的局面。从这个意义上说,古龙并不成功。古龙之后,武侠小说的创作中再也没有出现读者基本认同的武侠小说大家,为什么呢?是后来者不会讲故事么?不是。是后来者缺少才气吗?也不是。在我看来,是后来者对古龙的创新思维认识不够,只追随古龙的创新,却没能充分地了解古龙小说创新中的偏颇;只看到古龙怎样地从外国小说中汲取营养,却没有看到古龙又努力地"修正"。

　　武侠小说毕竟是中国的国粹,它是建立在中国传统的文化和中华武功之上的,排除了中国传统的文化和中华武功,"中国式"的武侠小说就难以成立了,或者就不能称为"武侠小说"。严格地说,古龙的创新思维是与武侠小说传统文化的要求相背离的。外国小说中的人性说到底是以个人主义为根本,侦探小说说到底是以法律作为它的价值取向,这些都与中国的传统文化和道德标准形成偏差。古龙的成功在于他从人物塑造和情节结构的层面上汲取外国侦探小说的营养后,在个性化处理中创造性地弥补了外国小说中的不足,虽然很多弥补显得相当外露和吃力,但是他毕竟在基本原则上掌握好了一个"度"字。如果看不到古龙小说创新中的偏颇,以为只要将外国的新鲜因素拿来改变武侠小说的模式就是创新(当代香港很多武侠小说作家追求的武侠小说与魔幻、科幻小说的结合,大陆的新武侠小说作家追求武侠小说与动漫的结合),只是创新中的误区。这些创新的武侠小说看起来有了新的因素,丢掉的却是小说的"武侠味"。武侠小说需要创新,但是创新之路究竟怎么走,古龙小说提供的是创新的勇气和成功的个案,还是放之四海而皆准的标准,这是值得后来者们思考的问题。

九

中国武侠小说的三个波段和"21世纪新武侠"的创新

　　金庸小说之后,中国的武侠小说能不能再上一个台阶,这是人们所关注的一个问题。近几年来提出的"21世纪新武侠"的口号的确相当重要,一是呼唤大陆能够出现与港台地区相媲美的武侠小说大家;二是呼唤武侠小说创作有新的突破。在武侠小说创作几乎成为模式的今天,大陆作者创作一些武侠小说不成问题,问题是怎样才是新呢?在我看来,所谓"新",就是要在保持武侠小说美学基本要素的基础上对既有模式有所突破,并从整体上将武侠小说的创作带到一个新的境界。

　　武侠小说要创新,首先就应该了解中国武侠小说处于什么样的水平。20世纪中国武侠小说的创作十分繁荣。繁荣局面的形成来自于武侠小说三次大规模的创新运动。第一次创新运动是由向恺然的《江湖奇侠传》引发的。这部创作于1923年的作品使得中国武侠小说的创作从"江山"转向了"江湖"。武侠小说是中国的"国粹"。从东汉末年的《燕丹子》一直到清末民初的武侠小说,几千年来,中国武侠小说的价值取向,不是保江山,就是打江山(《水浒传》开始还是写江湖世界,到了梁山泊排座次之后,小说的价值取向也就转向了江山);武侠人物不是为了某一君王打江山,就是跟随着某一清官平叛捕盗。《江湖奇侠传》从浏阳、平江两地农民争"水陆码头"写起,最后演化成昆仑、崆峒两派江湖人士争斗,演绎成一则江湖故事。从"江山"转向"江湖"给武侠小说带来的最大好处是拓展了小说的传奇空间。武侠小说本来就是以传奇取胜,在"江山意识"的要求下,武侠的传奇性只表现在武侠人物的行为动作上。转向"江湖世界"后,武侠小说的传奇性不仅体现在人物的行为动作上,还体现在他们的生活环境中。神秘的深山古刹、险峻的荒山老林、荒凉的戈壁沙漠、古怪的水中小岛,这些是武侠人物生长的地方,也是小说情节展开的环境。同样,在"江山意识"的要求下,武侠人物再神奇也是次要人物。当武侠小说转向"江湖世界"后,武侠人物就成了小说的主要人物。这些武侠人物的精神世界、心理变化、性格脾气成为小说不可缺少的描述内容。武侠人物的武功更神奇了,个性更分明了,但形象更真实了,因为他们有了性格依据。《江湖奇侠传》价值取向的转型以及由此带来的直接效果显然是被当时的武侠小说作家体会到了。他们都为自己笔下的武侠人物设计出了自己的生活空间。李寿民的"蜀山系列"写了半人半仙的剑仙世界;王度庐的"鹤—铁系列"写了亦正亦邪的江湖世界;姚民哀在黑白两道之中为他的人物寻找空间;白羽、郑证因以镖局、帮会为视点写了草莽生活;文公直却把宫廷和江湖连成一片。江湖故事的虚构性很强,可以一波一波地写下去,可以一个人物接一个人物地生发开来,于是武侠小说的"系列"也就形成了。此时最大的武侠小说"系列"是李寿民的"蜀山系列","正传"、"外传"、"别传"、"前传"、"后传"……达到了30多部,一个大型的树状结构描述了一个大型的武林家族。第二次创新运动是由朱贞木的《七杀碑》完成的。《七杀碑》的最大贡献是将武侠故事与历史故事结合了起来,使得武侠小说历史化。武侠小说在江湖世界里,增强了小说的传奇色彩,但是故事有一种缥缈之感,以历史事件为背景,不管武侠故事如何传奇,它都有了"根",给人以真实之感和厚重之感。武侠小说的历史化,实际上是从江山之中写江湖,江湖故事围绕着江山的更替来写,不管故事是如何的散乱,它都有一条稳定的线索,不管瓜散落在何处,它们都结在这根藤上。以江山为背景写江湖故事,江湖故事也就有了廓大的表现空间,它可以由于政治家的阴谋将江湖故事写到宫廷里去,可以由于结党结社将江湖故事写到高山野林之中,当然,也可以根据民族矛盾将江湖故事写到边区异域里去。武侠小说与历史"攀亲结故",武侠故事就有了无穷的历史"根据"。武侠小说第三次创新运动是由金庸等人完成的。他们把武侠小说带到了文化的境界。严格地说,金庸小说可称之为"文化武侠小说"。他的小说最突出的贡献是将俗文化与雅文化结合了起来,让武侠小说成了雅俗共赏的文体。从小说价值取向的层面上说,他将中国传统的世俗的道德观念与"五四"精英意识中的"人的文学"结合了起来,比较圆满地解决了依据中国传统文化写"人的文学"的问题。他写的"人的文学"有与"五四"以来的新小说相同的地方,笔下的人物符合周作人提出的自然属性和社会属性两大标准;也有不同的地方,他的人物不像新小说那样在肯定和要求人的价值的同时,对世俗道德的文化传统提出疑问或抨击,从而达到改变世俗道德的目的,而是在肯定和要求人的价值的同时,依据世俗道德的文化传统进行人格的自我完善,其目的在于维护和宣扬中国传统的世俗道德文化。在生活层面上,金庸将世俗的武功、饮食、技艺等各方面雅致化、精致化,俗中带雅,雅因俗成,俗为表象,雅蕴其中。

在了解中国武侠现有水平之后,我们再考察这三次创新运动的基本思路。第一次创新运动实际上是一次"文体的融合"。向恺然等武侠小说作家们将武侠引进了江湖世界,其基本思路是以中国传统的神魔、奇幻小说架构武侠小说。江湖门派东西南北中各自称尊,就如神魔、奇幻小说中的四方尊神。武侠人物腾云驾雾、翻江倒海,展示出各种超自然的力量,显然是神魔人物"神魔本领"的翻版,就是武侠人物的御雕缚蛇也来自神魔人物降龙伏虎的启示。不过,在融进神魔色彩的同时,武侠小说还是保持了世俗化的本色。它们宣扬的还是中国传统的文化观念。他们的小说人物正邪分明,正者不仅是中国道德规范的表现者、执行者,行为举止也儒雅风流;邪者"邪"在缺少"做人"起码的要求,其行为举止也相当地粗陋淫荡。这样的美学风格和文化价值标准符合当时广大市民的阅读口味,所以,武侠小说很快风靡起来,成为当时市民文学的"佳品"。第二次创新运动是一次"学科的融合"。朱贞木实际上是把历史学科引入武侠小说创作中来。历史学科的介入给予武侠小说美学构成的最大贡献是"真实性",似乎历史就是这么构成的。对武侠人物来说,打斗之中多了几分历史兴亡的内涵,豪杰之气中有了更多的英雄气概。此时武侠小说的历史观还是传统的"正史观"——国家观念和民族观念高于一切。这样的美学风格和价值标准同样符合当时市民的阅读口味,所以又一次地掀起了武侠小说创作阅读高潮。第三次创新运动是一次"文化的融合"。金庸等人的武侠小说给人留下的最深刻印象是:始终强调"侠之大者,为国为民",始终强调传统的"做人"标准。他们小说中的大侠,是行为特异者,也必定是一个君子。但是,在这些传统的文化价值和"做人"的标准中又有着丰富多彩的人性、人情的表现。这样的特色说明了金庸等人的武侠小说是以中国传统文化为根底,而将"五四"以来的精英文化融入其中。金庸等人的武侠小说基本上采用"说故事,写人物"的叙事方式。说故事是中国传统的文学审美要求,写人物又是"五四"精英文化的特色。金庸等人的武侠小说常常将人物的成长作为小说叙事的线索,一方面人生的故事成为小说的主线,另一方面过程和结局又可以分开来表现。事实上,金庸等人武侠小说中的人物成长过程往往是精英文化表现得最充分的时候,而结局则往往终结为传统文化。"五四"以来的精英文化有很强的世界现代文化色彩,金庸等人的武侠小说也就有了世界现代文化的色彩。

　　对历史的回顾无非是为了对提升大陆新武侠的境界给予一些启示。中国武侠小说的每一次变革都是深刻的结构性变革和思维性变革,也只有结构性变革和思维性变革才称得上"新的境界"。近几年来以《今古传奇·武侠版》为核心阵地,中国大陆出现了一批武侠小说创作的生力军。小椴、小米、沧月、沈璎璎、步非烟、糖小小讯、时未寒、李亮等青年作家以他们的作品给大陆武侠小说创作带来了虎虎生气。这些作家并不纠缠于武侠小说的"侠义精神",甚至鄙视"侠义精神",他们表现的是人性和人情,是自我生命力的释放。"何为正？何为邪？何为忠奸？何为黑白？堪令英雄儿女，心中冰炭摧折。"沧月《东风破》的这几句结束语相当准确地说出了他们武侠小说的价值观念。他们笔下的人性可以分裂（如小米《血魔夜惊魂》）；爱恨可以转换（如沧月《剑歌》、《东风破》）；在"异类"中自怜，在"自许"中爆发（如小椴《长安古意》）；在失去控制之时，人性也就成了一种傀儡，它只是"意念"的玩物（李亮《傀儡戏》）……他们写武侠小说绝不是要写"武侠"的小说，而是要借武侠小说特有的情境和武侠人物特有的身份，在恩和仇、爱和恨、必然和偶然、规矩和放纵之间直接逼问人的本性和本能，并从中搜寻其存在的意义。他们都很明白武侠小说要说故事，都善于编织情节。在寻找自我和身份辨认的过程中，把平常之事转换成不平常（如小椴、小米、糖小小讯的小说）；在对抗之中写事件的突变，从而加强情节的张力（如时未寒、李亮的小说）；在神秘的气氛中构造诡异，在自然之中推崇超自然（如沈璎璎、步非烟的小说）……他们的小说几乎是以悲剧告终，即使最后胜利了，也胜得偶然，胜得压抑。情节绝不拖沓，因果步步推演，缜密的构思显示出他们谋篇布局的才华。他们也很善于调剂小说的气氛，营造一种意境。小椴写古城，小米写月夜，沧月写江南的烟雨，时未寒写绝地，沈璎璎和糖小小讯写幽谷和蛮荒……神、情、性、境糅合在一起，沉稳和灵动、幽深和妩媚、气氛和意境与小说中人性的展现、情节的舒展相互映衬，相得益彰。这是一批在新时期中成长的作家，人性的追求和个性的释放直接影响了他们人生观和文学观的形成。他们根本就不顾忌什么传统文化什么现代文化，根本就不顾忌什么雅文化的提升和俗文化的普及，他们只是将自己的观念表达出来，只是将自己认为最有价值的人生"活法"展现出来，至于别人怎么说，怎么评价，那是别人的事情。他们的文学修养来自于对大量新时期以来中外文学作品的阅读，金庸、梁羽生、古龙等人的小说对他们的创作产生了直接的影响。他们大多数具有本科以上的学历，其中不少人学的是理工科，所学的专业也或多或少地影响着他们的创作。看得出来，无论是他们的创作实绩，还是他们的价值观念、文学观念、知识结构，都显示出他们的创作实力不可小觑，显示出金庸之后中国武侠小说一波新的浪潮正在展开。

不过,他们的小说还不能称之为"武侠小说的新境界",因为他们的那些"新"还没有达到变革既有的武侠小说创作结构和创作思维的地步。在我看来,他们有两大问题亟须解决:一是如何摆脱既有的武侠小说模式,特别是金庸、梁羽生、古龙作品的影子,建立自我的武侠小说的审美形态。读大陆这些青年作家的作品,在赞叹他们才华的同时,常常感觉到故事的基本构架和创作的基本思路似乎在什么地方见过,还珠楼主风格?王度庐风情?金庸式?古龙味?还是多位作家风格的综合?这些阅读感觉告示着读者他们个人的创作空间还不够开阔,告示着读者这些作家似乎有些新,但总体风格还处在学习和模仿的阶段。二是如何加强小说中的文化内涵。以人为创作的中心是现代小说的基本原则,雅小说如此,通俗小说也如此。在新文学的影响下,中国武侠小说写人的问题在20世纪30年代就基本上解决了,王度庐的小说、白羽的小说都是以写人性和人情而取胜,到了金庸、梁羽生、古龙等人的小说中人性与人情更是表现得酣畅尽致。近年来出现的大陆的年轻作家一下笔就做到了这一点,说明这些青年作家的起点很高,但是写"人"不能作为他们"新"的标志。因为这是现代小说的基本线,而且他们的前人已经将武侠小说推到了这个境界。武侠小说要想有新的突破,还应该寻找新突破口。在我看来,文化应该是最佳的选择。写文化不仅仅能表现复杂的人性和人情,而且能揭示出形成如此复杂的人性和人情背后的力量;写文化不仅仅能展示故事情节的传奇和曲折,而且能揭示出故事情节传奇曲折的必然性。将文化穿插在小说创作中,武侠小说的内涵自然会产生厚重感。其实,金庸等人超越前人的秘诀也就在这里,他们在保持前人成果的同时用武侠小说演绎中国的传统文化。大陆的青年作家要想超越金庸等人,就应该在保持金庸等人演绎中国传统文化的特点的同时,多角度、多层次地演绎各类文化,不但是阐释中国文化,还应该反思中国文化的合理性和适应性,这样,小说创作才会有深度。中国大陆的一些青年作家已经有一批写文化的佳作。例如,小米的《血魔夜惊魂》写了温情和暴戾,写了复仇和宽怀,人性和人情的复杂和多变表现了出来,小说的情节曲折,气氛诡异、神秘,令人称道的是作家将这些描写与分析人的意念结合了起来。作家试图说明,在环境的刺激之下,人的精神、内蕴,甚至形体都会发生裂变,会出现一种"灵魂出窍"和"不由自主"的现象,会出现一种人的本性追寻的迷惑。这样的分析让我们感受到现代主义的文化意味,而现代主义文化却是金庸等人的小说未能实现的,从而我们感受到了金庸等人之后所出现的武侠小说的"超越"。再如李亮的《傀儡戏》写"死物"可以变成"活物","活物"也可以变成"死物"。死活的转换以及"灵器"的描述在武侠小说中是常见的,但是,当作家将这些描述通过民间艺术木偶表现出来时,小说中的本土文化传统以及浓郁的乡土气息就表现了出来。乡土文化的特别性同样也显示出了武侠小说的超越。虽然说这样的佳作还不多,但"21世纪新武侠"已经掀起了"新"的一角。

"21世纪新武侠"的"新"的界定可以有多种标准,可以是人性写作,可以是女性写作,可以是动漫写作,也可以是网络写作……不管怎样设定,自我和厚重都是需要的,因为,只有有了自我才能称得上超越;只有有了厚重,才会出现大师。只有有了自我创作个性的大师辈出的时候,中国武侠小说才会进入一个新的境界,中国武侠小说的发展历史就是这样写成的。

程小青的《霍桑探案》和孙了红的《侠盗鲁平》

如果要问中国侦探小说作家中影响最大的是谁,回答是肯定的,那就是程小青。

程小青小说具有什么样的特点呢?我们先欣赏他的一篇小说《舞宫魔影》。

《舞宫魔影》写的是广寒宫舞场红舞星柯秋心的死亡之谜。作为一个在上海滩红得发紫的红舞星,自然有复杂的社会关系,而这些看似笑脸和鲜花的关系之中却处处显露出杀机。两位江湖无赖陈大彪、张小黑天还未黑就站在舞场门口等待柯秋心,目的是要抢她脖子上那根被上海滩的小报炒得沸沸扬扬的项链;大丰纱厂经理贾三芝为了能使柯秋心能和他亲近,哄吓诈骗样样都来,一副不达目的决不甘休的模样;同是舞女的徐楚玉,因为舞姿略差一点被人冷落在一边,她向柯秋心迷人的舞蹈抛去冷冷的眼光;还有那位文学家杨一鸣为了达到邀请柯秋心陪他们新婚夫妇外出度蜜月的目的,竟然将自己的定情戒指送给了柯秋心,引得新娘爱美半夜去找柯秋心拼命……在这些线索的交织之下,柯秋心死了,而且确认为被杀。谁是凶手呢?这些人都有动机,而且都来过现场。在拘捕贾三芝时,贾三芝竭力拒捕;初审中杨一鸣夫妇各自承认了他们的爱意和妒意;柯秋心的侍女小莲指认是陈大彪和张小黑干的;关键时候,舞女徐楚玉竟又失踪了……读者指认任何一条线索似乎都是"合理"的。但是,作者却指出了一条别人难以置信的线索,凶手是柯秋心的表哥王百喜。这的确出乎读者的预料之外,他是柯秋心的监护人,是一起到上海"打天下",处处关心柯秋心身体健康的人,于公于私都不应该是他杀了柯秋心。但是作者摆出的理由是令人信服的。这位自称是柯秋心表哥的王百喜其实是一位在精神上肉体上束缚柯秋心的"魔鬼",柯秋心只不过是他赚钱的奴隶。当柯秋心要摆脱他寻求自由之时,他竟然杀了她。当这些黑幕被揭开之后,凶手之谜自然被揭开了。

程小青曾对他的小说结构做过这样的介绍:"我觉得这一种自叙体裁,除了在记叙时有更真实和更亲切的优点以外,而且在情节的转变和局势的曲折上,也有不少助力。譬如写一件复杂的案子,要布置四条线索,内中只有一条可以达到抉发真相的鹄的,其余三条都是引入歧途的假线,那就必须劳包先生的神了,因为侦探小说结构方面的艺术,真像是布了一个谜阵。作者的笔头,必须带着吸引的力量,把读者引入谜阵的核心,回旋曲折一时找不到出路,等到最后结束,忽然把谜阵的秘门打开,使读者豁然彻悟,那才能算尽了能事。为了布置这个谜阵,自然不能不需要几条似通非通的线路,这种线路,就须要探索中的辅助人物,如包朗、警官、侦探长等等提示出来。"[①]从文本的目的上说,侦探小说就是写怎样辨认凶手,而侦探小说的可读性就在于凶手的最后辨认往往在一般人的预料之外,同时又在逻辑推理的力度之中。侦探小说作家为了达到这样的效果,在写作过程中一方面大量地设置迷局,而另一方面又为他最后确认的结局做铺垫。他们常用的方法就是"多线索障眼法",即设置多条近似的线索,让读者发挥自以为是的想象,得

[①] 程小青:《侦探小说的多方面》,载《霍桑探案》1933 年第 2 集,上海:上海文华美术图书公司出版。

出错误的结论,而作者却指出一条读者难以置信的线索,通过推论让读者确认这是正确的。这是一种侦探小说创作的传统手法,在爱伦·坡和柯南·道尔那里大量地使用过。在中国,对这种手法使用得最为娴熟者就是程小青。

《舞宫魔影》传统型的特点,还表现在对私人侦探的刻画和整部作品的谋篇布局上。和爱伦·坡的杜宾、柯南·道尔的福尔摩斯一样,程小青的霍桑在整个侦破过程中表现出了超乎寻常的智慧和神勇。他不被表面现象所迷惑,能够在复杂的谜团之中保持清醒的头脑;能在意想不到之处获取很有价值的证据;他行动敏捷,论辩有力,常常在别人束手无策之时带来新的希望。与他相对照的是那些官方侦探,他们思维简单,行动迟钝,常为小利而大喜,他们每前进一步都来自于霍桑的启发。小说的结构也是传统的先设悬念后释义的惯用手法。小说一开始就让柯秋心处于危险之中,似乎处处都有向她伸来的魔爪,读者始终为她的安全担心。小说结束时,让所有的涉嫌者作为听证人,读者和这些涉嫌者一样处于不安之中,最后在霍桑的指点下,点出那个看似最应受到同情的人就是凶手。读者和涉嫌者在预料之外自然会产生众多的疑问,随着这些疑问被一一剖析,涉嫌者解脱了,读者也就在其中获得了阅读快感。这种写法在侦探小说的创作之中是常见的。

的确,《舞宫魔影》有着较强的模仿痕迹,但程小青毕竟是中国的侦探小说家,小说之中处处显露出中国的道德标准和时代特征。程小青的小说基本是秉持着中国的道德标准,恶有恶报,善有善报,小说基本上是对恶人的揭露和批判。舞场作为中国20世纪二三十年代社会风气的窗口,在其中发生的故事本身就充满了时代的气息。小说中出没的小职员等人从本质上说属于平民阶层,他们的行为特征都是本土作风本土气派。程小青很善于写人物,他笔下的人物性格比较鲜明:柯秋心对现实生活顽强拼搏,却又无可奈何;杨一鸣对爱情一片痴情,却又懦弱无能;贾三芝的凶暴狠毒、陈大彪的粗鲁无赖、王百喜的狡诈虚伪……都给人留下了深刻的印象。这篇小说中,作者还十分注重对人物心理的刻画。柯秋心一方面被杨一鸣的真诚所打动,另一方面又不愿讲出自己的身世,这种调侃于口、感动于心的心理表现得很生动。同样,杨一鸣一方面对柯秋心痴心痴情,另一方面却又有愧于妻的心理,在他既想脱下手上的定情戒指,而又迟疑不决的举动之中生动地表现了出来。

程小青可以被看做欧美古典型的侦探小说在中国的传人,不过他也加了不少"中国佐料"。程小青(1893—1976),出生于上海淘沙场(今南市)一个小职员家庭。原名程青心,号茧翁,曾用名福林(乳名)、程辉斋。《霍桑探案》是程小青的代表作。1914年秋,上海《新闻报·快乐小品》征文,程小青写了小说《灯光人影》应征。这是程小青第一次用"程小青"为笔名写的小说,也是他的第一篇以霍桑为主人公的作品。据作者后来介绍,霍桑的姓名应叫霍森,或者由于编辑的更改,或者由于排字工人的手误,将"森"变为了"桑",程小青也就以误认误,承认了"霍桑"。1919年,他发表文言侦探小说《江南燕》,书中首次出现私人侦探霍桑的形象。从这篇作品开始,他一发而不可收,30年中,他让霍桑破了各种各样的案件。1946年,世界书局陆续出版了《霍桑探案全集袖珍丛刊》,共计30部:《珠项圈》、《黄浦江中》、《八十四》、《轮下血》、《裹棉刀》、《恐怖的活剧》、《舞后的归宿》(又名《雨夜枪声》)、《白衣怪》、《催命符》、《矛盾圈》、《索命钱》、《魔窟双花》、《两粒珠》、《灰衣人》、《夜半呼声》、《霜刃碧血》、《新婚劫》、《难兄难弟》、《江南燕》、《活尸》、《案中案》、《青春之火》、《五福党》、《舞宫魔影》、《狐裘女》、《断指团》、《沾泥花》、《逃犯》、《血手印》、《黑地牢》。1949年之后,他还写了一些小说,但他的小说成就无疑还是《霍桑探案》。

孙了红在中国侦探小说史上的贡献是和程小青不分上下。和程小青走"福尔摩斯—华生"的路子不同,孙了红学习的是法国作家勒白朗《亚森罗苹奇案》的创作模式,在中国塑造了一个"东方亚森罗苹"——鲁平的形象。别人以侦探为主体,他是以侠盗为主体;侦探破案是为了正义,侠盗破案却常揩油沾光;侦探破案正大光明,侠盗窥情却不择手段。所以说孙了红的小说又可以称之为"反侦探小说"。同样我们先来欣赏他的小说《血纸人》。

这部小说讲述了一则难以置信的故事:靠囤积粮食发财的"米蛀虫"王俊熙一次在雪性大师的讲经会上,听到大师说:"杀害了人家的,结果难逃被人杀害的惨报。"他的心灵受到了极大的震撼,从此郁郁成病。更为称奇的是,病中的王俊熙处处看见一些血淋淋的纸人。他的病情在不断地加重。一个叫余化影的医师知道了他的病况后,在余的诱导之下,王俊熙终于说出了藏在心中12年的秘密。原来12年前,王俊熙名叫王阿灵,是浙江小镇上的一个客房招待员。有一次为了获取钱财,将来镇上的一位客人诬陷为白莲教教徒。这位客人被愚昧的乡人活剐了。这位客人临刑之前,两眼扫着围观的人群发出了毒誓:"谁是害死我的,谁要遭更惨的报应!"王阿灵攫取钱财后逃到上海,取名王俊熙变成了一位商人。听完雪性大师的话后,他一直梦话连篇。说出他心中可怕秘密的这些梦话被身旁的妻子听到了,而他的这位上海妻子竟然正是那位被害客人的女儿。于是一场谋杀开始了。真相大白之后,余化影医师略施小计,让处于高度紧张状态下的王俊熙心脏病复发而死,又拿走了王俊熙的大部分钱财。这位名叫余化影的医师就是孙了红系列侦探小说的侠盗人物——鲁平。

12年前的毒誓在12年后准确地应验了。人间有情,历史无情,小说充满了戏剧性。悬念和巧合的情节发展、血淋淋的杀人场面、活灵活现的血纸人、爱恨交织的谋杀,小说对读者有强烈的吸引力。但是这些在其他侦探小说中也能看到。《血纸人》与其他小说不同的是在离奇的小说情节中表现出了中国传统的文化思想:因果报应。小说一开始就由雪性大师说出这样的做人警句:"因果间的关系,如同形影一样,世间决没有离形独立的影,也决没有远离影子的形。"因果报应就像一只巨大的手掌操纵着小说中的人物,让他们各自表演着自己的角色。王阿灵为了获取别人的钱财,置人于死地,结果自己难逃一死,双手空空而去;王阿灵的妻子为父报仇理所当然,但手段过于歹毒,所以也未得多少财产。作者试图告诉人们:人生在世,应该行得正,坐得稳,不义之财不可取,不善之举不可做,否则难得善报。因果观念是中华民族的道德观,对人们的行为举止有很强的束缚力和支配力,孙了红把它放在如此曲折离奇的小说中表现出来,其感染力是不言而喻的。把小说的价值观念扎根于中国传统的文化之中,《血纸人》实际上为中国侦探小说的本土化开启了一条很有价值的创作道路。不仅有中国的人名、中国的事情,还要有中国的思想,只有这样,中国人才会认为这样的小说是中国的小说。

这部小说连载于1942年的《万象》杂志上。这一年,孙了红正患肺病,躺在医院的病床上,小说的构思与写作也就产生于此时此地。在曲折离奇的情节之中表现因果报应的观念,这是作者的写作意图,小说表现得非常强烈。但是,当我们仔细阅读这篇小说时还会感觉到另一种思想在小说情节中飘荡,那就是人生无定、自我反省的忏悔意识。小说开始时,雪性大师说完因果报应的话以后,还说:"罪性本空,不着体相,罪从心起,还从心灭,因此,造了罪恶的人,如能发出猛烈的忏悔心,也能收到移因换果的结果的。"但是"移因换果"的结果并没有在小说中得到印证。王俊熙在极度恐怖中喊了几声忏悔,但知道事情真相以后立刻凶相毕露;王俊熙的妻子得知王俊熙死了以后受到惊吓,但毫无忏悔之意。那么小说中要求忏悔从善的理念又是对谁说的呢?只有两个对象,一是读者,二是作者自己。当然对读者和作者来说,他们所具有的罪不是王俊熙之流杀人以取不义之财的罪,也不是王俊熙的妻子报复而不择手段的罪,他们的"罪"更多的是宗教意义上的"原罪"。躺在病床上的孙了红在他的小说中夹杂着不少"病床意识"。这些意识也许是潜意识的流露,却符合小说因果报应的文化思想取向。

写侠盗小说面临的最大问题是怎样处理"侠盗"形象。作为"盗",其所作所为必然令人不齿,但又要让人们赞赏他,那就要写出他身上的"侠气"来,怎样才不矛盾呢?这需要作者动脑筋。应该说孙了红处理得很好。孙了红首先明确了小说中受害者的身份基本上是两种人,一是靠囤积粮食或人民生计急需物质发财的投机者;一是那些发不义之财的暴发户。这两种人是当时中国的老百姓最憎恨的人。作者曾用讽刺的口吻说过:"鲁平生平很崇拜英雄,尤其对于善能运用各种魔术取得别人血肉以供自身营养的那种人,他都具有由衷的钦佩。"(《蓝色响尾蛇》)鲁平对付这些人的手段是不光彩的,或者是绑架,或者是敲诈,或者是蒙骗,或者是偷盗。鲁平捉弄他们,为盗取他们的财产用尽了一切手段。他所做的一切都是盗匪的行为,但读者并不以他为盗匪,反而将之作为惩恶除霸的侠客,成为替老百姓出气的英雄,道理很简单,鲁平所惩治的那些人均是老百姓心目中的恶人。其次,孙了红给鲁平套上了一个道德的光环。鲁平对金钱的嗅觉似乎特别的敏锐,哪里出现了不义之财,必然会出现鲁平。在鲁平手上,这些被敲诈来的钱都有了很光明正大的用途,或者是捐助慈善机构,或者是赈灾救难,或者是帮助朋友,或者是分还给受难者。不义之财人皆取之,对鲁平取这些恶人的财,人们本来就抱着赞许的态度,而他又把这些财再散出去,扶济穷人,就更使人赞赏和钦佩了。孙了红后期侠盗小说中的手段和结果、要求和目的之间有着鲜明的反差。鲁平的作案从邪恶开始到从善告终,使得他的小说中的趣味性和价值观得到了很合理的平衡。孙了红是相当聪明的,在提高侠盗小说的社会价值观方面,他做的更动并不大,只不过明确了作案对象的身份和钱财的分配去向,但取得的效果却是相当好的,因为他所做的这些努力正符合中国老百姓的文化心理。虽然已进入了民国,中国老百姓心目中的法制意识是十分淡漠的,他们心目中崇拜的人物还是两种人,一是判事如神的清官,一是杀富济贫的好汉,特别是在没有清官而又无所依赖的时候,好汉的形象就显得十分高大。纷乱的现代中国社会正是老百姓最期待好汉的时候,孙了红对他的侠盗小说所做的这些更动怎么能不受到欢迎呢?

和程小青的侦探小说的风格不同,孙了红的作品不讲究现场勘察和事实推理,他善于通过心理分析,追寻犯罪事实,探究罪犯真凶。从心理分析之中寻找出为什么来,这也是他的作品引人入胜的一个重要的原因。利用心理分析构造小说的情节一直是孙了红小说创作的特色,小说情节的设计以及情节的开端、发展、高潮都是根据人物心理的变化而进行的。小说展开的是故事情节,着重分析的是犯罪心理,小说揭破的一个个案件,实际上是人的心态的一次次曝光。黑幕被揭开了,但究竟是谁之过呢?大概已不是道德败坏所能概括的了的。作者促使人们向更深层次思考,要求人们在扭曲的心态中寻找答案,在人欲横流的现实社会之中追溯原因。无钱就要被人鄙视,自然就要不择手段地弄到钱,即使谋财害命也不顾。既然你用不义的手段弄到不义之财,我又为何不能用同样的手法,让你交出别人的血汗钱呢?这些做法只不过是以其人之道还治其人之身,是你咎由自取,这就是

《血纸人》给予我们的心理分析。鲁平和霍桑不同，他不是侦探，只是一个"侠盗"，他并不需要将罪犯绳之以法，而只要揭破犯罪事实就可以了。如果作品仅仅停留在犯罪事实的曝光层面，也只是揭开了黑幕而已，除了引起人们的好奇心之外，很少有内心的感召力。孙了红的高明在于在这些被曝光的犯罪事实的背后又演绎出一个个令人可叹可感的辛酸故事，描画出了一个个令人同情的扭曲的心灵。这样来批判社会就要比那些仅仅批判社会风气的作品深刻多了。

侦探小说是"舶来品"，自清末民初进入中国以后一直受到读者的欢迎。但是，将侦探小说的翻译作品和创作作品相比较，就会发现，其翻译作品要远远超过创作作品，即使是那些创作作品也有很多"外国味"。这就说明了一个问题：侦探小说在中国的本土化问题还没有真正解决。而本土化的问题不解决，就很难说侦探小说创作在中国已经成熟了。这一问题到20世纪40年代的时候，开始被一些中国作家们所重视，并做了一些侦探小说本土化的探索，其中孙了红是代表作家，《血纸人》是他的代表作。《血纸人》自刊出之日起就有很大影响，其影响力一直波及至今。80年代以后，小说还被改编为电影、电视，作为中国侦探小说的代表作，受到人们的好评。

孙了红一般不直接介绍案件，更不是平铺直叙地说明破案过程，他很注意制造神秘而恐怖的场面，在气氛的极度渲染中演绎出离奇古怪的事件。《血纸人》具有强烈的压抑感和悲剧意识。从场景上说，小说所选取的都是四面密封的场所：讲经堂、电影院、空荡的客厅、时刻出现血纸人的卧室以及四面堵塞着人的杀人现场；从故事情节上说，血淋淋的场面穿越时空，一个接着一个地并联在一起；从人物命运上说，似乎没有谁是最后的胜利者；从语言上说，一句句充满宗教色彩的语言不断地掷向读者的心头……所有的这一切构成了一张密不透风的网，压在读者的心头，使人透不过气来。孙了红常常用一种"定格"的手法凸现一些神秘而恐怖的场面：那只半夜摸人颈脖，冰冷而僵硬的带着锋利指甲的鬼手（《鬼手》）；大雨滂沱的半夜，窗户被大风刮得咣当咣当响，空旷的大厅中间，晕黄的手电筒灯光下出现了一具面带笑容的尸体（《蓝色响尾蛇》）；停尸房里，两位姑娘正在给尸体化妆，忽然窗外传来了一阵阵嘘嘘的声音(《窃齿记》)……这些绘声绘色写得十分逼真的场面使读者感到震颤,留下了极其深刻的印象。为了加强小说的阅读效果,孙了红还把神秘而恐怖的气氛引入了人物的心理描写上:《血纸人》中那位发了大财的暴发户整日在恐怖的气氛中喊着"忏悔",既可怜亦可恨;《窃齿记》中那对青年男女在旁倾听鲁平笑谈他们的犯罪过程,不听不忍,欲走又不甘,既害怕又愤怒;《囤鱼肝油者》中那位海上"闻人"似醉似醒、似死还活地漫游了半条街,不断地问自己是谁,既神秘亦可怖……写小说人物的心理状态,很容易使读者进入作者所设计的情感境界之中去。读者随着作品中的人物紧张而紧张,愤怒而愤怒,激动而激动,视觉、听觉、嗅觉和触觉均被充分地调动起来了。

孙了红(1897—1958),浙江宁波人。主要作品有《血纸人》、《鬼手》、《蓝色响尾蛇》、《三十三号屋》等。侦探小说自清末民初引进以后,发展到孙了红这里,日趋成熟,有所更新,获得了一套反侦探小说的技巧与经验,其标志就是他能够将反侦探小说和中国的传统文化、国民心态和阅读习惯结合起来,写出了本土色彩较为浓厚的反侦探小说。他能够多层次地调动反侦探小说的创作技巧,特别是心理分析的运用,使得反侦探小说有了纵深感和主体感。这就是孙了红在中国侦探小说史上的贡献。

十一

侦探小说的"栽花不成"与"插柳成荫"

　　1896年至1897年,《时务报》英文编辑张坤德最早翻译了柯南·道尔的四部小说,刊载在《时务报》上。之后,中国文坛上掀起了一股翻译侦探小说的热潮,到1911年左右,中国作家几乎将世界上所有的侦探小说都翻译了进来,其数量相当多。用阿英的话来说:"当时译家,与侦探小说不发生关系的,到后来简直可以说是没有。如果说当时翻译小说有千种,翻译侦探要占五百部上。"①这是20世纪中国文学中相当有趣的文学现象。在不到20年的时间内,中国作家将侦探小说有史以来的所有作品全部翻译引入中国,可见中国读者多么喜欢侦探小说。按理中国侦探小说应该顺势繁荣起来,但是,答案是否定的。与其他类型的小说相比较,中国侦探小说发展得相当地疲弱,不但作家队伍稀弱,小说基本上也是模仿之作。中国侦探小说主要作家作品有程小青《霍桑探案》、孙了红《侠盗鲁平》、陆澹安《李飞探

---

① 阿英:《晚清小说史》,北京:人民文学出版社1980年版,第186页。

案》、赵苕狂《胡闲探案》、俞天愤《蝶飞探案》、张碧梧《宋悟奇新探案》,屈指可数。①

中国侦探小说为什么没有能够发展起来?外国侦探小说在中国究竟产生了什么影响?阐释和论述这些中国20世纪文学中的有趣现象,是我所致力解决的问题。

中国侦探小说没有能够发展起来,人们(包括学术界)比较一致的观点是中国社会缺乏法制观念。这种评判当然不错。但是,我认为更深层次的原因是侦探小说的思想价值与中国传统文化和道德规范不相融以及侦探小说的美学追求与20世纪中国主流文学不合拍。

侦探小说一般由三种人组成:私人侦探、官方侦探和罪犯。私人侦探和官方侦探虽然都是法律的代言人,但是他们却代表着不同的利益,私人侦探代表着个人利益,官方侦探代表着国家利益。侦探小说总是以私人侦探为主导,总是在私人侦探勇敢机智的侦破中抓住了罪犯。相比较而言,官方侦探总是愚笨、胆怯,不但判断错误,还常常将结论引向反面。因此,侦探小说实际上维护的是个人利益,嘲讽的是国家利益。侦探小说所表现出来的思想价值符合19世纪以来西方社会不断强化的"私有财产神圣不可侵犯"的意识形态,却不符合中国传统的文化观念。在儒家思想的熏陶之下,中国人强调的国家利益和国民利益,所谓"侠之大者,为国为民",所谓"小我"服从"大我",没有"大我"哪有"小我"。在法制意识上,中国人从来就是和"清官意识"结合在一起的。"清官意识"就是"国家意识"。在古代,"国家意识"的体现者是清廉能干的官吏;在现代,"国家意识"的体现者就应该是聪明能干的官方侦探。在中国,有没有代表"个人意识"的法律执行者呢?也有,但是他们只能称为"侠盗",虽然有一个"侠"名,毕竟还是"盗",例如打着"替天行道"旗号的梁山泊108条好汉就是这样的人。对翻译的侦探小说,中国人可以容忍诋毁官方侦探,毕竟那是外国的事,中国人看的是一个

---

① 详见拙著:《侦探小说编》,见范伯群主编:《中国近现代通俗文学史》,南京:江苏教育出版社1999年版。

新奇。中国人自己创作侦探小说,就要写中国的事。写中国的事,诋毁官方侦探不仅不符合实际,也很不合情理。为了解决这个问题,中国侦探小说作家就采用了一个变通的办法,即官方侦探并不笨,只不过私人侦探更聪明。例如程小青的《霍桑探案》,在程小青的笔下,那些官方侦探靠着霍桑的帮助破案、升官、发财,但并不是腐败不堪,也不是那么愚笨无能,他们甚至还有较好的人格。程小青的《霍桑探案》中常常称赞的一个官方侦探叫钟德。程小青是这样评价此人的:"钟德这个人虽没有特殊的聪慧,但他兢兢奉公地勤于职司,也当得起勤慎二字的考语。""钟德倒也有东方人的美德,并不食德忘报,自居其功。"①如此抬高官方侦探在外国侦探小说中是见不到的,中国的传统文化使其然也。这样处理似乎解决了侦探小说中"国家利益"的问题,但是受到损伤的是侦探小说的美学性——对比之中的趣味,以及侦探小说思想性——在法律的前提下,个人利益高于国家利益。

私人侦探的过人之处在于破案的能力上,不在于他的行为举止和政治立场上。从形象上说,杜宾(爱伦·坡笔下的私人侦探)和福尔摩斯(柯南·道尔笔下的私人侦探)都不是做人的楷模,他们的精细和傲慢使人敬而远之。后来,英美"硬汉派小说"作家笔下的私人侦探连杜宾和福尔摩斯的那点优雅风范也没有了,他们醉酒、偷情、打斗,和一个恶棍差不多,如哈米特笔下的波蒙特(《玻璃钥匙》)、斯佩德(《马耳他猎鹰》)。现实生活总是有缺陷,私人侦探也不是十全十美的人,他们是一切凭兴趣、爱好出发的个人主义者。与其他体裁一样,侦探小说同样追求生活的真实性和人物形象的丰富性,将私人侦探塑造成个人主义者起到的就是这个作用。然而,这样的形象是很难被中国读者所接受的。中国人心目中的英雄,不仅是"能吏",还应该是一个"君子",是道德观念的"代言人"。事实上,这也就是中国作家所塑造的私人侦探形象。我们以程小青笔下的霍桑为例。他孜孜研求的决心和缜密过人的智慧与西方那些私人侦探是一样的。但是,他有两个独特之处:一是他爱憎分明的观念。"你瞧我几时曾向人家讨过功?我

---

① 程小青:《血匕首》,载《霍桑探案》,北京:群众出版社1987年版。

所以这样孜孜不息,只因顾念着那些在奸吏、土棍、刁绅、恶霸势力下生活的同胞们。他们受种种不平的压迫,有些陷在黑狱里含怨受屈,没处呼援。我既然看不过,怎能不尽一份应尽的天职?我工作的报酬就在工作的本身。"①他扮演着一个惩恶者的角色。二是他的"道德观念"。"在正义的范围之下,我们并不受呆板的法律的拘束。有时遇到那些因公义而犯罪的人,我们往往自由处置。因为在这渐渐趋向于物质为中心的社会之中,法制精神既然还不能普遍实施,细弱平民受冤蒙屈,往往得不到法律的保障。故而我们不得不本着良心权宜办事。"②什么是"良心",那就是道德。他又扮演着一个教化者的角色。惩恶者和教化者的角色定位不仅使得霍桑为人谦和,行为规范,彬彬如一君子,还直接影响了他的办案。他常常以道德代替法律。凶手犯罪只要"事出有因",他或者只查原因,不追究责任;或者隐瞒真相,惩恶助善;或者私放真凶,另寻出路。为善者即使行凶也有善报,作恶者即使被杀也死有余辜。这些法律上决不允许的做法,霍桑屡屡犯之。霍桑的形象和行为迎合了中国读者的阅读心理,却损伤了侦探小说的生活性和真实性,变成了思想启蒙书,损伤了侦探小说中人物的位置以及形象的生动性,变成了一部单纯的案件侦破始末记。现象表现在霍桑身上,根源却在中国的道德文化与侦探小说美学追求的差异上。

  侦探小说是情节小说,侦探小说作家却不仅仅是情节小说家,他们具有自己的人生观念和政治立场,具有很高的文化修养。侦探小说的始祖爱伦·坡除创作了侦探小说之外,还创作了浪漫小说、冒险小说、神秘小说,是一个小说文体的实验者。无论是什么类型的小说,他总是将人生无定的人生观念贯穿其中。柯南·道尔更是把侦探小说题材从刑事侦破扩大到政治、文化的领域,对人性的弱点进行了更为深刻的揭示。到了后来的英美"硬汉派小说"、日本"推理小说"和北欧"犯罪小说",人性的刻画和人的精神追求已成为小说的创作中心。从个人气质上说,爱伦·坡是始终保持创

---

① 程小青:《逃犯》,载《霍桑探案》,北京:群众出版社1987年版。
② 程小青:《白沙巾》,载《霍桑探案》,北京:群众出版社1987年版。

新意识的作家,柯南·道尔是位医学博士,他们的刻意求新和科学论证在小说中充分地表现了出来。不仅如此,爱伦·坡小说中的神秘色彩和柯南·道尔小说中的贵族气息也给他们的小说涂抹上了浓浓的个人色彩。中国的精英知识分子们一开始也对侦探小说很感兴趣,例如1905年,周作人就将爱伦·坡的《金甲虫》翻译为《玉虫缘》介绍给中国读者。可是这些精英知识分子们很快就退出了这一领域,侦探小说的翻译和创作就全部交给了市民作家们。侦探小说创作在中国市民小说家手中有其特色,例如平民意识和扶弱惩强意识的表述、血缘关系和市民生活的表现,但是市民作家的生活视野与文化观念却极大地束缚了侦探小说的发展。舞女、职员、学生、商贩等人及他们的生活圈实际上是城市的中下层社会,中国侦探小说所热衷的这些人物及对其生活的描述很难体现出社会的纵深感,很难表现出更为复杂的政治意义和社会意义。市民作家们有着更多的传统文化的束缚,他们几乎不能对侦探小说做出更为深刻的人生、人性的阐释,而人生、人性的阐释正是侦探小说的灵魂所在。更为重要的是,由于教育方式和文化修养的限制,市民小说家们缺少创新意识和实证能力。中国的侦探小说几乎都是模仿柯南·道尔的《福尔摩斯探案》,高明者还写了中国的不少市民生活,蹩脚者就好像是有着中国人名的翻译小说。侦探小说都有科学实证,写侦探小说必须这样做。但由于缺乏自然科学和逻辑思维的训练,中国的市民作家们的创作显得特别吃力,高明者还能设几个圈套,蹩脚者也就只能做几个浅薄的智力游戏了。缺少精英意识和创新意识,侦探小说只能流于模仿的层面上,其创作只能是越写越艰难,这也就是中国侦探小说的实际状况。

中国侦探小说创作的不繁荣,并不代表侦探小说文体在中国没有产生影响。事实上,作为西方引进的一种小说文体,它对变革中的中国现代小说的创作产生了重要影响。这种影响在清末民初时表现得特别明显。

1841年爱伦·坡创作的《莫格街血案》是世界上第一部侦探小说。1887年柯南·道尔创作了他的第一部侦探小说《血字的研究》。此时正是西方的工业革命时期。随着工业革命的进行和成功,政治制度上法制建设日趋完善,思想上实证主义风行一时,人格上的个性主义得到释放,思维上逻辑推理受人尊重,整个时代进入了一个追求科学民主、崇尚个性解放的时期。这是侦探小说产生的土壤,也是侦探小说发育成长最基本的营养。所以说,侦探小说实际上是一种宣扬科学民主、尊重自我价值的文艺作品。

侦探小说在清末民初大规模地进入中国符合当时正在发生变革的中国思想界的需求。严复、梁启超等人那么努力地把西方哲学、政治学、经济学、法学引进中国,无非是告诉国人什么是科学与民主,中国人的救国之道是什么。那些翻译侦探小说的中国作家当然没有严复、梁启超等人想问题那么深刻,但也看到了侦探小说的思想价值。周桂笙有一段言论很有代表性:"盖吾国刑律讼狱,大异于泰西各国,侦探小说,实未尝梦见。互市以来,外人伸张治外法权于租界,设立警察,亦有包探名目。然学无专门,徒为狐鼠城社,会审之案,又复瞻徇顾忌,加以时间有限,研究无心。至于内地先谳案,动以刑求,暗无天日者,更不必论。如是,复安用侦探之劳其心血哉! 至若泰西各国,最尊人权,涉讼者例得请人为辩护,故苟非证据确凿,不能妄入人罪。此侦探学之作用所由广也。"①从侦探学之中看到了"人权",也就看到了与当时思想界的需求相一致的地方。

1911 年中国成立了共和国,中国的政治气氛有助于推动侦探小说的发展。正如陈独秀在此时所说的:"惟明明以共和国民自居,以输入西洋文明自励。"②侦探小说宣扬的是法治,而不是人治;要求的是科学实证,而不是主观臆断;讲究的是人权,而不是皇权,这样一种思想内涵的小说体裁,输入的正是时代所需要的"西洋文明"。

与思想价值相比,侦探小说更深刻的影响还是在小说创作模式的变革上。清末民初正是中国文学的转型时期。侦探小说刚刚传入中国,中国文人们就以惊异的眼光注视着这一中国传统说部中从未有过的类型。侠人

---

① 周桂笙:《歇洛克复生侦探案弁言》,1904 年《新民丛报》第 3 年第 7 号。
② 陈独秀:《宪法与孔教》,载《独秀文存》,合肥:安徽人民出版社 1987 年版,第 78 页。

说:"惟侦探一门,为西洋小说家专长,中国叙述此等事,往往凿空不近人情,且亦无此层出不穷境界,真瞠乎其后乎。"定一说:"吾喜读泰西小说,吾尤喜泰西之侦探小说,千变万化,骇人听闻,皆出人意外者。"①"层出不穷"、"千变万化"、"出人意外"、"瞠乎其后",这就是当时中国人读侦探小说的感想。这种建立在严密的科学推理和合理的逻辑论证之上的"层出不穷,千变万化",做到了"奇"而合理,"荒"而不谬,对正热衷于小说创作的中国作家们产生了极大的吸引力。中国现代小说的创作技巧就在他们有意无意的学习之中渐渐地形成了。

1907年,觚庵(俞明震)在《小说林》第5期上对《福尔摩斯探案》有一段十分精彩的评述,他说:

> ……余谓其佳处全在"华生笔记"四字。一案之破,动径时日,虽著名侦探家必有所疑所不当疑,为所不当为,令人阅之索然寡观者。作者乃从华生一边写来,只须福终日外出,已足了之,是谓善于趋避。且探案全恃理想规画,如何发纵,如何指示,一一明写于前,则虽犯人弋获,亦觉索然意尽,福案每于获犯后,评述其理想规画,则前此无益之理想,无益之规画,均可不叙,遂觉福尔摩斯若先知,若神圣矣,是谓善于铺叙……余故曰:其佳处全在"华生笔记"四字也。

这段话虽然没有做更深入的理论探讨,但说明了中国人悟到了柯南·道尔的叙事奥妙:第一人称。中国的传统小说,特别是话本小说,它的叙事者(说话人)是一种全知者的角色,作者完全从旁观者的角度叙述事情和发表议论。叙事者像上帝一样,无事不知,无事不晓,叙事面相当地广阔。但是,这种全知型的叙事角度对读者心灵的感召力的确是最小的,因为读者总觉得是在编故事,否则那些非人力所能知晓的隐秘,他又怎么知道的呢?这样的叙事角度,无论你说得多么精彩,也难以使读者"身临其境"。而这种缺陷偏偏让专门写人的隐秘事的侦探小说避免了。不管福尔摩斯怎么神圣,

---

① 《小说丛话》,连载于1903年《新小说》。

怎么先知,总觉得是真的,就因为柯南·道尔选择了华生作为叙事角度,一切从"华生一边写来"。福尔摩斯推理的神奇性和准确性,你不得不信,这是华生亲身经历的;华生又是"局外人",每破一案,当然要"截树寻根",福尔摩斯也就要将那些做得最隐秘之事都说清楚,这也不由你不信,这是当事人的亲口叙述;作品中很多出乎意料的事件和判断,令人惊讶不已,但不勉强,这是"我"的感觉的差异和"我"的判断的失误。用"我"的形式直接告诉读者所发生的事情,隐去了无所不知的叙事者,缩短了读者和作者的距离,很容易使读者进入作品的境界之中。

这种叙事角度对一向求真的中国小说家产生了巨大的诱惑力,很快就有人做了尝试。吴趼人的长篇小说《二十年目睹之怪现状》成为中国小说史上第一部用"我"贯穿起来的小说。对这种尝试,当时就有人给了很高的评价:"全书布局以我字为线索,是聪明处,省力处,亦是其特别处。"①在短篇小说创作上,吴趼人也是第一位使用第一人称的中国作家,他的短篇名作《黑籍冤魂》、《大改革》均是用第一人称创作的。中国小说的叙事角度从全知型向半知型过渡,是中国小说审美形态走向现代化的重要标志,西方引进的侦探小说在其中起到了重要的作用。不过,从创作技巧上说,此时中国小说"第一人称"的运用还相当地简单,"我"在小说里仅仅起到一个贯穿的作用。"我"只是一个呆板的、被动的、局外的叙事者,在旁边做分析、发议论。实际上,这样的"我"只是为了方便叙述而设置的。这种状况,除了中国作家们对运用第一人称叙事角度在理论上认识不够之外,更主要的原因来自于他们的模仿对象先天的毛病。侦探小说中的第一人称是为了烘托小说主人公的机智和勇敢而设置的,是为了向读者解释那些最隐秘的事情如何产生、如何被破译而增添的一个辅助人物,阐释和说明是他的主要功能。"我"仅是游离于小说的叙事情境之外,而非融于小说的情境之中,这是侦探小说"第一人称"的特点。以此为楷模,此时中国小说出现第一人称"游离"问题也就在所难免了。中国第一人称叙事角度还是到"五四"时期才真

---

① 魏绍昌编:《吴趼人研究资料》,上海:上海古籍出版社1980年版,第78页。

正成熟起来,那是在"五四"新文学作家手中完成的。

中国传统小说有一种根深蒂固的"史说同质"的观念,就是短短数句的笔记小说,也是"某者、某也、某事"的史传式记叙模式。对这种叙事模式首先提出疑问,并且介绍新的叙事方式的同样是由侦探小说的翻译所带来的。1903 年周桂笙在译侦探小说《毒蛇圈》时,曾写了一篇《译者叙言》,他根据译本向中国读者介绍说:

> 译者曰:我国小说体裁,往往先将书中主人翁之姓氏、来历叙述一番,然后详其事迹于后,或亦有用楔子、引子、词章、言论之属,以为之冠者,盖非如是则无下手处矣。陈陈相因,几乎千篇一律,当为读者所共知。此篇为法国小说巨子鲍福所著。其起笔处即就父母问答之词,凭空落墨,恍如奇峰突兀,从天外飞来,又如燃放花炮,火星乱起。然细察之,皆有条理。自非能手,不敢出此。虽然,此亦欧西小说家之常态耳,爰照译之,以介绍于吾国小说界中,幸弗以不健全讥之。

用"父母问答之词"开头,正是侦探小说常用的艺术技巧:悬念。周桂笙看起来只是介绍了一种小说开头的方式,实际上他启发了中国小说家如何处理好小说中的时空关系。小说的叙述不一定是不可逾越的恒定向前发展的时间长河,它可以停顿、拆散、穿插、颠倒和折叠。这一认识使得中国作家大开眼界,使得他们在处理小说的时空关系时有了学习的楷模和创新的勇气。在周桂笙这篇介绍文章发表的数月之后,吴趼人就用"凭空落墨"的对话形式来写《九命奇冤》的开头了。到了民国初年,倒叙法已成为时髦的小说文体。作为一种悬念,作家们总是将小说的关键情节或者某种议论放在小说的前面,然后再叙述故事,最后做些呼应和解释。不过,此时中国作家们在运用"倒叙法"时还相当生硬,不少小说仅仅是将情节换换位置而已,特别是为了解释小说开头的悬念,作家们写得相当地冗细,以至于读之生厌。这些弊病也来自于对侦探小说的生硬模仿。侦探小说是破谜的小说,不管小说中的时空关系是如何被打破的,它总是要向读者交待清谜底是什么。为了使谜底更具有说服力,它在每一个细节的交待上均来不得半点的马虎。

这是侦探小说特有的美学特征。而中国作家却看不到这种美学特征所具有的独特的适应性,而是将之推广到所有的各类小说创作中去,不管写什么类型的小说,他们都忘不了每一个细节的来龙去脉或者是去脉来龙的交待。中国作家们对侦探小说的时空安排还缺少深刻的理解。尽管如此,应该看到中国传统小说"史说同质"的叙事模式被打破了。

　　有心栽花花不开,无心插柳柳成行。外国侦探小说并没能激发中国侦探小说创作的繁荣,却大大促进了中国小说文体的现代化进程。歪打正着,侦探小说在中国开辟的是另一个春天。

十二

电影和书局：通俗小说创作"升腾"之两翼

　　通俗小说作家都是传统作家,电影则是现代综合艺术,他们之间又怎么联系起来的呢？我举包天笑的例子来说明。包天笑编电影剧本完全是电影公司诱迫的。当时上海明星公司组建起来,导演郑正秋亲自到报馆找包天笑,请他为明星公司编剧本。听到这样的要求,包天笑吓了一跳,连忙拒绝,因为他根本就没有看过什么是电影剧本,怎么下得了手呢？但是郑正秋还是把包天笑说服了,为什么呢？就因为有了这么一番话,郑正秋说："这事简单得很,只要想好一个故事,把故事中的情节写出来,当然这情节最好是要离奇曲折一点,但也不脱离合悲欢之旨罢了……每篇大约四五千字。"他又说："明星公司同人的意思,请你先生每月给我们写一个电影故事,每月奉送酬资一百元,暂以一年为期。"郑正秋的话中有两个意思,一是强调故事性,一是稿酬很高。果然,包天笑同意了,一是编这样离奇曲折和悲欢离合的故事对他来说是拿手好戏,二是四五千字就是能拿100元,这要比当时写小说每千字2元钱高得多。于是包天笑就开始改编自己的小说《空谷兰》。根据他的剧本拍了电影,果然火爆,于是包天笑除了写小说之外又多一个工作:做电影编剧。

其实,通俗小说作家对大众媒体并不陌生,只不过他们最初熟悉的是报纸。中国现代大众传媒与中国通俗小说的现代化几乎同时起步。清末民初,现代报纸开始登陆中国,此时,中国文坛也开始了"小说界革命"。办报和写小说成为当时最为风光的两件事。对当时那些报人的生活经历稍加分析就会发现,他们中的很多人实际上就是当时著名的小说家,梁启超、李伯元、吴趼人、包天笑、陈冷血、徐枕亚等人都是报纸、小说双栖作者。这种状态的出现,原因有三。一是中国科举制度结束之时正是中国现代报纸起步之时,那些断了晋身之阶、饱读诗书的文人们纷纷进入报馆,成为中国第一代现代报人;二是清末民初的报人有着一种启蒙民众、传达新知的办报观,而在梁启超等人的鼓吹之下,此时中国的小说也承担着"新民""新国"的重任。在共同的社会观念支配下,报人和小说家二者的身份是一致的;三是当时的文人对新闻和小说的认识并不是很明确,他们经常将小说就看做新闻。

进入20世纪20年代以后,两种新的现代大众媒体显示出强势,一种是书局,一种就是电影。我先讲书局。

20世纪20年代中国的出版业进入了繁荣阶段,书局之间的竞争也日趋激烈。作为中国第一流书局的商务印书馆、中华书局已经站稳了市场,后起的书局为了获得更大的市场份额各尽其能。1917年创办的世界书局,1921年改组为股份有限公司;1916年创办的大东书局,1924年扩充改组为股份公司。为了与业务扩大相配合,它们都采用了出版通俗小说的手法争取读者,并展开了激烈的竞争。

书局的介入,加大了通俗小说的出版量,对此时的通俗小说创作无疑具有极大的推动力。书局有更雄厚的资金支持和更完备的发行网络,它们出版通俗小说,常常具有"集团性"的特点,最典型的例子是侦探小说的出版:1925年大东书局组织翻译了《福尔摩斯新探案全集》,销路很好。不久,他们又把法国作家勒白朗的"反侦探小说"《亚森罗苹案全集》推上了文坛,销路也很好。世界书局看到了大东书局出版侦探小说取得了这样好的成绩,

1927年,他们就组织人用白话又一次将柯南·道尔的作品翻译了一遍,取名《福尔摩斯探案大全集》出版,同样取得了很好的效果。短短几年,两个书局就向市场上整套地推销了那么多侦探小说,一方面说明了当时通俗小说的市场庞大,另一方面说明他们销售通俗小说有着很强的力度。事实上,中国二三十年代很多"社会小说丛书"、"侦探小说丛书"、"香艳小说丛书"都是这两个出版社出版的,而且都取得了好的效果。既有读者看,又有出版社出,又怎么能不刺激通俗小说的写作呢?

在集中出版通俗小说的同时,两个出版社还创办了通俗小说杂志。大东书局创办了《红》和《红玫瑰》两份期刊。世界书局创办了《半月》和《紫罗兰》两份期刊。民初的通俗小说期刊基本上是同人刊物,刊物的成本完全依靠期刊本身来赚,因此,寿命都比较短,书局办刊物有了强大的经济支撑,刊物的寿命都比较长。有了钱,期刊的质量和影响力都有了很大的提高,对读者和作者都有更强的吸引力。由于是书局办刊物,书局可以选择那些连载小说出版,作品有两次发表的机会,这对作家的创作无疑是一个很好的促进。由于有了这些条件,这四份期刊上连载的通俗小说特别多,它们周围聚集着的作家也特别多,成为二三十年代中国最主要的通俗小说期刊。

书局与报纸不同。报纸的主业是新闻,文学作品只是副业,而书局不同,书局就以出书为主业,当大东书局和世界书局以出版通俗小说为主打品种时,通俗小说就是这两个书局的主业。为了追逐利润的最大化,书局不仅追逐热点,还制造热点、卖点,于是我们就看到二三十年代图书市场上社会小说热、家庭小说热、工商小说热、女性小说热等等层出不穷,冲在这些图书出版热潮浪尖上的是那些通俗小说作家,而推动这些图书出版热潮背后的手则是那些书局。

电影对通俗小说的影响是从20世纪20年代开始的。中国人最早拍的电影都是京剧和民国初年流行的"文明戏",以至于电影最早的名称被称之为"影戏"。电影和戏剧的结合,突出的是电影的表演艺术。在人们的新奇之中热闹一段时期以后,这种"影戏"开始沉寂下去。1922年郑正秋、张石川创办了明星公司。他们知道电影不仅仅是表演,还要有故事,于是他们开始将目光转向了通俗小说。在这样的认识驱动下,他们主动去找了包天笑。1924年两部由通俗小说改编的电影上映,效果极好。这两部电影是郑正秋改编的徐枕亚的小说《玉梨魂》和包天笑改编的自己的作品《空谷兰》。沿着这样的路子,1928年他们又根据向恺然的《江湖奇侠传》改编拍摄了《火烧红莲寺》,更是引起了巨大的轰动,在以后的三年中居然连续拍摄了18集。通俗小说的改编成功给明星公司带来了巨大的社会效益和经济效益,也使得各电影公司纷纷转向通俗小说寻找电影题材。中国影坛在二三十年代刮起了一股强有力的通俗小说改编风。此时通俗小说家纷纷加盟电影公司,包天笑成了明星公司的编剧,除了改编《空谷兰》、《小朋友》(根据他的小说《苦儿流浪记》改编)之外,他还先后创作了《可怜的闺女》、《多情的女伶》、《好男儿》等剧本;朱瘦菊参加百合公司,创作了《采茶女》,编导了《风雨之夜》等;周瘦鹃参加大中华公司,创作《马介甫》,为华剧编剧《奇峰突出》,为快活林编剧《移花接木》、《四大金刚》等;徐卓呆、汪优游创办了开心电影公司,编有《隐身术》、《雄媳妇》等。①

电影文化的介入直接影响了通俗小说的发展走向。只要稍微看看此时的电影片名,就会发现电影和通俗小说几乎是同步前行的②:

  明星电影公司:《火烧红莲寺》、《大侠复仇记》、《黑衣女侠》等;

  长城电影公司:《一箭仇》、《大侠甘凤池》、《妖光剑影》、《江南女侠》等;

  天一电影公司:《唐皇游地府》、《火烧百花台》、《乾隆游江南》、《施公案》等;

  大中华百合电影公司:《大破九龙山》、《火烧九龙山》、《古宫魔影》、《黑猫》、《55号侦探》等;

---

① 以上资料来源于李少白:《影史榷略》,北京:文化艺术出版社2003年版,第27页。

② 资料来源于李少白:《影史榷略》,北京:文化艺术出版社2003年版,第27页。

友联电影公司:《儿女英雄》、《红蝴蝶》、《红侠》、《荒江女侠》等;
……

武侠为主,侦探为辅,构成了20世纪二三十年代中国"商业片"的浪潮。再看通俗小说的创作,武侠小说热浪滚滚,侦探小说姗姗起步。此时中国的通俗小说基本上就是这些商业片的翻版。借电影之势,二三十年代的通俗小说始终处于"升腾"的状态之中。

借助电影之势"升腾",这种状态在80年代以后扩大到电视之中。随着电视的普及,影视剧对通俗小说的影响愈发凸显出来。一个不争的事实是:一部影视剧的热播,往往带动一部通俗小说的热销;一位作家的作品被不断地改编为影视剧,这位作家就能成为知名作家。金庸如此,琼瑶如此,二月河也是如此。他们的名字和作品是和影视剧的热播分不开的。这种状况对通俗小说的创作刺激极大,作家们为了使自己的作品能够"触电",也往往跟着影视剧的关注点走。1993年商战和"洋淘金"成为影视剧的热播题材,引发了一批商业小说和"域外小说"的创作;1996年公安刑侦成为影视剧改编的主要题材,一些反映黑社会、反毒禁娼的小说成为创作热点;1997年以后一部《苍天在上》的影视剧引起了社会广泛注意,引发了一大批写清官、赃官以及对官僚体制思考的小说出现。亦步亦趋,通俗小说创作热点紧随影视剧的热播之后出现,这种关系至今还在延续之中。

自20世纪20年代电影艺术与通俗小说结合之后,电影艺术对通俗小说创作就一直具有很大的影响。这种影响可分为两个阶段、两个层次。从20年代到40年代初是第一个阶段,通俗小说主要接受了电影艺术的很多表现手法;40年代张爱玲小说出现以后是第二阶段,通俗小说将影视艺术的时空观念融入创作之中去了。

30年代,沈雁冰在《封建的小市民文艺》[①]中评论《火烧红莲寺》时,有这样一段描述:

---

① 沈雁冰:《封建的小市民文艺》,载《东方杂志》1933年第30卷第3号。

每逢影片中剑侠放飞剑互相斗争的时候,看客们的狂呼就同作战一般,他们对红姑的飞降而喝彩,并不是因为那红姑是女明星胡蝶所扮演,而是因为那红姑是一个女剑侠,是《火烧红莲寺》的中心人物;他们对影片的批评从来不会是某某明星扮演某某角色的表情那样好那样坏,他们是批评昆仑派如何、崆峒派如何的!在他们,影戏不复是"戏",而是真实!

沈雁冰对《火烧红莲寺》的评价是不高的,但从他的描述中我们看到了这样一个事实,市民们对"剑侠放飞剑互相斗争"和"红姑的飞降"的动作是十分欢迎的。能够使"剑侠放飞剑"和"红姑飞降"正是电影艺术的重要特点。这样的表演不仅受到了市民们的欢迎,也给了当时武侠小说创作以很大的启示。伴随着《火烧红莲寺》的放映,以李寿民为首的"神魔派武侠小说"开始在文坛上走红。"神魔派武侠小说"中无论是大侠还是大魔,个个都是"驭剑而行"、"口吐飞剑"和"自天而降"。由于是小说描写,作家们的胆子更大,于是就有了翻江倒海、移山缩地的神奇描写,作家们的笔也更细,气分五等,黑气、黄气、橙气、红气、紫气;人分二元,肉体和元神。延续着电影的表现方式,通俗小说作家们有了更多想象和发挥的空间。

电影艺术对中国侦探小说创作也产生了影响,其中最具代表性的是20世纪40年代初风靡文坛的孙了红的侦探小说。孙了红的侦探小说与众不同的是,它不仅仅是叙述一个侦探故事,而且将神秘恐怖的气氛融入其中。他的小说常常运用电影特写的手法将神秘恐怖的细节放大,例如《鬼手》中那只半夜摸人颈脖的手;《蓝色响尾蛇》中那张出现在昏黄的手电筒灯光下面带笑容的死人的脸;《血纸人》中尖刀剜心剖肚的场面与噬人神经的血纸人;《三十三号屋》中奇怪而神秘的阿拉伯数字……这些被写得十分逼真的特写场面深深地吸引了读者。如果我们将孙了红侦探小说的这些表现手法与30年代以后中国影坛上大量出现的美国恐怖电影对照起来看,就会看到他们之间有着明显的渊源关系。对此孙了红也不隐瞒,他的每一部小说几乎都要谈到几部美国恐怖电影,有些小说甚至就将恐怖电影的情节演化其中,如《血纸人》、《鬼手》。孙了红的侦探小说被看做中国侦探小说走向成熟的一个标志,电影手法的借鉴功不可没。

电影艺术对通俗小说创作更深刻的影响还在于时空观念。电影艺术说到底就是时空艺术的剪辑。将电影剪辑的手法运用到小说创作之中,给小说的谋篇布局带来了很大的改革。40年代张爱玲运用电影的剪辑手法组织她的小说结构。她很喜欢用一个凄美静穆的画面构成小说的开头与结尾。同样的画面,在小说前面是悬念,是内涵,在结尾是感叹,是意味深长,前后呼应,整部小说颇似一部抒情电影。电影常用身体语言说话,张爱玲则常用身体语言构成小说的细节,这些细节常常是一幅富有质感的特写画面:

　　她摸索着腕上的翠玉镯子,徐徐将那镯子顺着骨瘦如柴的手臂往上推,一直推到腋下。她自己也不相信她年轻的时候有过滚圆的胳膊。
　　　　　　　　　　　　　　　　　　　　——《金锁记》

　　他把自由的那只手摸出香烟夹子和打火机来,烟卷衔在嘴里,点上火。火光一亮,在那凛冽的寒夜里,他嘴上仿佛开了一朵橙红色的花。花立时谢了,又是寒冷和黑暗……
　　　　　　　　　　　　　　　　　　——《沉香屑·第一炉香》

在小说的叙述中,这些意味深长的身体语言所构成的特写画面不断地定格,使得小说的细节富有形象性,也很富有哲理性。估计张爱玲在写作中为寻找这样的镜头动了不少脑筋,同时,也为找到这样的镜头感到欣喜,因为每到这些镜头定格之后,她总是情不自禁地站出来感慨几句或对故事人物调侃几句。

当今最有影响力的大众传媒莫过于电影和电视。通俗小说家们显然注意到影视艺术的独特魅力,并广泛地运用于他们的小说创作之中。在金庸、古龙、琼瑶、二月河、唐浩明等人的小说中,那些富有质感、有很强艺术穿透力的画面描述已成为小说创作的主要手段,他们的小说中很多篇章是可以当做影视剧本来读的。他们小说中的例子很多,这里不赘。值得一提的是李碧华的小说,她的《霸王别姬》、《青蛇》、《川岛芳子》等小说历史的跨度都很长,场面的描写也很大,却又相当地紧凑和内敛,主要就得力于影视艺术结构的运用。

  头抬起,只见他一张年轻俊朗的脸,器宇轩昂。他身旁的他,纤柔的轮廓,五官细致,眉清目秀,眼角上飞,认得出谁是谁吗?十年了。

  只见都是衣饰华丽的遗老遗少,名媛贵妇。辫子不见了,无形的辫子还在。如一束游丝,捆着无依无所适从的故人,他们不愿走出去,便齐集于此,喝茶磕瓜子听戏抽烟。

这是两段引自《霸王别姬》的文字。"头抬起"后孩子的脸变成了青年的脸,小说告诉我们"十年了";人还是原来的人,但是"辫子不见了",小说告诉我们,进入民国了。前一个例子写的是人生的变化,后一个例子写的是时代的变化。与传统叙事方式的描述不同的是,它们是靠镜头的切换和叠化来完成的。

  当影视的时空剪辑艺术被引入通俗小说的创作中时,通俗小说惯有的事件和人物的交待就受到了很大的冲击,通俗小说就可以改变传统的故事铺垫、背景介绍的叙事习惯,就可以运用画面的调度和叠化减去很多的铺垫。影视艺术围绕着一个中心,可以将古今中外、现实虚拟、具体抽象等各种人事结合在一起,结构紧凑,高潮迭起,快速的节奏是影视艺术的特点。当影视的艺术结构被引进到通俗小说的创作中时,小说的结构就严密起来,节奏就紧促起来,情节自然更加曲折动人。影视艺术无疑给通俗小说创作带来了新的活力,增添了通俗小说的很多美感。

  但是影视毕竟不同于通俗小说,它们一种是视听艺术,一种是印刷艺术,不同的传播方式又使它们有着不同的美学追求。影视艺术是一种即时消费,它会利用故事的生动性和情节的曲折性把观众留在影视厅,但它一定会把故事的来龙去脉交代得很清楚,观众出了影院之后只有感情上的波澜,不会对人物的命运做过多的思索;影视艺术是平面艺术,它只有通过人物的行为和表情传达出人物内心的信息,无法对人物复杂的心灵进行更为深刻的挖掘;影视艺术又是一种表演艺术,无论是隐是显,它的情感诉求都是直诉式的。而想象空间的预留、隐秘心灵的开掘、情感诉求的渗透正是语言艺术的长项。向影视艺术靠拢,也应该坚持小说创作的美学内涵,通俗小说创作才能向更深层次发展。这大概是当今通俗小说作家应该清醒认识的问题。

现代大众传媒与通俗小说创作有着互动的关系,各国皆然,中国尤甚。中国现代大众传媒对通俗小说创作的影响不仅表现在互为借鉴和互为推动的层面上,还直接作用于现代通俗小说的产生、创作观念的形成和美学形态的构成,对通俗小说有着催生、整形、助长的影响。这种关系的形成与中国现代大众传媒与中国通俗小说独特的发展历程息息相关。

在做了以上论述之后,我们就很容易理解包天笑这样的传统作家为什么乐意接受电影这样的现代艺术:一是美学上的契合,二是经济上的诱惑。当然其中更重要的原因是各自为了生存的需要而产生的市场的要素。

十三

现代通俗小说期刊的"彩色系列"和"方型刊物"

1921年1月,沈雁冰接编《小说月报》。《小说月报》是通俗文学的标志性杂志。这一变革的确是对通俗小说作家沉重的打击。以后,通俗文学期刊曾一度消沉,但很快又兴盛起来,成为与新文学期刊并列的另一条系列。

为什么通俗文学期刊能够在此时兴盛呢？原因是两个。

一个是通俗文学期刊自我价值的合理定位。1929年,《红玫瑰》主编赵苕狂曾对《红玫瑰》的来稿作了个统一要求：

一、主旨：常注意在"趣味"二字上,以能使读者感得兴趣为标准,而切戒文字趋于恶化和腐化——轻薄和下流。

二、文体：力求其能切合现在潮流,惟极端欧化,有所不采。

三、描写：以现代现实的社会为背景,务求与眼前的人情风俗相去不甚悬殊。

四、目的：在求其通俗化、群众化,并不以研求高深的文艺相标榜。

五、内容：小说、随笔、游记、各地通讯，学校中的故事、感想录……等项并重，务求相辅而行，并不侧重某一项。

六、撰述：聘定基本撰述员二十人至三十人。由主编者察其擅长于何路文学，并适应读者的需要，而随时请某人写某项文字。

七、变化：对于内容及体裁，当是适应于环境而加以变化，不拘泥于一格。

八、希望：极度希望读者不看本志则已，看了以后一定不肯抛了不看，一定不肯失去一期不看——换一句话：每篇都有可以一读的价值，那，读者自然会一心一意地想着它，不愿失去一期不看的了。

从这段文字中可以看出此时通俗文学期刊的自我定位：（1）要求所载作品反映"现代现实社会"；反映"眼前的人情风俗"；（2）在表现风格上，追求趣味性、通俗性和群众性，既反对"轻薄和下流"，也反对"极端欧化"、"研究高深"；（3）有很强的市场意识。他们视读者为刊物的生命线。（4）有意要形成自成一格的队伍。此时通俗文学期刊的定位明显地显示出了世俗化的特点：它们反映的是正在不断壮大的市民阶层的价值观和美学观，反映的是市民阶层的日常生活，并以市民阶层作为稳定的读者群。

第二个原因是书局的推动，其中以大东书局和世界书局最为卖力。这个问题，我在前面讲过，这里不再赘述。

此时通俗文学期刊的主体性和自主性明显加强。与新文学作家组织文学社团不同，通俗文学期刊实际上已成为连接通俗文学作家的重要纽带。在一份期刊周围往往聚集着一群创作风格相近的作家，期刊的办刊方针规定着作家的创作风格，作家的创作又强化着期刊的个性。在期刊方针和作家创作的相互作用下，此时通俗文学期刊大致上分为红色系列、紫色系列、彩色系列三大群类。

红色系列：

《新声》、《红》、《红玫瑰》。这是前后相继的三种文学杂志。1921 年 1 月施济群仿"上海大世界"的小报《大世界报》办起文学杂志《新声》（"上海大世界"是个游乐场)。由于此时正是《小说月报》被新文学作家接编之时，通俗文学作家纷纷投向《新声》杂志。创刊不久的《新声》杂志以其强大的阵容很快成为通俗文学的一份代表性刊物。1922年1月，《新声》出至第10期被世界书局接编，并于1922年改名为《红》杂志。《红》杂志几乎全盘不动地照搬《新声》杂志，只是资金充足了，将《新声》杂志的月刊改为《红》杂志的周刊。《红》杂志结束于1924年7月，共出100期，又纪念号1期，增刊1期。1924年7月4日《红玫瑰》接着《红》杂志继续发行，由严独鹤任名誉编辑，赵苕狂为编辑。《红玫瑰》同样是周刊。1928年改为旬刊，出至1931年止。整个期刊的出版时间共达七年之久，是现代通俗文学期刊中寿命较长的期刊之一。

从《新声》杂志到《红》杂志，再到《红玫瑰》，讲述"红色系列"的前生后世主要是要说明这个来自于游乐场游戏小报的期刊系列最重要的特色是具有很强的世俗化倾向，它们是通俗小说的"通俗读物"。

刊物也关注中国的社会政治，但所取的视角却相当世俗化。例如，包天笑是位对时事政治比较关心的老作家，他在《小说画报》等刊物上曾发表了多篇相当严肃的爱国小说，然而同样是爱国小说，发表在《红玫瑰》上的却是写妓女生病的《倡门之病》。小说这样描述：妓女翠芳病了，各路好友送来各国的好药，吃下去均无效，最后翠芳自己服了一帖中国的藿香正气丸，病也就好了。作者生怕读者看不懂作品中的含义，最后发表议论说："梁翠芳之言可以增吾国外交，若英若美若日若俄，无不与吾国示爱，而欲起我沉疴，吾国亦不敢不表示其感谢之忱，然若在昏沉，则医药杂投，反促其无，吾国民安得如梁翠芳之自觅其正气丸乎？噫嘻。"将爱国的精神比做妓女吃"中国的藿香正气丸"，不可思议，但是却符合刊物的风格。

世俗化的倾向使得"红色系列"中的通俗小说更加追求故事化、情节化。作为刊物来说，当然是为了更加吸引读者。对通俗小说来说，创作风格也越来越趋于平民化。平江不肖生（向恺然）的《江湖奇侠传》从政治化转向江湖化，对现代武侠小说产生了重要的影响；揭露黑幕和讲述故事相结合的姚民哀的"会党小说"在通俗小说中自成一格；劝俗劝善、淳正世风的程瞻庐的小说散发出浓厚的民风民俗……通俗小说在20世纪20年代完全向市场转型,"红色系列"起了很大的作用。

世俗化的重要特征就是游戏性。"红色系列"中这种游戏性小说相当多,表现得最为突出的是"集锦小说"。所谓"集锦小说"是指近十人一人接一人地连续写一部小说。由于写作者只关心怎样合理地续写以及怎样给后续者增加难度,整篇小说缺乏统一的构思,缺乏合理的布局,只能胡编乱造,但是胡编乱造之中却充满了游戏的乐趣。集锦小说在《新声》上就很多,到《红》杂志和《红玫瑰》时期,愈演愈盛。"红色系列"中另一种游戏小说是"专号小说",即用小说的形式来纪念有意义的日子,如"国耻号"、"国庆号"、"新年号"、"春季号"、"夏季号"、"伦理号"、"妇女心理号"、"百花生日号"等,甚至还有"少年恩物号"、"因果号"等等。

清末民初时通俗文学杂志封面一般是山水画,取其典雅,而《红》杂志开始到《红玫瑰》的每一期都是近似漫画的水粉画,取其滑稽。刊物栏目十分繁杂,小说、诗话、笔记、笑话、影评,甚至还有一些科学实验。有必要说明的是,刊物编辑的态度都十分认真,特别是编辑赵苕狂,几乎每一篇重要作品之前都有他的评点和推荐;每一期前面都有他的《编辑琐话》。考虑到《红玫瑰》的出版周期,仅此一项就可以看出赵苕狂的工作量了。

紫色系列:

《半月》、《紫罗兰》、《紫兰花片》。《半月》,半月刊,1921年9月创刊,1925年11月停刊,共出4卷96期,周瘦鹃编辑。《半月》最初由中华图书馆总经销,自第5期始被大东书局接编发行。《半月》停刊后,周瘦鹃续办《紫罗兰》半月刊,仍由大东书局发行,创刊于1925年12月16日,到1930年6月停刊,也出了4卷96期。《紫兰花片》是周瘦鹃的个人刊物,月刊,1922年创刊,1924年停刊,共出版24期。《紫兰花片》所载作品均为周瘦鹃个人的译、著,每期有30多篇作品。

与"红色系列"一样,"紫色系列"同样立足于市民阶层;与出身于游戏小报的"红色系列"不一样的是,"紫色系列"在追求趣味性和通俗性的同时,还带有较浓厚的名士作风,所以"紫色系列"可以说是通俗小说的"精英读物"。

　　曾是《礼拜六》的主要作者和编辑之一的周瘦鹃,将《礼拜六》感时劝俗的主题带到了他所编辑的刊物之中。"紫色系列"的作品大致上分四种类型:一是国难小说,以周瘦鹃的寓言小说《亡国奴家的燕子》最有影响;二是"问题小说",主要有毕倚虹写妓女问题的"北里小说"和童养媳问题的"家庭小说",张舍我的都市传奇也颇具特色;三是知识分子小说。新文学作家写知识分子侧重于人生价值的失落和追寻、理想道路的构造和幻灭,通俗文学作家写知识分子侧重于讽刺他们的卑劣行径及精神空虚的人生胡调史。徐卓呆的《小说材料批发所》、汪仲贤的《言情小说家之奇遇》、张秋虫的《芳时》、《烦闷的安慰》都是很有代表性的作品;四是侦探小说。经过了清末民初大量的翻译之后,中国的侦探小说进入了创作期。"紫色系列"开设的"侦探之页"开始刊载中国作家创作的侦探小说。这些侦探小说虽然质量不高,却是中国作家最早的实验地。《紫兰花片》是个人刊物,作品的个性化很强。小说《老伶工》明写老伶工劳作的一生,实写"文字劳工"的自我,十分感人。

　　作为一个名士,周瘦鹃以爱美而出名。他爱美的风格在刊物的装帧上表现得十分充分。"紫色系列"的装帧是通俗小说期刊中最具美感的。《半月》是细长型的小 16 开本,《紫罗兰》先是方型的 20 开本,后是长型的 16 开本,《紫兰花片》则是 64 开本,只有手掌那么大。《半月》的封面仅是一幅加色的素描画,《紫罗兰》的封面则是一张完整的背景画,而且每幅画下都有两句诗,例如"再三珍重临行意,只在横波一转中","低头只作枯禅坐,莫把双眸注妾边"等等,可算做封面画意题解吧。长型 16 开本的《紫罗兰》封面更为精致,封面画还是时装仕女,但却用镂空的形态表现出来,即第 1 页将仕女的形态镂空,第 2 页插入画面,将仕女的形态从镂空处露出来。《紫罗兰》中有一个《紫罗兰画报》的栏目,是一种彩色的折叠式开本,很有特色。《紫兰花片》的封面也是一幅时装仕女画,每期的题签均由他的好友轮流题写,包天笑、袁寒云、王西神、何海鸣、徐树铮等人均在其上留下了题签手迹。看得出来,周瘦鹃是将期刊的装帧当做工艺品来对待的。

彩色系列：

《珊瑚》，半月刊，1932 年 7 月 1 日创刊，至 1934 年 6 月停刊，共出 48 期。主编范烟桥，由上海民智书局发行。在创刊号上，主编范烟桥作了《不惜珊瑚持与人》的发刊词，文中提出了两条办刊方针，一是明确提出刊物的中心思想："以美的文艺，发挥奋斗精神，激励爱国的情绪，以期达到文化救国的目的。"二是提出了刊物的用稿态度："珊瑚的颜色，有红有白有青有黑，这小册子的文艺，也是五光十色，什么都有一点。""爱国"和"包容"这两条办刊方针在刊物中得到了充分体现。

《珊瑚》创刊于 1931 年"九·一八"事变和 1932 年的"一·二八"事变之时，爱国小说在该杂志中占有相当大的比重。这些爱国小说大致上分为两类，一类是写"亡国之痛"的"国难小说"，代表作有王天恨的《失落》、徐卓呆的《食指短》；一类是写"爱国事迹"的"抗争小说"，代表作有程瞻庐的《不可思议》、顾明道的《国难家仇》。除此之外，该刊还发表了很多有关国难的纪实文学。在第 1、3、6 号上，分别载有含凉生的《国难中的苏州》、王峰寄客的《国难中之昆山》、叶慎之的《国难中的太仓》以及郑逸梅的《沪变写真》，作品用纪实的笔法写了"一·二八"事变中日本侵略者在上海的烧杀抢掠和苏州、昆山、太仓等地的难民情况。"一·二八"事变以后，民间自发流传着一些爱国传单，称之为"爱国连索"。主编范烟桥将其主要内容刊载在第 9 期上，号召刊物的三千订户以此实行。那"爱国连索"的主要内容是：一、永远不买日本货！二、永远不要卖东西给日本！三、对日本要存报仇雪耻的决心！四、永远要有团结精神，一致与日本绝交。《珊瑚》杂志只发行了两年，始终保持着很强的爱国主义精神。

《珊瑚》的主要作者除了主编范烟桥之外，还有陈去病、柳亚子、胡朴安、邵力子、顾明道、叶楚伧、包天笑、周瘦鹃、何海鸣等人。从这张名单中就可以看出他们大多是南社中人，是一些江南名士。名士气息也给杂志带来了名士色彩：一是杂志中诗文较多，柳亚子的《亚子近作》、金鹤望的《天放楼近诗》、包天笑的《钏影楼诗话》等作品均占有相当的篇幅；二是学术性较浓的考古文章较多，如徐碧波的《中国有声电影展望》、潘心伊的《书坛话堕》、胡寄尘的《文坛老话》、孙东吴的《八股文废话》、凌景埏《〈再生缘〉考》、范烟桥的《沈万山考》以及陈去病编订的《孙中山家世表》、柳亚子的《柳亚子自传》、《苏玄瑛正传》等,这些文章都有相当的学术价值。

《珊瑚》认为文学创作不分新旧,他们认为自我是多彩的,是新旧兼容的。从13期开始,《珊瑚》专门开辟了"说话"栏目,表明了自我的文学态度,并对当前的文学创作展开批评。这些署名"说话人"的文章共18篇,既批评新文学作家的作品,也批评通俗文学作家的作品,摆出了一副超然的模样。但是新文学作家却批评《珊瑚》是旧文学杂志,对此他们深为不满,在20期上专门发表了彳亍的文章《新作家的陈迹》,揭了鲁迅、刘半农等人的"老底",说他们本来就是旧文学作家出身。

《珊瑚》的装帧很朴素,虽然刊名题签也是名人逐期更换,封面的色彩仅是一色。有特色的是每期集中介绍一位作家,并对下期主要作家作品进行预告,称之为"结网者言"。在刊物中还集中刊登名胜风景、文物书画、裸体美女的照片,作为"刊中刊",称之为"珊瑚画报"。

"方型刊物"是20世纪40年代的通俗小说刊物。由于这些刊物的开本大多是方型的,因此,又称为"方型刊物"。40年代,一批通俗小说的新进作家涌现了出来,他们大多接受过高等教育,很善于捕捉现代人生的社会情绪,并将其纳入通俗小说的美学范畴之中,大大提高了通俗小说的审美层次。在期刊的运行体制中,工商业的介入已成为了主流体系。刊物的广告插页虽然多了,运作却相当灵活。

这些"方型刊物"大致上可分为三种价值取向。

《万象》,月刊,创刊于1941年7月27日。第1期的版权页上标明,编辑人:陈蝶衣;发行人:平襟亚;出版者:万象书屋;发行者:中央书店。到第3年第1期(1943年7月1日),柯灵接替陈蝶衣编《万象》月刊,一直编辑到1944年12月第4年第6期。最后1期第4年第7期是由万象月刊社编辑的,但拖到1945年6月1日才出版。该刊共出版43期,号外一期。《万象》的主要作者是胡山源、赵景深、周贻白、孙了红、范烟桥、程小青、王小逸、冯蘅、平襟亚、徐卓呆等,到了后期,又增加了芦焚、师陀、张爱玲、叶圣陶、丰子恺、俞平伯等人。《万象》一出版就十分抢手,第 1 期在第一个月内竟再版五次。在第 1 年第 11 期时,销量已达到 2.5 万册,而当时杂志能销 5 千册已经是奇迹了。《万象》销量之大,在 40 年代是首屈一指的。

编辑者没有什么办刊宣言,但从编辑的言谈和刊物的创作实际中可以看出杂志的办刊方针。编辑者一方面强调要"不背离时代意识",要"忠于现实",另一方面又为自己在这纷乱的年代有一个安逸的文学阵地而窃喜:"在这样非常时期中,我们还能栖息在这比较安全的上海,不能不说是莫大的幸运。"①这些话反映出编辑者办刊的基本取向:他们试图在"小花草"之中写出"忠实现实"的文字。"小花草"是指文学的通俗性和趣味性,"现实"不是什么民族矛盾和阶级斗争,而是激烈的民族矛盾和阶级斗争之下的急遽慌乱的人生。用一种消闲、趣味的笔调写出当今的人们生活之艰难、生活之技巧,《万象》杂志所载作品大致如此。

值得提出的是,《万象》在 1942 年开展了一次"通俗文学运动"。陈蝶衣、丁谛、危月燕、胡山源、予且、文宗山等人专门作文对通俗文学的性质、定义、群众基础、美学特征、社会效应等方面进行了阐述。他们强调打破新旧文学的界限,将中国文学集中在"通俗文学"的旗帜之下,建立起一种既有思想性又有艺术性和广泛读者基础的新型的中国文学。在对中国文学的性质进行讨论的 40 年代,这也是一种声音。

《万象》刊载了不少文艺性知识随笔,内容包括人物传记、散文知识随笔、生活回忆录以及世界文化风情描写。其中世界文化风情描写尤其出色,在通俗文学期刊中是不多见的。

与《万象》办刊方针基本一致的是《春秋》月刊和《茶话》月刊。

代表着 40 年代通俗小说期刊第二种价值取向的是《大众》月刊。《大众》月刊由大众出版社主办,钱须弥主编。《大众》月刊 1942 年 11 月 1 日创刊至 1945 年 7 月 1 日停刊,共 32 期。《大众》月刊不提"小花草"或"忠于现实",而提出"永久的人性"。在《发刊献辞》中,他们提出:"我们愿意

---

① 陈蝶衣:《通俗文学运动》,载 1942 年《万象》第 2 年第 4 期。

在政治和风月之外,谈一点适合于永久人性的东西,谈一点有益于日常生活的东西。"《大众》月刊最重要的作家有潘予且(潘序祖)、丁谛(吴调公)、孙了红。他们都在其上发表了数十篇作品。潘予且几乎在每一期上都有一部中篇小说,每部小说的篇名均称为"记"。这些小说主要写人的情感和欲望与社会道德之间的关系。丁谛的小说主要写淳朴的人性与社会的污染之间的矛盾,代表作是《野性的复活》。孙了红是侦探小说家,他此时的侦探小说在批判社会的同时,挖掘人性的根源,很见深度。除了他们以外,包天笑、徐卓呆、秦瘦鸥等人的名字也常见于其上。

《大众》月刊上与小说创作并重的是散文随笔。张一鹏的《不知老之将至斋随笔》、包天笑的《秋星阁笔记》、屈弹山的《绝望日记》、胡朴安的《病废闭门记》、丁福保的《余之书籍癖》、张叔通的《余之记者生涯》、范烟桥的《寄琐散叶》、郑逸梅的《蕉窗砚滴》、《谈艺脞笔》、《负疴散记》、《销寒漫笔》等,都是连载于其上的散文随笔。这些作家都是些老文人,或忆人,或记事,或写读书心得,或感怀人生,人事、知识、识见融为一体,充分显示出了他们的人生履历和文化修养。《大众》月刊还刊载了通俗文学作家写的一些"美文",这是其他通俗文学刊物上少见的。这些"美文"以孙了红写得最好。

大众出版社的前身是国学书室,所以《大众》月刊上专门辟有《国故新知》的栏目。此栏目主要由唐文治、胡朴安两位先生主持,他们几乎每期均发表一篇讲演经学的文章,文言写作,古朴而艰涩。

和其他通俗小说期刊一样,《大众》月刊每期刊四页铜版画,主要是一些中外名画或人体画。突出的是广告铺天盖地,每一期上都有十数页广告。

40年代的周瘦鹃是十分忙碌的。他此时主编了两种刊物:《乐观》和《紫罗兰》(后)(称《紫罗兰》(后)是为了与周瘦鹃二三十年代编的《紫罗兰》相区别。)。周瘦鹃是中国现代文学史上的编辑大家。他所主编的两份刊物显示了此时通俗文学期刊的第三种价值取向。受上海九福制药公司的委托,周瘦鹃于1941年5月1日创办了《乐观》月刊,至1942年4月1日停刊,共出版12期。《乐观》停刊不久,在出版商的怂恿下,周瘦鹃于1943年4月1日复活了他的《紫罗兰》。该刊为月刊,出至1945年3月停刊,共18

期。这两份刊物的编辑方针,从周瘦鹃写的《乐观发刊词》上就可以看出,他说:"我因爱美之故,所以对于这呱呱坠地的《乐观》也力求其美化,一方面原要取悦于读者,一方面也是聊以自娱。"看得出来,40年代的周瘦鹃唱起了唯美主义的论调。从刊物的实际来看,周瘦鹃的唯美主义表现在两个方面,一是写爱情生活的酸甜苦辣,一是刊物装帧的精细美观。

在周瘦鹃主编的这两份刊物上,除了自己和包天笑等人的作品外,青年女作家也是主要的创作队伍。张爱玲的小说处女作《沉香屑·第一炉香》就连载在《紫罗兰》(后)第2期至第7期上。这些作家都接受过高等教育,可以说是时代的新女性了。她们的小说题材基本一致:对"幸福追寻"的描述、疑问和反思,在情爱生活中细腻地表现女性的性爱心理。在《紫罗兰》(后)中,周瘦鹃也写了两部轰动一时的作品,一是长篇小说《新秋海棠》,为秋海棠、罗湘绮、梅宝找到了一个美好的结局;二是发表了《爱的供状》一百首诗词,记叙了他"一段绵延三十二年的恋爱史",作为他"五十自寿的纪念文字"。写哀艳的文字是周瘦鹃的擅长之处,这两部作品一时赚取了读者不少的眼泪。

两份杂志的装帧保持着周瘦鹃一贯的作风——"求其美化"。《乐观》的开本比32开本更狭小些,每一期的封面均为一幅电影明星的彩照。《紫罗兰》(后)更为讲究,每期封面上都是一枚形态不同的紫罗兰花,袁寒云的题签衬托在其中,显得挺秀妩媚。目录上用紫罗兰花镶边,显得花团锦簇。每一期上都有一个小专辑,如《春》、《小天使》、《母亲之页》等等。14期以前,每期还有四页的《紫罗兰小画报》,主要刊载风景和影星的肖像或剧照。整个杂志犹如苏州的园林一样,园中有园,景中有景,显得精致而有序,充分显示出编辑者独运的匠心。这样的装帧与那些"甜蜜"文字相配合,的确是一份很有魅力、很有个性的消闲杂志。

十四

东吴系、复旦系和新浪漫主义作家

1942年太平洋战争爆发以后,中国文坛开始沉静下来。此时大批的新小说作家或者到达民族战争的第一线,或者逃亡海外,于是通俗小说作家开始浮出了水面。这些通俗小说作家属于通俗文学的新生代,他们以有别于老一辈通俗文学作家的文学修养,将通俗小说创作推到了一个新的境界。这些通俗小说作家中最引人注目的是活跃于上海等地的东吴系、复旦系和活跃于重庆等地的新浪漫主义作家。

东吴系和复旦系是40年代两份畅销的通俗文学杂志分别推出的两大作家群。推出东吴系作家的杂志是周瘦鹃主编的《紫罗兰》(后),推出复旦系作家的杂志是联华广告公司发行、顾冷观编辑的《小说月报》(后)。① 东吴系主要是女作家,周瘦鹃曾在《写在紫罗兰前头》颇为得意地说:"近来女

---

① 20世纪40年代流行的《紫罗兰》、《小说月报》与民国初年的《紫罗兰》、《小说月报》刊名相同,为了便于区别,我称之为《紫罗兰》(后)和《小说月报》(后)。

作家人才辈出,正不输于男作家,她们的一枝妙笔,真会生一朵朵花朵儿来,自大可不必再去描龙绣凤了。"他在刊物上推出的女作家有杨琇珍、施济美、程育真、汤雪华、邢禾丽、郑家媛、俞绍明、张爱玲、苏青等。以上作家除张爱玲、苏青以外,都是在读或者已毕业的东吴大学的学生,因此又称之为"东吴系"。东吴系作家的小说特别善于在情爱的生活之中细腻地表现出女性的性爱心理。在这些女作家中以施济美、汤雪华、余绍明、张爱玲、苏青的成就为最高。施济美的小说就如一杯浓浓的牛奶,味道醇正,满口香甜。《永久的蜜月》写一位蜜月中的女子的遐想。幸福的生活包容着女主人,反而使得女人对过分幸福的生活感到怀疑,于是她仔细地回忆了她的恋爱生活,她觉得"扑鼻的幽香自令人陶醉",那么未来呢?她感到惊悸,但是她的梦又告诉她:"万全的爱,无限的生,永久的甜蜜……"汤雪华的小说就如一杯浓浓的咖啡,入口虽苦,却也余香满口。她的小说《死灰》写一个立誓不嫁的"自由人",在40岁时终于明白了一个女人没有夫妻之爱和母子之爱只能是"死灰"的生活。小说力图说明,家庭生活虽然不是最好的去处,但毕竟是女人的归宿。俞绍明的小说没有那么香甜,有的是浓浓的酸味,是一碗酸菜汤。她的《三朵姑娘》写的是开饭店的三朵姑娘与三位大学生似恋非恋的浪漫故事。在三位大学生都自以为三朵姑娘非己莫属时,三朵姑娘宣布自己已和店中伙计订了婚。正在吃醋溜鱼的三位大学生感到了口酸心酸。张爱玲、苏青同样是写女性的婚恋心理,与以上女作家不同的是,她们不是为女性寻求生活中的位置,而是对女性的婚恋心理提出疑问和批判,不仅是写婚恋的生活,还对社会、人生做了深入的探询,小说中没有什么香甜酸味,更多的是麻辣味。因此,她们小说的思想深度要远远超过其他女作家"幸福追寻"的层面,总是给人很多思考空间。

在《小说月报》(后)上发表小说的大多是男性作家,主要来自复旦大学,因此也可以称之为"复旦系"。这些男性青年作家不写婚恋心理,而是写性爱生活。在他们的笔下,性爱具有超自然的力量,好像人类的一切活动都是围绕着性爱展开的。周楞枷的《山茶花》写一位貌若天仙的女招待始终坚持卖笑不卖身,但是在大敌当前之时,她却以自己的身体开了一个义卖会,"卖得金钱就捐献给国家,谁能够出最高的价格,我便把身体卖给谁。"他的另一篇小说《盗火者》写一个女子在她的爱友被捕之后突然觉醒过来,要"紧握着他所递给我的火炬,沿着道路奔向前去"。性爱不仅能救国,而且能革命,这样的性爱有着一圈耀眼的光环。性爱是革命的手段,更是赚钱的手段,刘春华的小说《四月的蔷薇》中的孙丽丽结了几次婚,居然就成了一个拥有十多万的富婆。性爱也是最有趣味的游戏,心期的《奇迹》写了四位青年和两位姨太太隔窗谈恋爱;旅江的《艳遇》则写一位夜游青年不仅得到一位青年女性的身体,还赚了一笔钱。性爱的力量被这些小说家提高到了无以复加的地步,它能够解决人类社会的任何问题,同时也是任何力量无法阻挡的,不仅日常生活中的普通大众如此,就是青衫孤灯的和尚尼姑也是如此。《思凡》中的宏济法师要点化妓女姬娜,自己却跌入色的境界之中去了,在情欲煎熬下的宏济终于"毅然决然地离开了这相处四十一年头的古刹"。《秋夜中的传奇》中的女尼慧修"挡不住内心的欲望""毅然将右手的掌心向着烛杆刺去","但是佛法也阻不住欲焰的燃烧,终于一个下午在古春少爷的书房里彼此情不自禁地劈开了一切牵连,一同参拜了一次欢喜禅。"此时,这些青年作家有一个理论:"不在色情文学之是否害人,而在色情之如何界说;再彻底一点,不在色情之应否绝缘,而在色情之如何欣赏。"①这是一个相当离奇,也相当有害的理论,它把色情文学的社会影响推向了读者,就好像读者吃了毒药,不追究下毒人的责任,反而责怪读者为什么要吃,这显然是不合常理的,但当时这些青年作家就是这么狡辩的。同时这种理论也打开了色情小说的创作大门,各种性爱描写任意地穿插在各种类型的小说之中,在他们的笔下,人都成了不能控制情欲的动物。这些为数不少的小说,给40年代的通俗小说带来了很不好的影响。

"新浪漫主义"是北京大学教授严家炎先生对徐訏和无名氏(卜乃夫)作品的命名。徐訏和无名氏是此时活跃于重庆等地的通俗小说作家。1943

---

① 河鱼:《文艺的需要——关于所谓色情文学》,载《小说月报》(后)1940年第3期。

年 3 月到 1944 年 4 月,徐訏的《风萧萧》在重庆《扫荡报》上连载。小说连载时就产生了很大影响。1944 年小说由成都东方书店出版,不两年,就再版五次。在当时的战争环境下,一部小说能够如此热销,实属不易。其实,当时国统区的读者对徐訏并不陌生。他在上海"孤岛时期"创作的小说《荒谬的英法海峡》《精神病患者的悲歌》《吉普赛的诱惑》以及稍早发表的《鬼恋》就已经广为流传。与那些已经流行的徐訏小说比较起来,《风萧萧》多了一层"壳":女间谍的工作和女间谍的爱情。侦探加爱情,又是女间谍的侦探加爱情,这样的小说怎么能不"火"起来呢?当然,如果仅仅从侦探和爱情的层面上读徐訏的小说,那就太浅薄了。他的小说的真正魅力是他宣扬的一种"爱情观"。

徐訏是爱情理想主义者。他在写《鬼恋》时就给爱情定了位,即:爱情是一种精神存在,它没有年龄的限制,没有性别的限制,甚至超凡脱俗地没有肉体的限制。到了 40 年代,他又将爱情提高到哲学和宗教的境界。《吉普赛的诱惑》将爱情的生命和吉普赛人的生活联系在一起,宣扬一种自由的精神,"吉普赛的生活专为培养永生的爱情的,而我们也终于将生活献给爱神"。《精神病患者的悲歌》将爱情进一步纯化,从个人的私有性中剥离出来,泛化为具有奉献精神的爱心,"我要把海兰与白蒂赠我的爱献给人群,献给我理想与事业"。爱情是一种自由,爱情是一种爱心,所以《风萧萧》中那位独身主义者就能在三位女性之间施展他的爱情,却又显得那么纯净,"爱只是我自己的想象,而没有一个人爱过我。她们爱的也只是自己的想象。"很显然,徐訏表现的爱情生活实际上有两重境界,一重是肉体的,也是世俗的,它往往走向悲剧;一重是精神的,也是纯净的,它从来都是以胜利而告终。在这两重境界的反差对比之中,徐訏实际上是借爱情的壳写他的人生理想。

也许是受到《风萧萧》畅销的影响。1943 年 11 月西安的《华北新闻》开始连载无名氏的《北极风情画》。小说在报纸上每天一节,且附有木刻版画。小说一时风靡大后方,也给无名氏带来了极大的声誉。受到鼓舞的无名氏 1944 年创作了《塔里的女人》,并自办"无名书屋"发行。第二部小说同样获得了巨大的成功,开始的一段日子里,几乎是以一天一千本的速度销售。之后,无名氏开始埋头写他的《无名书稿》,转向了人生哲理的探索和小说文体的创新,小说的思想和艺术都深刻了,但其流行程度远不如前两本小说。《北极风情画》和《塔里的女人》同样是两部爱情小说。与徐訏相比,无名氏笔下的爱情要扎实得多,他以相当浓丽的笔调写了男女之恋的全过程。两部小说中的爱情生活无不写得惊心动魄、缠绵悱恻、生离死别,天长地久人未老,海枯石烂不变心,爱情程式的演绎发挥到了淋漓尽致。无名氏小说不仅爱情故事动人,表现出的忏悔意识更令读者悚然。刻骨铭心的爱情却是刻骨铭心的痛苦,爱情的叙述者是背负着爱情十字架的苦行僧。陌生怪客和罗圣提叙述的那些迷人的爱情经历正是他们痛苦的根源。他们的叙述并不是为了心灵的净化,而是一种忏悔。"在生活里面,你常常可以碰到一种不可抗拒的神秘阻力。这种阻力,你年轻时,还不显得怎么沉重,有时候,只要你咬一咬牙,摇一摇头,说一个不字,它似乎就退开了。但是随着你的年龄增加,额上皱纹加深,它一天一天变得强大起来。到了最后,你连摇头说个不字的勇气都没有了。"①"神秘阻力"不仅纠缠住了小说主人公的一生,使他们万劫不复,还使他们像幽灵一般出现在雪后的华山之巅和月明的松林之间,在精神上和肉体上折磨自己。

徐訏和无名氏的出现给中国通俗小说带来了新的特色。自清末民初以来,中国通俗小说表现的一直是中国传统的文化观念,因此,通俗小说主要的接受层面是市民阶层。获得法国哲学博士学位的徐訏表现的是西欧流行的浪漫的人道主义精神。他所勾画的精神境界与法国文学所表现出来的人文精神是相通的。如果将莫泊桑、纪德、梅里美等人的小说与徐訏的小说联系起来看,将会明显地看到徐訏小说中自由精神和奉献精神的来源。他的作品骨子里弥漫着一股法兰西的"罗曼蒂克"精神,只不过,作为一个文化的接受者,在向自己的同胞宣扬时,他作了相当精细的铺垫和"中国化"的阐述。无名氏同样如此,这位毕业于北平俄文专科学校的学生,写的是中国

---

① 无名氏:《北极风情画》,北京:华夏出版社1999年重印本,第151页。

式的爱情,表现的却是"俄罗斯式"的情感,即:忏悔对象不是自我或社会和民众(如鲁迅的《野草》、巴金的《灭亡》等),而是自己的恋爱对象,使忏悔有了更多的个人感情色彩;不仅是心灵上的忏悔,还有行动上的"自惩",这里面有着浓重的俄罗斯知识精英们的"罪感"意识。陀思妥耶夫斯基、托尔斯泰、屠格涅夫等作家笔下的文化意识在此折射了出来。正因为有了这些异域的文化意识,徐訏和无名氏的小说主要流行于青年学生和知识分子之间。

作为通俗小说的新生代,他们将中国通俗小说的审美境界提高到了一个新的层面。

这些作家们创作小说都有一个完整的故事情节,毫无例外地追求故事的传奇性。小说的中心情节离不开一段传奇的人生经历,离不开一段离奇的感情历程。情节的发展总是充满了偶然和突变:偶然的相遇或者突然的事变往往决定了人的命运,也往往是男女主人公爱情生活的催化剂,造成一见钟情或者棒打鸳鸯。东吴系、复旦系的小说家们善于在世俗生活环境中写平常日子的酸甜苦辣,追求的是小说环境的亲近感。徐訏和无名氏则把小说推到新奇的境地和浪漫的场所,他们作品中的故事不是发生在异国他乡,就是夜幕下的酒吧、饭店、赌场以及长满梧桐树的林荫大道和碧波荡漾的玄武湖畔。无名氏甚至将环境推到了绝地,在冰封雪地的西伯利亚和万仞悬崖的华山之巅说故事。他们追求的是小说环境的陌生化效果。

说故事本来就是通俗文学作家的强项,对通俗文学创作产生深刻影响的还是小说的叙述方式,特别是那些接受过新式教育的通俗文学作家,他们对传统通俗小说的叙述文本作了卓有成效的改造。

这种改造的方式表现在两种形态上。一是特别注重故事的开头和结尾。徐訏比较喜欢用哲理性的语言,如《吉普赛的诱惑》;无名氏基本上是用一个小故事导入,再用哲理性的语言总结,他的《北极风情画》和《塔里的女人》均是如此;张爱玲喜欢在小说前后构造一个凄美静穆的意境,《沉香屑·第一炉香》、《沉香屑·第二炉香》、《金锁记》、《倾城之恋》等作品均有一个首尾呼应的颇有意味的意象;苏青的感情比较外露,常常是袒露胸臆的直接倾诉,她的《结婚十年》和《续结婚十年》结尾都有相当长的一段感情告白。二是对小说中的叙述话语作了很有特色的调整。中国的传统小说受话本的影响很深,小说文本中的叙述话语和情境话语是分离的。基本独立的叙述话语不但自成系统,还控制着情境话语,具有很高的权威性,它们决定着故事情节的发展,还迫使着读者接受;限制了故事人物的自由发展,也限制了读者的想象空间,故事人物的活动和读者的想象空间完全在叙述者所设计的模式中进行。如何处理叙述话语是"五四"新文学登上文坛以后中国作家一直致力解决的问题。"五四"以来的很多新小说作家均采用隐匿的方式,让叙述话语隐匿在情境话语中,任其自由发展;20世纪40年代的通俗小说作家们采用的是改造的方式,让情境话语在叙述话语的框架内自由地发展。他们常常采用第一人称(有些是有一个名字的第一人称)的叙述方法,"我"就是传奇故事中的一个人物,他所叙述的故事就是他本人的人生经历。由于叙述者既是故事的见证者,又是故事中人,他们的感情依附在小说人物身上,随着人生命运的悲欢离合一起起伏,叙述话语对小说的故事情节不但没有限制,反而成为故事情节起承转合的一种手段。更重要的是叙述话语还对小说的感情起到了定调的作用,由于所定的基调就是这部小说所要表现的人生情绪和艺术风格,因此,即使叙述话语略有偏离,读者不但原谅,反而给予信任。在徐訏、张爱玲、苏青等人的小说中,叙述者常常不自觉地站出来对小说人物的所作所为评点几句,这些站出来"说话"的做法,有损于小说情节的客观性,但是它符合小说的基调,那么几句评点的确增强了读者的阅读情趣,拓展了一种人生哲理的空间,读者不但认同,而且会得到某种启发。与传统小说中叙述话语与情境话语相脱离不一样,40年代的通俗小说尽量地发挥叙述话语与情境话语的长处,并尽量地使它们巧妙地融合在一起。与新小说尽量地追求客观描述,"隐去"叙述话语也不一样,40年代通俗小说的叙述话语始终以强势的姿态出现在小说文本之中,它始终在"说"故事。通俗小说对小说文本的这两种改造遵循着这样的原则:维持小说的传奇故事,变动小说的叙述话语,根本目的是为了更合理地加强小说故事的传奇性。这样的改造原则是由通俗小说的美学原则所决定的。

十五

"故事新编体"小说与"海派狭邪小说"

中国现代通俗小说有两大文类,一类是"故事新编体"小说,一类是"海派狭邪小说"。我分析"故事新编体"小说时,将与鲁迅的《故事新编》结合在一起分析,目的是突出通俗小说作家小说文体的创造性;分析"海派狭邪小说"时,将与吴地的世俗人情和吴方言结合在一起分析,目的是突出这类小说的地域特色。

先讲"故事新编体"小说。

鲁迅说过,他写小说"大约所仰仗的全在先前看过的百来篇外国作品和医学上的知识"[1]。用这样的话来印证他的《呐喊》、《彷徨》,我们可以找到很多论据。但是用其来印证《故事新编》,似乎就很难寻找到论据了。那么《故事新编》的文体就是鲁迅独创的?很多文学史著作都是这么论证的。

---

[1] 鲁迅:《我怎么做起小说来》,载《鲁迅全集》第四卷,北京:人民文学出版社1981年版,第512页。

不过，我认为这种说法值得商榷，因为在鲁迅创作《故事新编》的前后并非前无古人，也并非后无来者。当我们把视野扩展到通俗小说领域，就会发现"故事新编"是鲁迅命名的，"故事新编体"小说却是中国20世纪文学中的一种文体存在形式。

1935年12月，鲁迅将他在1922年至1935年创作的八篇小说结集出版，命名为《故事新编》。说它是"故事"，是因为这些小说"有一点旧书上的根据"，说它是"新编"，是因为它只是取一点历史"因由"随意点染。① 如果将鲁迅自述的这些特点看做《故事新编》的文体特点，就会发现它实际上是与中国文坛上的"故事新编体"小说一脉相承的。

"故事新编体"小说出现于晚清，尤其集中于1908年到1910年之间。这三年中出版的作品就有吴趼人的《新石头记》、陈啸庐的《新镜花缘》、冶逸的《新七侠五义》、香梦词人的《新儿女英雄》、大陆的《新封神传》、情囚的《新西湖佳话》，其中最得力者是陆士谔，他一个人就出版了三部小说《新水浒》、《新三国》、《新野叟曝言》。晚清的这些"故事新编体"小说有如下特色：

它具有强烈的社会批判色彩。这些社会批判之中渗透着作家本人的社会价值判断。

它具有强烈的讽刺意味。作家并不直接针砭社会，而是用"曲笔"的形式表露自己的是非观念。从现实需要出发写人物的行为举止，让这些人物的形象与读者心目中的既有模式形成反差，从而造成讽刺批判的效果。小说语言轻松幽默，描写诙谐有致，让读者在阅读中得到某种意会。

它借一点历史的"因由"，随意铺染，古人与今人相杂，古事与今事相间。对读者来说，可以从作品人物的变迁之中得到新奇的感觉，从而增加阅读的兴趣；对作者来说，根据现有的作品形式进行再创造，既有较大的写作空间，又给情节的设计带来了便利。

---

① 鲁迅：《故事新编序言》，载《鲁迅全集》第二卷，北京：人民文学出版社1981年版，第342页。

最早认定这种小说文体的是阿英。他在《晚清小说史》中称它为"拟旧小说"。但是阿英对其评价不高,认为这是"文学生命上的一种自杀行为","是当时新小说的一种反动"①。这样的评价显然是和阿英重政治小说、社会小说,轻其他类型小说的史学观有很大关系。其实,"故事新编体"小说的出现,不应该被视为"自杀行为"和"反动",而应该视为是中国小说文体受到了外国小说冲击之后,在重新整合之中而形成的一种结果,它是为中国老百姓所喜闻乐见的具有很强生命力的一种文体。

"故事新编体"小说是政治小说、科幻小说和中国传统的小说模式相融合而形成的一种小说文体。几乎每一部"故事新编体"小说都表达了作家的政治思想理念,小说中都有作家政治思想理念的代言人——或个人或群体。《新石头记》中的代言人是明君东方强、《新水浒》中是众梁山好汉、《新三国》中是诸葛亮、《新野叟曝言》中是文犰。他们是小说的中心人物,也是智力超群、高瞻远瞩的政治家。正因为如此,此时的每一部"故事新编"中都有大量的政治议论和治国治民的方案,都为中国勾画了一个美好的"强国境界"。小说如此政治理念化,显然是受到当时政治小说的影响。此时的"故事新编体"小说一般都采用主人公游历的方式展开故事情节,小说的主人公也就成为一个探险家。《新石头记》中的宝玉是坐着潜艇探访海底隧道、收集海洋奇宝的;《新野叟曝言》更奇了,文犰所率领的中国少年们是坐了十条飞艇(显然是指当时刚出现的飞机)征服欧洲,征服月球,征服木星。不但如此,小说中还出现了水晶为地、祖母绿为树的月球世界,出现了黄金为地、钻石为山的木星世界。作者把木星世界写得光怪陆离,兔子有水牛那么大,蝙蝠有七尺多长,河蚌更奇,一片河蚌壳可以做一间屋的屋面。那里面的珍珠当然就大得惊人,最大的形如香橼,重达一斤。这种游历情节的构成法和新奇事物的想象描述,明显地受到当时颇为流行的外国科幻小说的影响。中国传统小说在此时的"故事新编体"小说中所扮演的角色只是提供了一个叙事框架:一是小说的名称,一是小说主人公的名字。严格地

---

① 阿英:《晚清小说史》,北京:人民文学出版社 1980 年版,第 177、178 页。

说,它只是一点历史的"因由"而已。

"故事新编体"小说叙事结构的最大特点是打破固有的时空观念,把古时和今时、古事和今事糅合在一起,构成了一种"未来完成式"的叙事结构。① "未来完成式"的叙事结构不是"故事新编体"小说创造的,但却由"故事新编体"小说完成得最好。在晚清,最早使用"未来完成式"叙事结构的是梁启超的《新中国未来记》。梁启超的《新中国未来记》深受日本末铁广肠的《雪中梅》和爱德华·贝勒弥的《百年一觉》的影响,但也和中国传统的"梦境"小说(或戏曲)的叙事结构暗合,所以很快在晚清流行起来,成为晚清小说界时髦的叙事结构。"故事新编体"小说将这种叙事结构接了过来,并进行了淋漓尽致的发挥。梁启超的《新中国未来记》等小说运用的是时间倒叙法,还是有迹可循的,"故事新编体"小说将古时、今时完全混合在一起,无迹可循;梁启超的《新中国未来记》等小说中还有一个固定的区域给政治家进行理想社会实验,或是中国(《新中国未来记》),或是自由村(颐琐《黄绣球》),或是华民岛(陈天华《狮子吼》),"故事新编体"小说的空间则是中国外国、地球星球、人间海底,凡是作者能想到的地方几乎无所不包。传统时空观念的打破被看做小说现代化的一个标志,"故事新编体"小说的虚实结构可以看做中国小说现代化的起步。

这些小说与明清以来的旧作翻新之作不同。它不是根据旧作的情节续写,而是另撰故事,具有廓大的想象空间;作者的创作目的不是去圆旧作的结局,而是具有很强的现实社会的批判性。更主要的是他们笔下的翻新不再是旧作框架中故事的演绎,而是融进了正在流行的一些翻译小说文体的创新之作。对此,吴趼人在《新石头记》的第一回中就说得很清楚,他的小说不是那种"狗尾续貂,贻人笑话"的续作,而是"独树一帜"的作品。

"故事新编体"小说在二三十年代继续发展。除了鲁迅之外,此时运用"故事新编体"小说进行创作的还有徐卓呆、老舍。1924 年徐卓呆在《小说

---

① 王德威:《翻译"现代性"》,载《想像中国的方法:历史·小说·叙事》,北京:三联书店1998年版,第103页。

世界》上连载他的长篇小说《万能术》,将世俗故事、科幻小说和政治小说结合在一起,批判军阀政府治国无方。小说指出,在他们的统治之下,不仅中国毁灭了,人类毁灭了,连地球都毁灭了。1932年,老舍写了长篇小说《猫城记》,用神话的笔法描绘了火星上猫城的生活状况,从中表达了自我的政治价值观。与晚清时"故事新编体"小说相比较,二三十年代的"故事新编体"小说少了一份激情,多了一份沉郁。此时的小说中没有了治国强人,没有了排列治国治民理想或方案的神采飞扬,没有了那一块治国的模范地,更没有了征服欧洲、征服星球的畅想,有的是英雄的死亡或社会的毁灭而带来的一种悲壮。在批评现实社会时也没有像晚清作家那样毫无顾忌地直接表露,而多采用隐晦的"曲笔"表现之。此时的"故事新编体"小说表现出来的创作倾向是和当时的创作环境以及作家的创作风格分不开的,同时也说明了"故事新编体"小说具有很强的社会现实适应性。

40年代是讽刺文学兴盛的时代,"故事新编体"小说更为走红。40年代初,由于社会环境的压迫日益加重,"故事新编体"小说基本上表现了两大内容:一是对异族统治者不满,一是讽刺社会的不良风气。谭正璧根据《洛阳伽蓝记》中的故事改写了小说《琵琶行》,写了奴隶的生活连猪狗都不如;平襟亚的《张巡杀妻飨将士》把当年张巡坚守睢阳城的事迹编成了故事;谭笤的《永远的乡愁》写李清照在金兵入侵时的生活,主人公对故土的眷念之情弥漫于小说始终。这些写在沦陷区,给沦陷区读者看的小说,其涵义的现实性不言而喻。小说还用"曲笔"生动地表现了当时的社会生活。平襟亚的《孔夫子的苦闷》写从不谈利的孔夫子在物价上涨的情况下终于坐不住了,巧立名目,向门徒增收各种费用。他的另一部小说《贾宝玉出家》写贾宝玉原想出家一了百了,却不想和尚也吃花酒,也收干女儿,终于发现世界上没有"方外之人"。在京、津地区,耿小的此时也写了相当多的"故事新编体"小说,其中最有名的是《新云山雾沼》。这部小说以孙悟空等"西游四人"为主人公,写了地狱、人间、火星三个世界。40年代后期,最精彩的"故事新编体"小说是张恨水的《八十一梦》。这部1946年结集出版的小说借古讽今,揭露了社会的丑恶现象,表达了广大的民意,是当时最受欢迎的小说之一。

与这些"故事新编体"小说相同的是,鲁迅的《故事新编》同样是借一点历史的"因由",论现在的事情,具有很强的现代批判精神。与这些"故事新编体"小说不同的是,鲁迅的《故事新编》不再是政治理想的演绎和对现实社会的批判,而是在"故事"的"新编"中展开了对中国传统文化的思考。鲁迅对原始的生命力、脚踏实地的苦干精神、嫉恶如仇的复仇意识给予了高度赞扬;对背叛和责任、孤独和爱情表现出了愤怒与恐惧。他肯定了一切贴近生活、切合实际的理论与实践,嘲讽了所有不切实际的空想、神游和理论。这里有作家对政治社会的判断,更多的是一个文化人的文化洞察和文化判断。这其中有着很多个人意识和个人气质。崇尚实际,反对空谈;恩怨分明,有仇必报,在嘲讽和批判之中,作家也在展示自己的灵魂。从文化和个性的角度评判是非是鲁迅思考问题的一个基本思路,鲁迅的《故事新编》也正是以此在中国现代"故事新编体"小说类型中展示出了特色。

下面我们分析20世纪中国通俗小说的一种特有的文体:"海派狭邪小说"。

"狭邪小说"是专门写妓院、妓女、嫖客故事的小说,这是鲁迅在《中国小说史略》中对这类小说的命名。我这里要讲述的是写上海的妓院、妓女、嫖客故事的小说,为了与明、清时的"狭邪小说"相区别,我称它们是"海派狭邪小说"。

"海派狭邪小说"最早映入人们眼帘的是1892年韩邦庆创作并连载于他自编的杂志《海上奇书》上的《海上花列传》。这部小说1894年结集出版,共64回。之后,"海派狭邪小说"进入了一个创作高峰期。1904年世界繁华报馆刊20回《海天鸿雪记》,据称是李伯元所作。1903年孙玉声创作了《海上繁华梦》。1906年至1910年署名"漱六山房"的张春帆断断续续地创作了《九尾龟》,共12集192回。此书产生了广泛的影响。1922年至1924年毕倚虹在《申报》副刊《自由谈》上连载《人间地狱》60回。毕倚虹去世之后由包天笑续至80回。1938年周天籁创作《亭子间嫂嫂》,这部小说被认为是"海派狭邪小说"的终结之作。

从描述情感之事上看,这类小说大致上可分为三种类型。

第一种类型可称为"才子佳人型",代表作品可推《海上花列传》和《人间地狱》。在这两部小说中都有一些缠绵的感情故事。《海上花列传》中的陶玉甫和李漱芳、王莲生和沈小红,《人间地狱》中的柯莲荪和秋波都是生死相恋,凄惨缠绵,引起了很多人的共鸣和唱和,赚取了很多眼泪。

第二种类型可称为"黑幕型",代表作品可推《九尾龟》。这部小说有一个副标题"四大金刚外传",所谓的"四大金刚",是指当时在上海滩上"花榜"选出来的四大名妓女,她们是:林黛玉、胡宝玉、张书玉、陆兰芬。小说以一个落魄才子章秋谷为贯穿人物,写了上海妓院中的各种黑幕。在这部小说中就没有什么缠绵悱恻的生死恋了,只有怎样"调情"和"玩情"。

第三种类型可称为"社会批判型",代表作品可推《亭子间嫂嫂》。小说写了一个落魄文人与一个暗娼的故事。由于这部小说是将娼妓现象当做一个社会问题看待的,所以小说更多地是描述一个娼妓的悲惨命运,以及一个文人对社会不平的愤怒。

这三类小说情感上都有可圈可点的地方,但是我认为情感描述不是此时"海派狭邪小说"的特色。从文学发展的角度看,才子佳人的情感描述本来就是江南小说的擅长之处,明末清初的"才子佳人小说"已经演绎了各种版本的情感模式,清末民初的"鸳鸯蝴蝶派"小说更是把各类感情模式推向了极致。如果放到这个背景上看《海上花列传》和《人间地狱》中的情感描述,也就没有什么出新的地方了,只不过才子有了嫖客的身份,佳人变成了妓女,感情的阻碍由家长变成了老鸨。同样,揭露黑幕也不是"海派狭邪小说"的特点,清末民初的文坛有一股"黑幕小说"的创作潮流,黑幕写作涉及社会生活的各个方面,《九尾龟》写的是妓院的黑幕,只是当时黑幕写作潮流中的一个浪头而已。至于《亭子间嫂嫂》对娼妓问题展开了社会批判,明显地受到"五四"以来的新文学的影响。社会批判是20世纪二三十年代文学的时代特色,无论是新小说,还是通俗小说,无一概免。我认为此时"海派狭邪小说"的最大特点是它表现出来的特有的文化,这种特色的文化是时代赋予它们的,也是地域民风所造成的。

上海自开埠以来，工商业的迅猛发展和对劳动力的量的需求，使得城市迅速地膨胀起来。那些刚刚从"乡民"转化为"市民"的人群，给此时的上海造就了特有的"移民文化"的氛围。"海派狭邪小说"用文学的形式极其生动地记载了此时上海移民文化的特色。小说侧重写了来到上海做生意的赵朴斋怎样一到上海就陷入"花丛"，结果弄得人财两空在街上乞讨。由于这里黑道太多，《九尾龟》干脆就打着"揭黑"的旗号写作。"海派狭邪小说"还突出地表现了当时上海的"色情观"。"捞一把就走"的移民心态使得这里的赚钱方式相当的商业化，也培养了他们趋利的社会心态。在这样的社会氛围之中，中国传统的性爱观念受到了极大的冲击。上海人所推崇和所适应的性爱观念与内地人形成了极大的反差。内地的风流士卿也寻花问柳、狎妓纳妾，但毕竟不是大张旗鼓的事，传统的道德观足以形成强大的制约力量，使人不敢妄自非为。而步入当时的十里洋场，男女在大街上打趣调笑的场面随处可见，调情者不避，旁观者不怪，一切形成新的"自然"。社会心态演变到这种地步，以至于开妓院、做妓女就像开店铺、做生意一样，非常平常。在《人间地狱》中和尚来到了上海，照样传票召妓，似乎也没有人觉得奇怪。"海派狭邪小说"的作者本来都是一些江南才子，但是他们心中所向往的传统名士式的生活方式却受到现代都市生活的束缚，为了生活，他们不得不成为报馆里的记者、写手，他们不得不做一些商界、金融界做的事情。清高的名士却做"俗事"，于是他们埋怨、他们苦恼，于是他们做着现代"俗事"，抒发着名士的"清情"。弥漫在小说中的那些感情既令人感动同情，又令人觉得太脆弱了。到了《亭子间嫂嫂》那里，妓女已失去了风雅，名士已经落魄，他们已经成为完全被都市文化吞噬掉的都市的可怜虫。

"海派狭邪小说"产生于清末民初中国社会现代化的转型时期，它以形象的语言记录下了中国社会现代化的进程。其中最具史料价值的是记载了此时中国色情业的状态。清末民初之际上海被称为中国的色情之都是不过分的。上海滩上妓院林立，名花如云，烟花女子之多，恐不光为中国之冠，在世界几个大城市里也是赫赫有名的，人称"洋场十里，粉黛三千""妓馆之多甲天下"。"海派狭邪小说"比较真实地反映出这段时期上海妓院、妓女的生活。小说的故事情节很多是根据她们那些流传于社会的"事迹"铺演而成。她们在小说中的"事迹"大致分为四类,集中表现在她们与嫖客之间的关系上:一种是人长得漂亮,又肯花钱的嫖客,像章秋谷那样,是她们最欢迎的;一种是人长得不漂亮,但肯花钱,看在钱的份上,她们也假做笑脸相迎;一种是人既长得委琐,又不肯花钱,偏又好色如命,他们往往是妓女们捉弄的对象;还有一种是人虽没有钱,但为人诚恳,他们得到了妓女们死心塌地的爱,这样的故事往往是以悲剧告终。除了演绎各种故事之外,小说还比较详尽地介绍了当时上海色情业的各种"规矩"。男子在喝酒或看戏时写上一张小红笺,上写某公寓某妓女的名字,请人送至妓女的妆阁,请其来陪酒取乐,这便是"叫局";在妓院里摆酒开宴,由妓女相陪,这叫"吃花酒";几人相伴到妓家喝茶,这叫"打茶围";邀请妓女乘车兜风,是当时上海租界的一大景观,人称"出风头";茶楼请妓女前来说唱,人们在茶楼前边品茗边听书,还可以临时点曲,这叫"听书";有些有钱人到书寓里去,点名妓专为他演唱,这称为"堂唱";公子哥与妓女在大街上或公园里徜徉冶游,这叫"吊膀子"。另外还有租房子勾引良家妇女卖淫,称之为"台基";以色情诱骗敲诈客人,称之为"放白鸽"、"仙人跳";妓女通过婚姻洗清债务,称之为"淴浴";专门从事于卖良为娼者,称之为"白蚂蚁";男女私通者,称之为"轧姘头"等等。可以说,"海派狭邪小说"是当时上海色情业的百科全书。

　　上海的色情业是伴随着上海的都市化进程而发展起来的,要表现上海的色情业,就不能不表现上海的都市化进程,这就给"海派狭邪小说"带来了另一种史料价值。大饭店的开张、清明赛会、彩票的发行、上海50年通商纪念会、万国珍珠会的举办、张园的开园及游艺等多种都市景观,"海派狭邪小说"都有形象的表现。这种都市景观的记载甚至详细到"一碗面二十八文,四个人的房饭每天八百文"。从这些史料中我们可以感受到上海社会的"开化"程度。例如《海上花列传》中写"水龙"救火:

　　　　只见转弯角有个外国巡捕,带领多人整理皮带,通长街接做一条,横放在地上,开了自来水管,将皮带一端套上龙头,并没有一些水声,却不知不觉皮带早涨胖起来,绷得紧紧的。

这大概是中国文学作品中第一次出现消防龙头的描述。再例如《九尾龟》中写"红倌人"沈二宝骑自行车:

> 沈二宝貌美年轻,骨格娉婷,衣装艳丽,而且这个沈二宝坐自行车的本领很是不差,踏得又稳又快,一个身体坐在自行车上,动也不动。那些人的眼光,都跟着沈二宝的自行车,往东便东,往西便西,还有几个人拍手喝彩的。

除了说明当时的上海妇女如此地抛头露面招摇过市,大家并不为怪之外,这大概也是中国文学第一次描写中国妇女骑自行车的情景。

"海派狭邪小说"是双语言系统,即妓女的语言用吴语,叙述语言和其他人物语言用官话。韩邦庆等人用吴语写妓女的语言是为了显示"身份"。清末民初时天下妓女以吴地为最,吴地妓女以一口纯正的吴侬软语为最。《海上花列传》第50回中有一番各地妓女的比较说,说到广东妓女时竟然使大家产生一种恐惧感。即使在上海、苏州旁边的杭州,在当时的才子看来,也是"土货"。《人间地狱》中苏州妓女薇琴看见杭州妓女程藕舲,是这样评价的:"杭州的土货十有其九斯为下品,像这个人倒是不可多得。可惜还是一嘴的杭州土话,未免有些土气。倘若换了苏白,以她的身段态度则看不出是杭州人呢!"在《九尾龟》中,有一次,章秋谷在天津遇见了一个自称是苏州的扬州籍妓女,勃然大怒,当场揭穿,毫不留情。有意思的是,如果不做妓女了,语言马上就改过来了。《九尾龟》有个例子很能说明问题。小说中有个妓女叫陈文仙,昨天还挂牌,说的是苏白,今天嫁给了章秋谷为妾,马上就讲官话。为什么妓女要说吴语呢?这与吴语善于传情达意有很大的关系。

关于吴语的特点,宋新在《吴歌记》中有这么一说:

> 吴音之微而婉,易以移情而动魄也,音尚清而忌重,尚亮而忌涩,尚润而忌类,尚简洁而忌漫衍,尚节奏而忌平庸,有新腔而无定板,有缘声

而无讹字,有飞度而无稽留。①

据吴方言学家们研究,吴方言有七个音,分舒声和入声。有意思的是词汇在成句时都不再是单字调,而是变化成新的组合调。即是音多、音清、音亮、音润、音简洁、音有节奏,组合起来又是有新腔、有缘声、有飞度,所以吴语说起来抑扬顿挫,婉转流畅,像在唱歌。吴语还有一些特殊的语气词,例如"嘎"字就常用于句尾。另外,吴语在问话中不用"好不好"、"是不是"等正反句,而是用"阿好"、"阿是"等询问句。用这样的语言传情达意别有一番风味,柔弱之中却又含情脉脉,甜糯之间又有几分嗲味,如果再从女性的口中说出,似乎又多一些哀怨和娇媚的意味。我们来欣赏《海上花列传》中李漱芳的一段话。李漱芳被张爱玲称为"东方茶花女"。她欲嫁陶玉甫当正室而不得,渐渐地得病了,躺在床上睡不着。她对来看她的陶玉甫说:

> 昨日夜头,天末也讨气得来,落勿停个雨。浣芳喤,出局去哉,阿招末搭无姆装烟,单剩仔大阿金坐来浪打瞌铳。我教俚收拾好仔去困罢,大阿金去哉,我一个仔就榻床浪坐歇,落得个雨来加二大哉。一阵一阵风,吹来哚玻璃窗浪,乒乒乓乓,象有人来哚碰,连窗帘才卷进来,直卷到面孔浪。故一吓末,吓得我来要死!难么只好去困。到仔床浪喤陆里困得着嘎!间壁人家刚刚来哚摆酒,搳拳,唱曲子,闹得来头脑子也痛哉!等俚哚散仔台面末,台子浪一只自鸣钟,跌笃跌笃,我勒去听俚。俚定归钻来里耳朵管里!再起来听听雨末,落得价高兴,望望天末,永远勿肯亮个哉。一径到两点半钟,眼睛酸闭一闭。坎坎闭仔眼睛,倒说到哉来哉。一肩轿子,抬到仔客堂间里。看见耐轿子里出来,倒理也不理我,一径往外头跑。我连忙喊末,自家倒喊醒哉。醒转来听听,客堂里真有个轿子,钉鞋脚底板浪声音,有好几个人来哉……

病中之女说出了苦夜长思,既婉转又凄清,既甜蜜又动情,吴语甜糯嗲味的

---

① 转引自徐华龙:《吴歌情感论》,高燮初主编:《吴文化资源研究与开发》,苏州:苏州大学出版社 1995 年版,第 464 页。

魅力充分展示了出来,说得陶玉甫心酸,听得读者动情。如果再把吴语和官话混夹在一起,读起来似乎另有一番风味。我们再欣赏《海上花列传》中的一段:

> 接着有个老婆子,扶墙摸壁,逶迤近前,挤紧眼睛,只瞧烟客,瞧到实夫,见是单档,竟瞧住了。实夫不解其故。只见老婆子嗫嚅半晌道:"阿要去白相相?"实夫方知是拉皮条的,笑而不理。

官话用短句,写的形态,中间再夹上一句吴语的长句,表的是情态,韵味十足。

十六

市民视野和原生态的
"海派小说"

从既有的文学史看,讲到"海派小说"都是讲述穆时英、刘呐鸥、施蛰存等"新感觉派小说",总是论述"海派小说"光怪陆离的都市描述和感觉主义、精神分析等艺术手法的运用。如果涉及30年代初那场"京派"、"海派"之争,还常常将身在上海的鲁迅列在"海派小说"的作家之中。我分析的是通俗文学的"海派小说"。如果"海派小说"这个名称能够成立的话,通俗文学的"海派小说"显然占有重要的地位。

为了讲述通俗文学"海派小说"的特点,我从分析小说开始。我在这里分析四部小说。这四部小说出版于三个时期,它们分别是:1917年贡少芹连载于《小说新报》上的《傻儿游沪记》、1925年大东书局出版的包天笑的《上海春秋》、1948年陈亮连载于《上海时报》的《小裁缝》和1949年世界书局出版的陈亮的《阴错阳差》。

20世纪初,乡下人游大上海留下种种笑话的故事一直在民间流传。《傻儿游沪记》就是以一个乡下傻儿游历上海的经历为线索,将各种"上海笑话"汇集起来的小说。这个傻儿名叫邵一樵(少一窍),江北盐城人。邵一樵因治天花而致傻,人称傻公子。由于父母40岁上下才得一樵,溺爱异常。为了治傻病,让其结婚冲喜。谁知,在婚礼上,傻儿对着穿着新衣的新娘拼命叩头,大出洋相。这促使其父母下决心治好他的傻病,让老仆王三带他到上海散散心。可是,他们一到上海,就受到了白相人邵伯奄(糟粕槛)和妓女胡丽卿(狐狸精)的捉弄,于是演出了一个江北人游大上海的喜剧:说印度巡捕头上的红布是小儿出天花的辟邪物;看哈哈镜时对着对面的丑人大骂;用香蕉逗猴反被猴抓伤了脸;听电话以为是鬼叫;看戏把舞台当做睡觉的大床;看高楼仰头丢掉了帽子;吃大菜餐具割破了嘴皮……结果在胡丽卿的美人计圈套中被榨光了钱财,流落在街头。此时幸亏作为刀笔吏的老父赶到上海,在老友的帮助下出了这口冤枉气。新奇的是逛过这趟上海,傻儿的病竟然痊愈了。更奇的是偏偏在病好之时,傻儿却又一病呜呼了。

《上海春秋》主要写了苏州来的裁缝陆运来的发家史和衰败史。陆运来是个相当精明的商人,他知道在上海裁缝要发财,要"专做公馆中奶奶、小姐、姨太太和堂子里先生们的衣服"。这些人有了面子就有钱,为了面子不问钱。精明、钻营和外松内紧的商人心态是陆运来能够在激烈的商业竞争中取胜的关键。但是,偌大的财产却在他的儿子陆荣宝的手中衰败了。陆荣宝就不如陆运来精明么?并不是,是因为他放弃了传统的个人发家致富的手段,而去将资金投入讲究社会化、信息化的资本投机市场。在资本投机市场上,个人精明的素质起不了决定作用。陆荣宝跟不上商业游戏规则的迅速变化,再有多高的个人素质也是要失败的。

《小裁缝》是一部典型的"弄堂小说"。小说通过一个专做弄堂生意的小裁缝生活的变化写上海弄堂市井妇女的众生态。小裁缝无钱时向师傅的女儿求婚,被斥之为"不道德",一旦有了钱,不但"合理"地娶了师傅的女儿为妻,连师母都主动地钻进了他的怀抱。可是生活真是无常,小裁缝又无钱了,两个女人马上都离开了他,将他斥之为"小人"。弄堂中的裁缝店又往往是弄堂生活的公共场所之一,围绕小裁缝的都是些主持家务的市井妇女。这些市井妇女年龄已大,家庭已成,姿色已衰,可是她们都自以为精明。为了家庭,也为了自己,她们就用女儿的婚姻作为诱饵来骗取小裁缝的钱。这一招当然有吸引力,但是充满了危险。小说很生动地写出了她们之间的尔虞我诈、明争暗夺;写了她们对付小裁缝时的各种心计;写了她们机关算尽,结果被搞得家破人亡,沦为暗娼。中国现代小说中有很多女性形象,但是,像这样一些目光短浅,却自以为聪明的市井女性倒是不多见的。

《阴错阳差》是陈亮40年代的另一部小说。小说写的是小市民出身的兄妹俩,为了挤入上流社会而把自己的婚姻当做跳板的故事。兄叫沈杰仁,在一家百货公司绸缎部当职员,妹叫沈阿秀,高小毕业后无力升中学,在家帮助母亲做家务,为改变自己的命运,他们都在努力奋斗。沈杰仁通过自己的"小白脸"和善于应酬的手段,得到了中华银行大亨秦伯梅和秦老太太的欢心,答应把他招为女婿,然而小姐秦梅宝却看不起他,把他看成是到秦家窃物的窃贼,最后在他答应做"爱的奴隶",并且"不干涉对方自由",而"对方却能干涉自己自由"的条件下,秦梅宝才答应与他交往。于是一场痛苦又充满诱惑力的恋爱开始了,一方面是沈杰仁由于市民的家庭出身和经济上的窘迫,受尽了白眼和冷淡,一方面是秦家的财产和地位向他招手。沈杰仁成了梅宝寻开心的玩偶、发脾气的对象,对此,沈杰仁满肚子恼火,满腔愤懑,脸上却笑嘻嘻地摆出一副满不在乎的样子。每当这个时候,他总是这样安慰自己:"你是得他们秦家家产来的,好和坏,张一只眼闭一只眼算了,等到日后主权捏在手里,便什么也不怕了,想讨个好好女人,容易哪,只要你地位有了,情愿跟你的女人只怕排队登记吧。"具有讽刺意味的是沈杰仁的这番苦心落了空,秦梅宝和沈阿秀通过努力找来的丈夫——颜料厂老板的儿子江银官,双双跑到香港去了。沈氏兄妹俩落得人财两空。

这四部小说实际讲述了上海市民社会生活的四个侧面。《傻儿游沪记》是写"乡民"如何向"市民"转型。小说试图说明乡下人进入上海时就是一个傻子,什么都新鲜,什么都好奇,受尽捉弄,但是经过这样一次游历,增长了见识,能够把"傻"病治好。治好了"傻"病再回到乡下,居然就不能活下去。可见,上海虽然充满了陷阱,毕竟是聪明人生活的地方。《上海春秋》是写市民要想在上海活下去,就要跟上都市生活的节拍,否则就要被上海淘汰。在上海只要精明,找准了路子,就能够发财。但是,对于市民阶层来说,能够找准路子的又有几人呢?几家欢乐几家愁,今天的成功不代表明天辉煌依旧。不过尽管贫富起伏、命运不定,上海滩照样魅力四射;尽管每天跳下黄浦江的人不知几多,黄浦江水照样滚滚东流。《小裁缝》写的是上海社会的"弄堂"生活。这里的生活没有金钱的大进大出,只是一些蝇头小利;这里的人不是大亨老板,只有一些唧唧喳喳的市井女性。但是,这里同样充满着争斗,充满着算计,在特有的生态圈中同样有着上海特有的悲欢离合。《阴错阳差》写的是市民的心态。市民是都市社会中的最底层,可是市民从来没有放弃过向上爬的念头和努力。他(她)们生活在贫困线上,但是又决不甘心,只要有一点希望就要努力改变自己,可是又有几个人能改变自己呢?自以为聪明地动弹了一下,反而落入可笑、可叹的地步。通过这些描述,我们可以看出,通俗文学的"海派小说"实际上是写上海市民生活的"海派小说"。这一类"海派小说"最重要的特点是展示了市民视野中的"上海观",以及生动地表现了市民心态和市民生活形态。

我们先看这些小说中的"上海观"。上海究竟是个什么样的地方?20世纪初普通的中国老百姓对它充满了敬畏:它正在快速地成为一个国际大都市,它似乎遍地黄金,来到了上海就能发财;对它充满了神秘感:它有很多的先进的物质文明,这些物质文明的功效又在流传中被吹得神乎奇神;它又是罪恶的渊薮:人心恶劣,风气败坏,而且极易传染,"上海是个大染缸,它曾把多少貌似年轻有为的人拉到这个大染缸,使年轻有为者也同流合污了"[1]。中国普通老百姓"上海观"的形成,除了他们与上海居民生活条件的巨大差异之外,更重要的是他们的价值观。上海都市的发展离不开工商业的发展,随着工商业的发展而表现出来的"商业心态",以及与"商业心态"相辅相成的奢靡的消费文化和消费心态,与中国传统道德标准有着很大的差距;上海都市的发展同样离不开社会的开放。外国的文化生活和文化观念与中国传统的处世为人标准也有着很大的差距,这些差距使得中国普通

---

[1] 东流:《关于历史周期率》,载《新闻日报》1949年8月19日。

的老百姓在赞叹上海物质文明的同时,又鄙视上海的社会风气。《上海春秋》实际上就是用小说的形式将这些"上海观"和价值观演化出来的一部著作。对此,包天笑在小说的《赘言》中说得很清楚:

> 都市者,文明之渊而罪恶之薮也。觇一国之文化,必于都市。而种种穷奇机变幻魍魉之事,亦惟潜伏横行于都市。上海为吾国第一都市,愚侨寓上海者二十年,得略识上海各社会之情状。随手掇拾,编辑成一小说,曰《上海春秋》,排日登诸报章。

包天笑虽然在上海生活了 20 年,但似乎并不承认自己是上海人,他是以一个"上海客"的身份来讲述他眼中的"上海各社会之情状"的。这种距离感,给他小说的创作带来了方便,也使他与中国普通老百姓的立场取得了一致。从这样的立场出发,他笔下的上海有很多新奇的事物,它是"文明之渊",而这些新奇的事物又带来了社会风气的败坏,它是"罪恶之薮"。他是与中国普通老百姓站在同一价值观念的水平线上的。小说中有一个很典型的例子。20 年代初,上海的美术界开始用人体模特儿。此事曾在中国社会引起轩然大波,遭到当时的军阀当局的封杀,也遭到中国普通老百姓的反对,被认为是"有伤风化"。包天笑将这一事件写进了他的《上海春秋》。小说中那些嘴里喊着"高尚事业"的人都是些围着漂亮女孩子转的色迷。小说不仅这样描写这些人,还借书中人物对那些主张用模特儿的人做出这样的叱呵:"他们当校长当教员的,自己也有老婆,既然说是高尚事业,怎么不叫自己的老婆、妹子、女儿去当模特儿呢?却要在外面雇佣苦人家的女儿去做呢?"很显然,这样的语言出自包天笑的笔,却来自老百姓的口。20 世纪初的上海社会形态是有很多腐朽的东西和落后的东西,但确实有更多的文明的东西和先进的东西活跃在其中,中国普通老百姓并没有能力对其进行客观的分析,只是依据自己的价值观念将其化为"好"与"不好"等简单的口碑。但是,这些通俗小说家在抨击都市和社会风气的同时,对都市的物质文明却相当欣赏,在小说中不遗余力地向读者宣传,甚至于卖弄。在《傻儿游沪记》中随着傻儿的活动,作者比较详细地描述了大饭店、游乐场、动物园、跑马场、妓院等各种娱乐场所。《上海春秋》中还专门描述什么是外国式的铜床、外国式的灯、外国式的卫生间和客厅里的壁炉。在情节描述中作者还努力展现20世纪初上海各种类型的人物,有商人、白相人、高等交际花、虔婆,也有律师、法官、医生、记者,这是城市化的新人物、新职业,他们的出出入入,给上海的各种社会交际带来了新的风景,对他们言行举止的生动描述,无论是反面的作恶,还是正面的举动,都给上海带来了新的民俗,在对这些人物和行为进行描述时,作者常常表现出得风气之先的自得。

　　明明享受着现代的文明,却又为什么对都市和都市文化不满呢?这和这些作家的身份和接受的文化教育有很大关系。这些作家大多是上海开埠之后较早的移民,他们接受的主要是中国传统的道德教育。他们的身份虽然已经转变为"市民"了,但文化价值还停留在"乡民"的层次上。上海的都市化进程是商业化进程和商业文化的兴起,他们用传统的道德标准衡量这些变化,当然这也看不惯,那也看不惯。然而,他们又是都市商业化进程和商业文化较早的受惠者,对那些内地的读者和后来的上海移民来说,他们又往往以具有新知识、新视野的新人物自居。于是,那种既不满又自得,既批判又卖弄的心态和表述就在他们的"上海观"中表现了出来。

　　这类小说的"上海观"还生动地表现在对上海市民心态和生活状态的表述中。小说中的人物都是那些在上海滩挣命的小生产者、小职员、小商小贩以及女工等人。这些人生活贫困,但是都十分要面子,姑娘明明是往火坑里跳,但是只要是嫁了一个有钱人,回娘家时有汽车坐,邻里争看羡慕不已,父母就会得意万分,觉得身价倍增,至于以后怎样似乎并不顾及,即使以后混得不好,也要竭力保持住面子上的风光(《小裁缝》)。他们都精明强干善于经营,知道怎样赚钱,失败了也不气馁,总是寻找机会东山再起(《上海春秋》)。他们也互相猜疑,互相勾心斗角,但在对待黑势力方面又互相帮助、互相支持,知道依靠集体的力量才能生存。有些小说甚至还写了利用"新衙门"打官司。所谓的"新衙门",是指当时上海租界中有"中西审官"的法庭。作者借书中人物之口这样评价这些"新衙门":"只要有案可稽,纵然百般狡展,总是抵赖不去。"只要事实俱在,就能辨别是非,对当时的法庭,能有这样的认识,在当时的小说家中是不多见的。(《傻儿游沪记》这部小说中邵一樵的冤案能够平反,邵伯崔、胡丽卿等人能够受到惩罚,不是靠什么人发善心,也不是由于什么大人物的明察,而是依赖于法律的力量。)他们受尽了有钱人的白眼,于是就拼命向上爬,可是怎么也爬不上去(《阴错阳差》)。这些市民们勤劳,但并不那么朴实,多少带点狡猾;他们总是以自己的切身利益为出发点,如果直接触及自己的切身利益,他们也能团结;他们也讲道德,但是在金钱面前,似乎就很软弱无力。同样,那些地痞、流氓、白相人已没有一点中国传统的侠义精神(与"津派小说"相比较),只剩下奸诈和霸道……这就是上海市民的生存状态和生存技巧,它们散发出了这座城市浓浓的市民文化气氛。搅动这样的文化气氛的有一根魔棒,那就是金钱!

有意思的是虽然小说描述使人对金钱的力量留下了非常深刻的印象,但是小说的作者却不承认,他们在小说中不断地对市民的那些势利行为给予谴责,他们总是让那些势利者的努力落空,他们还不时地在小说中加上"我们的人格是没有代价的"(《阴错阳差》中沈杰仁语)这样的豪言壮语来显示他们的自尊。说实在的,这些理念的表述在小说人物的实际行为面前显得多么虚弱和苍白。为什么会有这样的矛盾心态呢?这与这些作家的生活环境与文化理念的差距有关。这些通俗小说作家本身就是市民,他们整日生活在市民生活的环境之中,对生活的熟悉使得他们的小说符合生活的实际,可是,他们又都以小说家自居,既然是小说家,总是要启蒙劝诫读者应该怎样生活。这些市民小说家们又能用什么文化思想启蒙劝诫读者呢?只能是传统的道德观念,尽管这些道德观念在现实面前是那么虚空,他们也只能这么说!

要论政治理念、文化理念,市民作家的"海派小说"比不上新文学作家的"海派小说"。但是,他们有一点是新文学作家比不上的,那就是"真实的生活"。他们创作小说就是根据生活的原样,再加上自己的一点生活感受铺演而成。我曾经走访过陈亮的妻子(黄彩华),知道陈亮长期生活在上海弄堂里,他们生活的那条弄堂什么人都有,他的小说中的那些人和事都有生活原型。"真实的生活"使得他们的小说具有特殊的吸引力。环境是曲折的弄堂、小店的铺面、吆喝的叫卖声和不时散发出来的小菜的香味;人物是来去匆匆的女工、交头接耳的市井女性、善于应变的买卖人、四处混跶的白相人和奸猾霸道的帮会中人。市民最热心、最感兴趣的话题莫过于生死婚嫁和那些突变、奇遇的事件,而这些话题正是这些市民"海派小说"涉及最多的素材。所以尽管这些市民"海派小说"的结构并不严谨,有些小说简直就是社会生活材料的堆积,人物形象也不够鲜明,性格的展现被全知型的故事叙述所淹没。但是这些小说在普通老百姓中能够取得共鸣。为什么呢?道理很简单,小说所谈论的话题就发生在这些市民的生活中,再加上作者的编织,使这些话题有了传奇的色彩,新奇感又贯穿其中,这样的小说能不对市民读者产生吸引力么?

十七

滑稽小说的"嬉笑怒骂"与"世俗话语"

  20世纪中国文学中,鲁迅提倡过讽刺文学,林语堂提倡过幽默文学。这两位作家不仅理论上提倡,而且身体力行地创作讽刺文学与幽默文学。不过,尽管这两位作家有很高的声誉,作品也产生广泛影响,但在中国老百姓中间影响最大、最为流行的并不是讽刺文学和幽默文学,而是滑稽文学。

  滑稽文学古已有之。滑稽的本义是一种盛酒器。"滑"者,泉水涌动的样子;"稽"者,持续不断的意思,酒从一边流出来,又向另一边转注过去,不断地向外淌。司马迁取其中流畅的喻义,将宫廷的俳优列为"滑稽"的人物,意思说他们出口成章,机智巧辩,对答如流,如滑稽吐酒不已般地流畅,并在《史记》中为他们立了传,这就有了我国最早的评价滑稽的文章《史记·滑稽列传》。俳优本是跟在帝王后面供帝王愉悦的角色,他的目的是使帝王笑,所以滑稽是一种笑的艺术。

  中国滑稽文学源远流长,出现了很多优秀的笑话、滑稽故事、滑稽诗文和滑稽小说。滑稽文学在20世纪文学中得以繁荣就是因为中国文学中有这样的传统。当清末文学杂志热出现时,滑稽文学自然就成为杂志上一个稳定的栏目。晚清文学杂志"四大名旦"的《新小说》(1902)、《绣像小说》(1903)、《月月小说》(1906)、《小说林》(1907)创刊时,滑稽文学都是杂志中的重要内容。在当时晚清的上海小报中,这类滑稽文学作品更是刊物的时髦文字。进入民国以后,各种报纸杂志蜂拥而出。在这些报纸杂志上,滑稽文学尤得青睐,它们以各种名目被列入其中,例如"滑稽小说"、"游戏小说"、"谐著"、"庄谐录"、"滑稽文"、"游戏文章"、"滑稽魂"、"杂俎"、"余兴"、"谐乘"、"余录"、"戏言"、"趣海"等等。滑稽文学的形式也是多种多样的,有小说、论辩、传记、碑志、歌颂、诗赋、词曲、演义、小唱,也有楹对、诗钟、灯虎、酒令,各种艺术形式几乎无所不包。滑稽文学实际上成为当时知识分子嘲讽社会、发泄不满和表现才华的一种形式。现代滑稽文学的形式不但多样,内容也十分广泛,有很多无意义的插科打诨、噱头笑料,有些互相讥讽,有些油嘴滑舌,有些调笑妇女,有些自贬人格,这些作品虽然面广量大,但不是滑稽文学的主流。滑稽文学真正有价值的文字表现在对社会时事政治的"嬉笑怒骂"和民情民俗描述的"世俗话语"上。滑稽文学的这些价值集中地表现在滑稽小说中。下面我们主要讲现代滑稽小说。

将现代滑稽小说的题材稍加分类就会发现,滑稽小说集中反映的题材,正是现代中国社会的热点问题。维新变法、共和政体、军阀混战、新旧问题、国难发财、物价上涨、市民饥饿……这些时代的热点问题往往是社会动荡的根源。现代滑稽小说敏感地抓住这些社会热点,通过对一些具体的人和事的描述,达到表现社会、批判社会的目的。

民国初年有两大时政问题成为滑稽小说家热衷表现的题材,一是清王朝的"复辟",一是军阀的混战。这类小说可称为时政滑稽。写时政滑稽成绩最突出者是贡少芹。贡少芹是《小说新报》中《谐数》栏目的主笔。在该栏目中几乎每期都有他的滑稽作品。最能代表他的成就的主要是1917年7月翼文编译社出版的《复辟之黑幕》和1921年3月上海共和书局出版的《新式滑稽丛书》。两部作品收集了贡少芹民国以来发表在各类刊物上的滑稽诗文。贡少芹一直以鲜明的政治态度和激烈的言辞而引人注目。他在

《复辟之黑幕》的《提要》中说:"以滑稽之笔,成滑稽之书,虽曰游戏出之,谈笑以道之,其实字字是血,句句是泪。"他的作品的思想倾向相当明显,即:时政讽刺和时政批判。《复辟之黑幕》写的是张勋复辟清室的丑态。作者讽刺张勋复辟抓住两个视角,一是"做戏";二是"发辫"。留着像"豚尾"一般的发辫的张勋,行军、打仗、发表演说,甚至拜谒伪帝宣统都如唱戏一般。作者意在说明张勋的文化修养极差,他的那一点知识全部来自于戏文;更主要的是他所策划的那场复辟就像一出闹剧一般,乱哄哄地上,乱哄哄地下,只留给众人无数的笑柄。《新式滑稽丛书》涉及到民国初年的国内外各类事件,其中最有价值的是对"五四"学生爱国运动的记载。《山东土地自叹》、《时事五更调》、《学潮曲》等作品全面地记载了"五四"学生爱国运动的起因、发展过程以及民众的反响。作品讽刺和批判了中国政府的无能和卖国行径,赞叹了学生的爱国精神和顽强的斗志。这是中国现代文学史上直接写"五四"学生爱国运动为数不多的文字材料。20年代以后贡少芹写了大量的滑稽小说,继续保持着时政滑稽的风格,代表作品是《政客的面孔》。小说写那些政客们如何在政界混下去的秘诀就是靠一张面孔,处理好这张面孔的关键是如何对待三种人:外国人、军阀和小老婆。什么面孔呢?一个字:媚。小说不仅注意到人物的滑稽言行的描写,还描述了滑稽对象的心态,说明了他的滑稽文学作品的内涵有所扩大。

时政滑稽的另一位成绩突出的作家是徐卓呆。徐卓呆是我国较早赴日本学习体育的留学生,接受过新式教育;是民初文明新戏的主要演员和创作者,还编写过不少大众电影剧本。他是由写文明新戏和电影剧本转为写滑稽诗文和滑稽小说的。徐卓呆的主要滑稽文学作品有《笑话三千》、《小说材料批发所》、《洋装的抄袭者》、《浴堂里的哲学家》、《万能术》、《李阿毛外传》等等。《万能术》是一部奇异的滑稽小说。小说讽刺的是军阀政府的无能和社会的混乱。小说写了一个叫陈通光的人突然具有随意念指挥宇宙的特异功能,成为一个超人。由于他有超人的本领,被军阀政府当成了治理国家的秘密武器。结果,不仅毁灭了国家,也毁灭了地球。小说不仅想象奇特,对当时无能政府混乱社会的批判也极为深刻。写于40年代的《李阿毛外传》是他影响最大的一部作品。小说由12则小故事组成,被称为"时代马浪荡"的李阿毛贯穿其中,将故事连成一体。通过李阿毛很多荒诞不经的做法,写社会如何地滑稽和荒唐。小说揭示了一个主题:在当今社会中怎样才能活下去。这样的主题对40年代的读者来说,很容易产生共鸣。徐卓呆的小说题材十分广泛,但他不管写什么总是要归纳出一点社会哲理和人生哲理。例如《浴堂里的哲学家》通过穿衣和脱衣的转换,说出了"万恶衣为首,百善裸为先"的社会哲理;《万能术》通过"吃饭总长"的胡乱指挥造成人类大悲剧的结果,说明了一个人生哲理:欲望自然相生,也自然相克,如果只是一味地满足欲望,不明白内含着的相克成分,其结局只能是以悲剧告终。徐卓呆的作品保持着中国传统的道德观,并将其作为是非褒贬的标准;始终追求小说的世俗性,并将其作为小说的主要题材。同时,他接受过新式教育,读过很多世界名著,他知道小说创作应该追求高的立意。因此,他的滑稽小说总包含着一些言外之意。

除了贡少芹和徐卓呆以外,马二先生(冯叔鸾)和陈冷也有出色的时政滑稽作品。马二先生的笔调相当冷峻,他通常以一种平淡的不露声色的语言写一件滑稽的事情。《宦海中的不幸者》写直奉大战时期,有人冒充张大帅的名声,自己给自己请官。这种荒唐之举居然成功了。《汽车》写教育部代理部长在六个月时间里为自己"代理"出一部小汽车。更引人思考的是,事情败露以后,他居然能将事情"抹平"了。从一个人或一件事中挖掘到整个体制和社会的滑稽和荒唐,冯叔鸾的滑稽文学作品并不多,但他的作品常给人留下深刻的印象。

除了时政滑稽以外,此时社会滑稽小说也很出色,其中陈冷的成绩很突出。陈冷是一位报人,是无政府主义理论的鼓吹者,清末曾写过《侠客谈》等无政府主义的小说。民国初年他写了一部长篇滑稽小说《新西游记》,从另外一个角度表现出对时政的关心。小说写唐僧师徒四人在1300年以后,奉如来佛祖之命,由东胜神州到西牛贺洲考察新教,不意之中落到上海。由于他们的观念落后,根本不能适应上海的现代生活,将报纸当做菜单,将蒸汽机当做蒸笼,将脚踏车当做风火轮,悟空的腾空之术失了效,因为他总是被电线给弹回来,八戒的钻地术也不灵,因为水门汀的地面总是将他的头撞个大包……物质文明的进入引发的新旧矛盾是当时的时代问题,《新西游记》通过滑稽形象将这些问题表现了出来,扩大了中国现代滑稽小说的内涵。

滑稽就是讽刺,滑稽就是批判。中国现代滑稽小说中的人物和现象往往是和"坏"联系在一起的,作品中的滑稽对象就是讽刺对象,在作者眼里都是否定性的。同样,中国现代滑稽小说对现实社会也是否定的,作品中的现实社会总是一片黑暗,即使有个别作家心有所系,也只是把希望和未来寄托在某个神话世界。中国的社会现实决定了滑稽小说有着强烈的干预生活、针砭时弊的色彩,决定了滑稽小说作家以一种批判者的态度看待现实社会。

中国现代滑稽小说作家大多是教育界人士,他们对中国的教育界和读书人相当了解。以中国教育界和读书人作为讽刺对象的滑稽小说自然成为现代滑稽小说的重要组成部分。在这些作家作品中,写得最出色的是吴双热、程瞻庐和耿小的。

吴双热自称是"笑者",徐枕亚等人称其为"鬼才"。他的滑稽小说代表作是《笑之教育史》。小说写新旧教育转换的民国初年,有人办起了一个笑的学校。学校由新人物葫芦和他的弟子张开口、时喷饭、哈哈生、吃吃子主办,专门传授笑的方法和笑的功能。在办校的宣言书中,对笑的功能有如此一段妙言:

> 能使一肚牢骚消归乌有,能使气忿忿者,气缕缕出于肚脐眼,能使怒烘烘者,其无名之火,变成鼻涕眼泪而排泄于外,而凡患愤恨哀怨抑闷忧愁等症者,苟服此丹无不乐到病除,其药性发作时,病者于不知不觉中忽而拍手拍足,而种种不如意之恶魔遂大惊而远遁,甚而至于心神作躁以使三尸神跳七窍烟生者,试服此丹则尸之神、窍之烟自能肃静回避,或上援发尖而遁,或下穿足趾之皮而破壁飞去。

为了很好地掌握好这些笑的功能,就要学完痴笑学、狂笑学、冷笑学、微笑学、诒笑新术、假笑造作法、发笑原理、急笑实验法、笑音之节奏、笑态之商榷等等课程。这些课程的教学方法是校长与教员对笑,学生与学生对笑,所以校园中整日里笑声不断。这部充满了笑声的小说讽刺的是那些借改革之风混迹于教育界的"新人物",他们不学无术,哗众取宠,把整个教育界弄得乌烟瘴气,就像一座"哈哈亭"。

程瞻庐的作品极多,数不胜数,其中比较引人注目的作品就有《茶寮小史》及其续集、《黑暗天堂》、《葫芦》、《酸》、《快活神仙传》等等。程瞻庐滑稽小说讽刺的对象比较集中,主要讽刺知识分子的酸态和丑态。《茶寮小史》及其续集讽刺的是民国初年混乱的教育界和混迹其中的新旧人物。新人物不学无术,跟在别人后面学舌,是"鹦鹉派";旧人物沽名窃利,心理阴暗,是"蝙蝠派",中国的教育就在这些"鹦鹉派"和"蝙蝠派"手中,岂不误人子弟?《黑暗天堂》和《葫芦》写的是知识分子的作恶,但最终是聪明反被聪明误。在写了知识分子欺人和自欺之后,程瞻庐实在忍不住了,就写了《快活神仙传》,让一个世外之人惩罚作恶装酸的知识分子,小说情节滑稽可笑,理想色彩很浓。长期从事于教育工作的程瞻庐,对读书人太了解了,言肥行鄙、贪利食义、鲜廉寡耻,他的作品淋漓尽致地写出了他们丑陋的一面。程瞻庐的小说有一个既定的生活场景,那就是苏州。苏州是一个有着很深的文化积淀的古城。这种文化积淀表现为庞大的市民阶层生活的传统观念,以及十分浓厚的世俗的生活习惯。这样的生活环境一方面给程瞻庐提供了绝好的创作素材;另一方面也决定了程瞻庐作品的创作风格——很强的世俗性。他的小说素材取之于生活,听之于民间,婚丧嫁娶是这些小说的基本素材;地方乡绅、名流、学者就算是最高的社会阶层了,大量的是乡村儒生、市井中人;小说语言是书面语与口语相杂,都是一些市井社会中常听见的话语。所以说他的小说实际上是一些世俗性很强的滑稽故事集。

耿小的是活跃于三四十年代京、津地区的滑稽小说家。他的教育滑稽代表作是《时代群英》。小说写一批故作风雅不学无术的文人办起一所"觉始女子学校"。拉皮条的当教务主任,小报记者当新闻学教师,江湖医生当医学教师,罗锅者当国文教师,口吃者当音乐教师,耳聋者当绘画教师……

可说是群"闲"毕至,奇才汇集。学生是姨太太,或者是追求浪漫生活的女学生,她们把学校当做聚会、聊天和比赛花钱的场所。就在这所教师为财而至,学生为乐而聚的学校里,闹出了一系列笑话,游艺、运动会、春秋旅行……新花样一个接着一个,教师们赚得不亦乐乎,学生们玩得不亦乐乎。耿小的是接受过新式教育的通俗文学作家,看过不少中外文学名著,这使得他的小说中的滑稽艺术水平有很大的提高。他在小说中突出地表现了这些教师们生理上的缺陷和他们所从事的职业的不适应性,利用人物形体的夸张写出滑稽感。还在"正常"和"不正常"的感觉错位之中挖掘出滑稽性格和滑稽心理来。明明是一些不正常的事情,却一本正经地去做;明明是一件滑稽可笑的举止,却当做人生大事四处夸耀。从这些是非颠倒、美丑不分的描述之中,我们可以看到《儒林外史》、《堂吉诃德》等作品的影子。

在写知识分子作恶的滑稽小说中,徐卓呆也有不少佳作,最有代表性的作品是《洋装的抄袭者》和《小说材料批发所》。这两部作品集中揭露了文坛上的抄袭现象,《洋装的抄袭者》写用外国人物的名字套装在中国古典小说的情节上,给古人穿上洋装;《小说材料批发所》写抄袭中外小说情节卖钱骗饭吃。徐卓呆先写他们如何蒙骗人,再将他们骗人的伎俩揭穿,在这一蒙一揭之中,暴露出一些知识分子卑琐阴暗的心理。知识不仅可以用来骗钱,还可以骗色。汪仲贤的《言情小说家之奇遇》写言情小说家通过小说骗取两位女读者的感情,最后发现两位女读者一位是自己朋友的妻子,一位是自己的亲妹妹。小说情节滑稽荒唐,言情小说家的丑陋心理在哭笑不得的尴尬场面中暴露得淋漓尽致。

与时政滑稽侧重于批判不一样,写知识分子的滑稽作品更多的是揭露,更侧重的是嘲讽。明明窘迫,却又死要面子;明明作恶,却又冠冕堂皇;明明不懂,却又装模作样;明明欺人,却还慈悲心肠……从滑稽形象之中看到卑琐的心理,写知识分子的滑稽作品常给人更多的回味。

滑稽小说1949年以后基本上没有了踪影。它们的身影再一次出现在文坛是在80年代后期,一些杂志推出了滑稽小说的栏目,例如《钟山》上的《新世说新语》。在这些滑稽小说中间最有代表性的作家作品应该是白天光和他的"大款小说"。1993年白天光写了两部小说《大款奶奶》、《大款爷们》。小说笔走"极端",尽写些大款们的奇事:有人一掷30万为了换取一吻;有人为了报仇付出50万;有人为了给狗买穴花了30万;有人专门花巨款收购名女人的红唇印;有人花巨款设一个"钓鱼池",而就有一些女孩子扮作"鱼"在水中游……作家嬉笑怒骂,读者感慨万分,荒诞的笔法的确触到了社会某些痛处。

1906年,吴趼人编辑的《月月小说》创刊。创刊号上,《月月小说》首开《滑稽小说》的栏目,并刊载了大陆著的《新封神传》。《新封神传》也就成为中国现代第一部标有"滑稽小说"字样的作品。《新封神传》写姜子牙在猪八戒的陪伴下来到人间再次肃妖封神的故事。小说写他们如何在现实社会中碰壁、如何滑稽可笑的事情。以一两个人物的活动为线索,把当时光怪陆离的社会现象贯穿起来,这是当时小说的创作模式,这部作品也是这样创作的。然而,它在创作上自成特色:首先,它选用人们所熟知的小说滑稽人物作为主人公,给作品奠定了喜剧基调;其次,再用夸大变形的手法写那些荒诞不经的事情,造成一个怪异可笑的气氛,形成滑稽感,让读者在笑中感受到其中的讽刺内涵。这种文体具有强烈的讽刺意味。作家并不直接针砭社会,而是用"曲笔"的形式表露自己的是非观念。例如吴双热在民初创作的滑稽小说《新东游记》中写传说中的"八仙"如何地各显神通,钻营社会。曹国舅当上了市议员;铁拐李当上了跛足会会长;吕洞宾当上了拜天会会长;张果老靠着驴子开了一片麻油店;大肚钟离做古董生意;何仙姑和韩湘子自由结婚;蓝采和做起了选举运动家。他们走到哪儿,吃到哪儿,玩到哪儿,也滑稽到哪儿。小说写得热热闹闹,轰轰烈烈,看似游戏人间,但只要和现实社会一结合,马上就能想到作者写的正是民初的混乱滑稽社会。从现实需要出发写人物的行为举止,让这些人物的形象与读者心目中的既有模式形成反差,在滑稽之中达到讽刺的效果。

中国现代滑稽小说中人物具有世俗性,生活描述也有着很强的世俗性。作品往往从日常的生活小事写起,这些小事与老百姓的日常生活紧密相连。茶寮、酒店、庙堂、小铺等场所总是事情发生的地点;喝茶聊天、求神拜佛、邻里相悖、婚嫁丧事常常是故事的情节;即使写那些官场政坛之事,也是从他们的生活琐事写起。举例说,中国现代滑稽小说之中常常用吃饭来引发滑稽的人和事:煞有介事地读诗,其目的是可以大嚼馒头(《茶寮小史》);吃饭总长的第一个意念就是天上下白米(《万能术》);李阿毛为了白米和豆油就不懂装懂地教日语(《李阿毛外传》);猪八戒非要人家请他大吃一顿才肯开尊口(《新云山雾沼》)……骗饭吃、诈饭吃、想饭吃、要饭吃、装模作样地混饭吃,肚子能否填饱是最基本的生活所需,是日常生活中最世俗的事情,也是现代中国最突出的社会问题,中国现代滑稽小说就是从这样世俗的角度反映社会的尖锐问题的。

中国现代滑稽小说的语言来自于民间,很多就是民间口语。这些语言来自于生活中的形象,既浅显又生动,很符合市民读者的阅读口味。例如程瞻庐的小说,民间奇语迭出,妙趣横生,使人忍俊不禁。以他的《茶寮小史》中的语言为例,茶博士和卖报童子打趣的话是:

> 小鬼头,你敢取笑老子,且试试老子的拳头,管叫你全副筋骨,变成拍碎的绿豆豆饼!

"拍碎的绿豆豆饼"这一比喻用得十分新鲜,也十分奇特,再从形象上琢磨,就觉得此比喻实在熨帖。再看他的叙述语言:

> 大凡中学校里的风气,题诨名、编绰号,当做一件重要的学问。上自校长,下至杂役,没有一个没有新式的诨名,异样的绰号。什么阿木林咧,矮脚虎咧,印度阿三咧,五花八门无奇不有。这些诨名绰号,不过就各人的形容举止,随时编造,以资笑谑的。阿木林定是呆鸟,阿土生定是土头土脑,矮脚虎定是侏儒,印度阿三定是长人,望文生训,算不得甚么稀奇。最奇的诨名绰号,是用哑谜的方法,造意很为曲折,若非个中人,断难明白真相。小子记得两个中学校里的生徒,一个诨名顺风粪船,一个绰号井泉童子,凡属同伴中人,莫不以此相呼,二人竟直受不辞……

这段语言中的材料来自作家多年的教书经验,得力于作家平时对各种语言的注意和收集,用在作品里,一是增强了作品的趣味性和滑稽感;二是告诉人们现在学校里的风气是多么坏,学生把脑筋用到什么地方去了。滑稽小说吸引人很大程度上依赖于情节的生动,语言的趣味性在其中起了很大的作用。

中国现代滑稽小说作家喜欢用夸大的、变形的嘲讽式语言,勾画出一幅变形变态的图画,让读者从中发笑。中国的滑稽文学有注重人物形体的表现传统,兽面人心的孙悟空、猪八戒自不必说,就是在《儒林外史》这样的写实作品中,人们印象最深的还是周进的跪拜、范进的因惊喜而疯癫,以及严监生的那两根指头。在现代滑稽小说中,这种形体的表现已达到了漫画化:写总长们专横有失教养,就写他们在赌桌上掼匣子炮(《尘海燃犀录》);写遗老遗少们的酸态就让他们在桌下爬(《酸》);写新人物混世混名就让猪八戒穿上洋装(《新西游记》);写知识分子不学无术,就让麻子、驼子、口吃者组成一个女子学校(《时代群英》)。注重形体举止的变形变态使得中国现代滑稽小说更具趣味性。请欣赏耿小的在《时代群英》中写的这样一场师生篮球赛:

> 到了时间,由高始觉吹哨子,两边队员站好。教员队往北打,学生队往南打。头一下球就到了关仲闻(耳聋者,引者注)手里。关仲闻抱住便往南跑,大家全笑起来。贾克礼(善拉皮条者,引者注)直喊:"回来,回来。咱们往北打。"关仲闻哪里听得见,跑得还是真勇。笑得大家直不起腰来。评判员的笛子也听不见,结果还是把球投进篮里,他还很得意似的,后来,经大家告明他,他才觉得不好意思,重新另来。先还打算这个球不算,但女生不认可,只得算是教员们输了两分。第二个球开始,又被关仲闻抱得。汪笑我(口吃者,引者注)直喊:"怕怕怕司。怕,啊司。"关仲闻虽然没有听见,可是看见了,便把球递给汪笑我,汪笑我是近视眼,拿着球找不到人。只听罗国贤(罗锅者,引者注)不会讲外国话,他也道:"怕怕怕司。怕,啊司。"他认为外国话就是这么说的呢。

汪笑我闻其声不见其人，原来他站在人家后面呢。后来见他转了出来，便一个球追了过去，不料球去的硬一点，罗国贤站不住脚，抱着球，往后一仰，两腿朝天，那形状像个老鼠抱鸡蛋，全场便炸雷似的哄笑起来……

将那些滑稽的形体放到篮球场上去，让他们在运动之中显示出滑稽感来，虽然作家的笔法显得比较外露，作品的感情也比较外显，但的确达到了令人发噱的效果。

十八

《李自成》、《雍正皇帝》、《曾国藩》、《胡雪岩》

历史小说是中国传统的小说文类。历史小说这个名称是在1902年梁启超创办的《新小说》上最早明确标明的。当时,梁启超把历史小说作为民众启蒙教育的手段,他认为,中国人读正史觉得很厌烦,读演义却很有兴趣,所以作为启蒙手段,历史小说很有优势。当时的历史小说中最符合梁启超小说观念的作品是吴趼人的《痛史》,这部发表在1902—1906年《新小说》上的小说写的是南宋灭亡的过程,以此影射当时中国的社会现实。梁启超对于历史小说的观念和吴趼人的这部小说实际上为20世纪历史小说确立了一条重要的创作理念:"贵虚",即以历史作为素材创作与现实社会相关的"历史小说"。吴趼人的《痛史》还没连载完,就受到了很多批评,人们指责他不应该虚构历史。于是,1906年,他开始写第二部历史小说《两晋演义》。在序言中他就提出"历史小说不能虚构"的主张,应该历史上有什么就写什么,即遵循"贵真"的创作原则,反映历史的真实。由此,从吴趼人开始,历史小说便出现了两条不同的创作原则:"贵虚"和"贵真"。围绕着这两个原则,20世纪的历史小说家和评论家们一边创作不止,一边又争论不休。

在1949年之前,沿着"贵虚"这条线索一直走下去的作家是黄小配,他的代表作是《洪秀全演义》,另外还有张恂子的《红羊豪侠传》,这部小说还被拍成了电影。而沿着"贵真"这条线索写作历史小说的主要是蔡东藩。他用了十年时间共写了11部《中国历史通俗演义》,从秦始皇一直写到民国,共2166年的中国历史。这部历史演义"言必以据",所有故事都来自历史,即使历史上没有的,也经过作家亲自考证。所以,如果读者读正史觉得很枯燥的话,完全可以把蔡东藩的这11部演义当做历史来读。

其实,"贵虚"也好,"贵真"也好,只是相对而言。我认为历史一旦与小说挂上钩,它就只能是虚构的。即使时间、事件、人物是历史真实,但是作家的创作情感、创作背景、创作手段等创作小说必须有的主观因素是怎么也客观不起来的,所以,历史小说也就是作家以历史为题材创作的小说。这样的观点将在下面分析1949年以后的历史小说中得到进一步确认。

1949年以后的历史小说创作可分为两个阶段。第一个阶段,是以姚雪垠为代表的创作。第二个阶段有很多作家,例如写《少年天子》的凌力,写《白门柳》的刘斯奋等等,但我只举三位代表作家,一个是二月河,他从20世纪80年代中期开始创作了三部有名的小说,统称为"落霞三部曲",即《康熙大帝》、《雍正皇帝》、《乾隆皇帝》,也称"帝王系列"。第二位作家是唐浩明。我个人比较喜欢的是他的三部小说《曾国藩》、《杨度》、《张之洞》。第三位是台湾作家高阳,他的代表作是《胡雪岩》。这三位作家的创作可以代表当代历史小说的成就。

我们先说两个创作阶段。姚雪垠从1955年到1990年间写完了五部《李自成》,时间跨度很大,但是看过这五部小说,就会发现,从第一部到第五部,小说的创作观念已经发生了重要变化。虽然他的小说中也不乏精彩的地方,但是总的创作原则基本上是用了"两结合"的写法,即革命现实主义加革命浪漫主义的创作原则。这种创作原则的核心内容就是把历史事件提炼出来为社会发展规律服务,也就是说把历史、情节、人物重新塑造,通过典型化,使之符合某种社会观念。在写作《李自成》的时候,作者是用中国历史上"官逼民反"的模式,同时借鉴了工农红军成长的历史,影射和表现了中国共产党领导下的军队如何一步步成长和发展的过程。小说的人物形象虽然写的是历史人物,但参照的标准则是中国老一辈革命家,根据他们的成长故事进行人物和情节的塑造,也就成就英雄人物的英勇事迹。譬如说,李自成召集他的13个兄弟议事,这个形式就很像我们现在党支部开会,由各党小组汇报工作情况。一定程度上说,可以把这本书看做革命传奇的历史化。

第二阶段是指20世纪80年代以后的历史小说创作。这个时期的历史小说创作进入人性阶段,也就是说,历史小说创作不再是以某种社会观念为尺度,而是更多地关注人和人性。当然,人和人性是总的原则,具体到个人还有各自的特色。我从二月河分析起。二月河,原名凌解放,河南人。他的三部小说从20世纪80年代开始一直到现在都有很大的影响,尤其是到了小说的影视剧改编越来越普遍化的今天,这种影响相当广泛。二月河的这三部小说之所以会这么吸引读者,在我看来,主要是因为他的小说中贯穿了几个重要的观念,这也是他的历史小说创作的理念:首先,他讲的是皇帝的故事。因为皇帝和老百姓的生活太远了,充满了神秘、传奇甚至是悬念的色彩,对老百姓而言是陌生的,越是这样,他们越是想了解。而他笔下的这些历史小说恰恰能够从一个侧面来印证和解释历来流传在民间的各种传说。在写这些皇帝的时候,作家努力地写出他们身上的人性,这些人性相当平凡,与普通的老百姓一样。既神秘又有人性,既遥远又贴近,这是帝王小说之所以吸引读者的重要原因,也是近年来《百家讲坛》栏目的思路,以说故事的形式来讲解历代皇室背后的历史和悲欢离合。第二,他遵循一条原则:"帝王之道",即国家安定是核心,国泰民安是王道。只要是在国泰民安这个前提下,就可以容忍其幕后种种令人不齿的行径,包括皇室之间的勾心斗角、皇子之间的倾轧、官吏的贪污受贿等等。雍正皇帝大概是民间流言最多的皇帝了,要从民间的角度论其罪状,可以列出几十条。作者相当巧妙地利用了这些"民间罪状"构思小说情节,使得小说的可读性很强。但是,他又很明确地表明自己的历史观,那就是国泰民安。他通过十三弟允祥之口这样评价雍正:"自古勤政爱民的皇帝四哥您是第一,我是直心人,先帝爷留下了个金玉其表败絮其中的烂摊子,只要是个中人,没有不知道的。但天下百姓不要懂这个,他们不懂得国库里只有七百万两银子,既不敢打仗,也救不起灾。皇上收拾这个局面,如今有了近六千万两银子,吏制不敢说毫无瑕疵,但我敢说可以与朱洪武的吏治相比!您累坏了,可也得罪了一批乡绅、读书人。"这一段话中讲了雍正的三大政绩:一是勤政爱民;二是国库充盈;三是整治吏制。这三大政绩强调的就是"国泰民安",这是国事、公德、公论。承认雍正有这样的政绩,即使那些"民间罪状"是真实的,雍正也应该是一个好皇帝。正如电视连续剧《雍正王朝》主题曲里所唱:"得民心者得天下,看江山由谁主宰。"第三,二月河可以说是个编故事的高手。他善于在大故事里套上小故事,使整部小说成为一个故事的连环。每部小说写一个君王,这是一个大结构,然后又把每部小说分成若干个小部分,每个小部分再分多个故事。以《雍正皇帝》为例,它分三部分,第一部分叫"九王夺嫡",讲了九个皇子争夺皇位;第二部分叫"雕弓天狼",说的是雍正如何治国;第三部分叫"恨水东逝",三部分合起来写成一个雍正王朝。在这三部分里,又是由多个故事组成的,像"九王夺嫡"就写了太子的废立、几个皇子之间的倾轧争夺。这种写法,有它独特之处。最大的优点就是它符合中国读者听故事的阅读习惯。在大悬念中套上小悬念,再以小悬念贯穿整体。第二个优点就是在保证大结构大故事真实的前提下,小故事存在虚构的成分,这样真实和虚构的融合,既使故事变得好看,又使得读者能够接受。

我们再分析唐浩明的《曾国藩》。唐浩明,湖南人,曾在出版社做编辑。在接触了有关曾国藩的一千多万字资料后,他萌发了写小说的想法。他写小说同样是遵循着写人性的原则,如果说二月河写的是帝王的人性,那么唐浩明侧重描画的则是一个晚清儒将的人性。《曾国藩》写了曾国藩在三条战线上作战。第一条战线是和太平军的作战。在这条战线上曾国藩领导的湘军打败了太平军。这条战线最为激烈,场面也写得很惨烈,但是作家的兴趣并不在此,他是要通过这些战争场面写出曾国藩的人格魅力和才华。小说强调太平天国失败的一个重要原因是没有获得知识分子的支持。原因在于太平天国所倡导的思想是把中国的传统文化和西方的基督教精神相结合来取代儒家思想,这是广大知识分子所反对的。太平军一路上杀儒生,烧孔庙,失了人心。曾国藩是以一个知识分子的形象出现的,他的人格魅力就在于他是一个中国传统文化的维护者,他的胜利实际上是中国传统文化的胜利。曾国藩并不是个军事家,而是文人出身。他并不是一个善战的将才,他曾四次败给太平军,但每次失败,又不是完败,他作为主将虽然是失败了,但他的手下却都打了胜仗。这就说明,他十分善于用人。他手下有三员大将。一个是他的贴身保镖康福,他看中的是康对长辈的孝心,认为此人可用;第二个是他的水军大将彭玉麟,此人对感情十分忠贞,曾国藩认为这样的人既然用情专一,战场上必然也是努力专一之人;第三个就是李鸿章。曾本来并不看中李,但在曾国藩落魄之时,众人离他而去的时候,唯有李鸿章还留在他身边,于是就有了患难之交。曾国藩任用了李鸿章,靠他终于保卫住了岌岌可危的上海。曾国藩的用人思想也是传统的道德标准,即"忠孝为先"。第二条战线体现在他处理官场上的关系方面。有一个十分明显的例子,清朝政府对汉将并不十分放心,尤其是对握有军权的汉将。所以每次曾国藩打了胜仗后,皇帝和皇太后都要给他颁发嘉奖令,而曾国藩每次并不是满心欣喜,恰恰相反,他都十分惶恐,每次接旨都会一身冷汗,而且他会逐字逐句地揣测琢磨皇帝的每一个字每一句话是什么意思。所以,他的官场生涯是提心吊胆的,为了获得皇上的信任和官场上的地位,他不得不对朋友痛下杀手,内心却充满痛苦和无奈。这是作者对一个知识分子描画得生动深刻的地方。第三条战线则是曾国藩对自身欲望的斗争。这种欲望最强盛的时候是他攻陷了南京,战胜了太平军以后,凭他的个人才能和手中所握的精兵,他当时完全可以自立为王。但他没有,他是这样想的:我之所以能够打败太平军,全靠的是程朱理学,而程朱理学讲究的就是君君臣臣的纲常伦理,如果我当了王,就是把自己的信念推翻了。当我为朝廷效力打拼的时候,很多人会支持,但是我当皇帝就不会得到别人的支持。自己能称王,别人也会这么想,这样必然会引起天下大乱。这一点上,曾国藩确实考虑得很远。事实上，他没有称王是明智的，因为中国历史在走到民国的时候，就有了一个袁世凯证明了曾国藩当年的选择是对的。袁世凯的失败正是因为他做了皇帝而弄得众叛亲离，他自己也得到了应得的下场。可以说这部小说写了曾国藩心灵交战的三条线索，军事和官场上的才能都是外在的，而战胜自我欲望则是内在的，这就把他的人格推向了一个更高的境界，成为一个知识分子入世的典范，既能干又不篡权，这是统治者最喜欢的臣子。所以在很长一段时期内，人们都把曾国藩当做在官场为官的榜样看待，自有其中的道理。

从帝王讲到知识分子，下面我们再来分析商人。《胡雪岩》的作者是台湾著名作家高阳，他一生创作了八十多部小说，可谓著作颇丰，在台湾还有一个"高阳小说研究会"。他的多部作品都被拍摄成电视剧，其中就包括《胡雪岩》。胡雪岩发迹于浙江湖州（胡雪岩的祖籍在哪里，并没有定论，主要是浙江与安徽都认为胡雪岩是自己省里出来的商人）。胡雪岩的成功在于他精于经商处世，而这部小说的成功也在于写他的为商之道。主要有三个成功的秘诀，也可以看做是为人处世的秘诀。第一个是善交朋友。用胡雪岩自己的话说就是，花花轿子人抬人，有饭大家吃，绝不吃独食。因为他相信，一个人把别人的东西抢过来占为己有，总有一天会失去，所谓风水轮流转。所以他赚了钱后不是独享，而是在各地开分号，把它们送给别人，甚至是自己的敌人，对方得到钱后，对他是万般感激，有的甚至愿意为他卖命，于是对手变成了朋友，他经商的路就更加顺利了。第二个秘诀是知人善用，这方面小说体现得很成功。有个落魄的名士，叫嵇鹤龄，精通水路交通。胡觉得日后必有用到此人的地方，于是出钱收买他。给他锦衣玉食，还给他大房子住，送给他漂亮的丫鬟，他要什么就给他什么，满足他所有的物质需求。就这样，他把嵇鹤龄收服了，后者立即为他所用，后来接替王有龄当上了水路官，帮了胡雪岩很多忙。胡雪岩经常坐船到湖州，他发现船老大对蚕丝很在行，但是为人本分老实，虽然创业不足，却也守业有余，于是就让他在湖州守住自己的丝店。这一系列讲的其实都是贿赂之道，在那样的社会里，商人要想做出一番大事业来，不精通这些方面似乎是不行的。但说它是贿赂之道，实际上在今天还是能在某种程度上被视做为人处世的道理，其中也很有思考的空间。胡雪岩之所以能获得巨大成功,用嵇鹤龄的话来总结就是这样的:有钱没有用,要有人;自己不懂不要紧,但要敬重懂的人;用的人没有本事也不要紧,只要这个人能把你的名声传出去,自有好本事的人投到你门下来。胡雪岩成功的第三个秘诀是如何巴结利用官府,这也是小说写得最成功的地方。没有官府就没有胡雪岩。胡雪岩之所以能够从一个钱庄伙计成为雄霸东南、威震全国的红顶商人,依靠的就是官府。胡雪岩依靠两个人发了财,一个是王有龄,一个是左宗棠。王有龄本是穷困潦倒的书生,其父曾经帮他捐了八品"候补盐大使"。王有龄想北上"投供",加捐成为一个七品的县老爷,苦于无钱。胡雪岩在他最困难的时候挪用钱庄的五百两银子资助了他。王有龄从这里开始升官,做了浙江海运局坐办、湖州知府、浙江巡抚。依靠了这棵大树,胡雪岩办了阜康钱庄、倒卖大米、贩卖(最后是垄断)湖丝,成了东南一带的"金牌商人"。王有龄死后,他依靠上了左宗棠,左宗棠是陕甘总督、内阁大学士、两江总督,依靠这棵大树,胡雪岩建立了"胡庆余堂"的药房,规模宏大,声名媲美北京同仁堂;成了上海采运局总办,专门为"西征"准备物资;购买枪支弹药,物美价廉;专为左宗棠筹饷,借洋债、商债,达一千六百万两之多。胡雪岩不但大发其财,而且圣意甚隆,赐黄马褂,还以军功赏加布政使衔,从二品文官顶戴珊瑚。乾隆年间的盐商,有戴红顶子的,戴红顶子又穿黄马褂,却只有胡雪岩。中国是个儒家社会、人情社会,政治上强权的高度集中和经济领域的自由开放相结合,势必使官商之间有着千丝万缕的利益关系。胡雪岩深谙此道,他巴结利用官府有三个手段:一个是解人所急、投其所好,刚才已经讲了王有龄的故事;二是抓住官员身边的人。别看这些人都是一些下人、侍妾,但作用常常惊人。当时的浙江巡抚叫黄宗汉,府上的门房叫刘二。看起来此人点头哈腰,却能决定巡抚大人见不见人,决定巡抚大人见面时的情绪。胡雪岩对此人十分巴结,要钱给钱,要帮助安排人就安排人,果然有回报。不仅见巡抚顺畅,还可以将竞争对手签的合同偷来(浙江"炮局"龚振麟、龚之棠父子通过黄宗汉的三姨太走私枪支)。还有一件事做得更妙。胡雪岩的阜康钱庄开业了,首先做的一件事是给杭州城里的姨太太们发存执,里面都有20两银子的存款,说是先付利息。这一招做得绝妙。三是要有真才实学,能够解官员之难。前两个方式都还属于巴结,即使巴结成功了也只是一般的商人之技。要做大商人就要有大主意,要让那些官员们对你另眼相看。我们来看胡雪岩的两次起伏:胡雪岩巴结上了王有龄。王有龄开始提携他只是报答之情。真正地佩服他、信任他是由于胡雪岩帮他出了个主意。当时王有龄在浙江海运局坐办的位置上,由于太平天国的战争已经开始,需急调大米到京城,可是漕运不畅,浙江的大米调不出去。为了这事,浙江方面已经几次受到朝廷的训斥。巡抚黄宗汉将调米任务交给了王有龄。如果任务完不成,王有龄肯定受累。在众人焦头烂额无计可施的时候,胡雪岩出了一个主意,在上海买米。这样就绕过了浙江的漕运,直接运往京城。胡雪岩不仅出了主意,还将此事做得相当漂亮,公私两宜。从此,王有龄对胡雪岩言听计从。王有龄死后,胡雪岩落了下去,但是他很快就又起来了,只是这次他巴结上了左宗棠。左宗棠是一个十分骄傲又很有真才实学的封疆大臣,在他面前没有一点水平是混不过去的。胡雪岩得到左宗棠的青睐,靠的就是真才实学。这一场较量写得十分生动,分为五部曲:第一部曲是"奚落"。明明看见胡雪岩就在眼前,左宗棠手拿胡的手本,拉着官调说:"哪位是杭州来的胡道台",这明明是给胡难堪。胡雪岩怎么应对呢?"胡雪岩点点头,也摆出官派,踱着四方步子,上前答道:我就是。"一副不亢不卑的样子。第二部曲是"嘲讽"。他面带威严,对赶过来拜见他的胡雪岩说:"你倒是得风气之先!怪不得王中丞在世之日,你有能员之名。"意指他会巴结,更令人不堪的是不让坐;胡雪岩不辩解,只是连番施礼,终于得到了一句话:"贵道请坐。"第三部曲是"堂责"。左宗棠指责他为什么在杭州最困难的时候离开王有龄。胡雪岩说明到上海筹粮,救杭州而不得的过程,并且当场交付当时拿到的公款两万两银子和买到的一万石粮食。这一下左宗棠动容了,说:"请胡大人升炕。"升炕就是对坐,只有知己朋友才有这样的礼遇。第四部曲是"面议"。左宗棠直接询问了他来此地的企图。胡雪岩也直接陈述了他要为浙江出力的意图,并讲述了为什么选择左宗棠的理由,态度极其诚恳。左宗棠感动了,说:"难得,难得,雪岩兄,你真有信用。来呀!留胡大人吃便饭。"

第五步曲"命官"。饭中胡雪岩谈及天下变化头头是道,并出了"厘金"和"劝捐"两则筹兵饷的主意,大得左宗棠的赞赏,马上就成立了上海采运局,任命胡为总办。从此胡雪岩走上腾飞之路。

官场成就了胡雪岩的事业,这个结论是明显的。但是这个结论只说对了一半,完整的表述应该是:官场成就了胡雪岩的事业,官场也摧毁了胡雪岩的事业。胡雪岩最后倒了,倒在哪里,倒在官场的争斗。李鸿章为了打击左宗棠就要断绝左宗棠赖以成功的基础:源源不断的物资和金钱。而要断左宗棠的基础,就必须打击胡雪岩。结果在李鸿章的授意下,上海道台邵友濂和上海电报局总办盛宣怀抓住了胡雪岩的一个破绽将他摧毁了。

胡雪岩最困难的时候,左宗棠是能够救他的,左宗棠援一援手问题就能解决,况且这是胡雪岩为他承担责任,但是左宗棠就是视而不见。表面上说是胡雪岩失宠,更深一层的原因是官场争斗,秧及"池鱼"。官场本来就是以人分派,依靠官场就是寻找主子,主子得宠,你就飞黄腾达,主子失宠,你也一败涂地。更危险的是主子之间争斗,你却成为牺牲品,胡雪岩就是一个生动的例子。

但是,我认为这些还都是表象原因,都还没有说到点子上。真正的原因还在于商人的社会地位。这个原因是晋商为胡雪岩总结出来的。成一创作了一部有关晋商的小说叫《白银谷》,第一章就是"莫学胡雪岩"。小说中说:做生意最大的关节处是个"藏"字。"生意遍天下,商号遍天下,理天下之财,取天下之利,就是参透这个藏字。""那阜康还没有弄出什么局面,他胡雪岩倒先弄一个官场的红顶子戴了,接了一件朝廷的黄马褂穿了,唯恐天下人不知道他胡雪岩手段好、场面大,他那阜康不倒还等什么。"这是批评胡雪岩太"露"了。为什么商人就不能"露"呢?这是由中国商人的地位所决定的。《白银谷》中说雍正曾对山西的风俗做过一道御批:"山右大约商贾居首,其次者犹肯力农,再次者谋入营伍,最下者方令读书。朕所悉知。习俗殊为可笑。"雍正笑的是山西将职业的社会地位反过来了,将士、军、农、商变成了商、农、军、士。雍正代表着中国正统的观念,商本来是最末一等的,它的作用就只能是为士、军、农服务。其实左宗棠之所以用胡雪岩是因为可用,而且认为他既是商人也就是要被用,用他还是看得起他。当他没有用了不用他也很正常,为什么还要帮他承担责任呢?商人就要守着商人的本分,而胡雪岩偏要把商人看成与官员一样重要,不但介入官场,还要为官场之间的争斗出策出力,李鸿章等人不消灭他才怪呢!中国不是一个重商的社会,而是个重官的社会,胡雪岩偏要与官平起平坐,从观念上讲,他就错了。其实,胡雪岩不是不知道商人在中国的地位,有一次他与他的朋友说:"人家外国人,特别是英国,做生意是第一等人。我们这里呢,士农工商,做生意的,叫啥四民之末,现在更好了,叫做无商不奸。"还说:"我跟你说一句,再大也大不过外国人,尤其是英国人。为啥?他是一个国家同你做生意……人家的政府,处处帮商人讲话,我们呢?""我,胡某人有今天,朝廷帮忙的地方,我晓得;像钱庄,有利息轻的官款存进来,就是我比人家有利的地方。不过,这是我帮朝廷的忙换来的,朝廷是照应你出了力,戴红顶子的胡某人,不是照应你做大生意的胡某人,这中间是有分别的。"不能不说胡雪岩很清醒,但是,说归说,做归做,更主要的是他已经卷入官场无法自拔了。由官场起,也由官场倒,胡雪岩身上的教训给人的启发绝不是他一个人的人生起伏。

二月河、唐浩明、高阳的小说被称做新历史小说,他们写历史事件,但是重点写人,是以人为中心的小说。不管这些人物在历史上怎样被争议,他们都根据自己的价值观塑造人物形象。他们写的是过去的事件,但是着眼点一定是当今社会,他们要让当今读者有所感、有所悟,所以他们是在写他们自己心中的历史。

十九

中国科幻小说为什么不繁荣

　　从 1900 年薛绍徽翻译房朱力士(即凡尔纳)的《八十日环游记》算起，科幻小说在中国本土已超过 100 年了。但是纵观中国科幻小说的百年发展史，其发展状况是很不尽如人意的。这是文学史的事实。究竟是什么原因使得中国的科幻小说如此地羸弱？我认为根本原因还在于中国科幻小说价值观念的模糊性，以及带来的创作主体和创作视角的偏颇。

　　中国科幻小说的创作是与法国的儒勒·凡尔纳(Jules Verme)的小说在清末民初的流行分不开的。然而中国的科幻小说在接受凡尔纳作品科学历险和乌托邦生活的同时，并没有接受凡尔纳小说所宣扬的"科学享乐主义"。相反，中国的科幻小说之中充满了爱国情绪，并由此产生出浓厚的忧患意识。爱国主义和忧患意识产生了中国科幻小说的两种形态。一种是"政治幻想型"。这类小说最大的特点就是把科技作为富国强民的一种手段，畅想中国美好的未来。徐念慈的《新法螺先生谭》、吴趼人的《新石头记》、陆士谔《新野叟曝言》等小说，总是利用科幻的形式展示他们的"文明境界"和乌托邦式的"强国梦"。第二类是"邪恶科技型"。1946 年顾均正出版的科幻小说集《和平的梦》。他的小说将科学与富民强国分离开来,将科学发明者与道德完善者分离开来,科学头上神圣的光环消失了。它明确地告诉读者:当科学为邪恶者所控制时,科学就会变成"邪恶科技"。"邪恶科技型"科幻小说的出现是以"二战"为背景的,但其形态一直延续到20世纪末。1978年童恩正在《人民文学》上发表的《珊瑚岛上的死光》,小说获得"全国1978年优秀短篇小说奖"。在此前后,文坛上有影响的科幻小说还有郑文光的《飞向人马座》、王晓达的《波》等,这些小说的创作思路基本上是"顾均正式"的。以科学为经,以中国的社会现实为纬,"政治畅想型"与"邪恶科技型"的科幻小说所表现的内容虽有不同,人格标准也发生了变化,但是爱国情绪和忧患意识的价值取向始终不变。"科学"代表着一种力量,是一种强大的标志;"科学"也代表着一种文明,也是一种生活层次的标志。中国的科幻小说疏忽了后者,对前者尤其地关注,所展示的科学技术、工艺技术不是与"人"的生活联系在一起,而是与"国"的强盛联系在一起。"科学家"是杰出国民的代表者,也是先进生产力的掌握者和未来世界的开创者。中国科幻小说强调前者,淡漠后者,对科学家的国家意识尤其看重。晚清时期历次对外战争中失败的屈辱和一直努力地谋求强国地位的愿望,是20世纪中国人心中挥之不去的情结。弱国的现实性使得进入幻想领域的作家总是不自觉地与富国强民的潜意识结合起来。外域来的科幻小说一进入中国就有了本土特色,本土特色也就构成了中国科幻小说的特征。这不是中国的科幻小说作家有意而为,而是由中国的现实社会和文化环境所决定的。但是科学毕竟是全人类的。从科学探险、科学爱国到科学文化、科学人性,是世界科幻小说的发展趋势。发展中的科幻小说不是从国家的角度思考问题,而是从全人类的角度思考问题,在展示科学奥秘的同时,还深刻地思考科学发展对人类社会的影响。人口膨胀、环境污染、能源危机、基因变异、自然灾害、克隆技术等各类困扰当今人类社会的问题往往成为当今作家展开科学想象和思考社会现实的主要创作题材。特别是20世纪60年代以来,美英等国开展了科学幻想小说的"新浪潮"运动,旨在改变科学幻想小说自30年代末以来的陈旧写作手法。"新浪潮"运动的作家们并没有像上一辈人那样较多地在星际探险以及科技造福于人类这些题材上打转，而是关注科技发展给人类社会生活带来的负面效应。人类未来的生存环境、战争的威胁、种族问题以及人类的人性问题成为小说的主要题材，科幻小说向人道、人性等更深层次的思考空间开拓。"新浪潮"运动直接促进和造就了科幻小说在当今世界文坛上十分繁盛的局面。例如写人口膨胀的科幻小说的杰出作品就有美国作家弗瑞德里克·波尔（Frederik Pohl）的《人口调查员》（1956）、《土木工程》、《让出空地方，让出空地方》（1966）及其续篇《一个罪恶的行动》（1967），美国作家约翰·布鲁纳（John Brunner）的《站在桑给巴尔岛上》（1969）等等。写时间旅行的有美国作家哈利·哈里森（Harry Harrison）的《色彩靓丽的时间机器》（1972）；写生物技术的有美国作家罗伯特·西尔弗伯格（Robert Silverburg）的《再活一次》（1977）；写道德伦理的有英国作家布赖恩·阿尔迪斯（Brian Aldiss）的《解放了的弗兰肯斯坦》（1973）等等。从人类的生存状况和发展前景写起，不仅具有神奇的科学奥秘，还有深厚的科学人道主义关怀，给读者思想以更为深广的艺术冲击力。

从人类生存发展的角度深入地探索科学文化和科学人性，这是科幻小说特有的艺术魅力。人类的发展给科幻小说提供的不仅仅是新的题材，还有征服自然、克服自我的更深刻、更复杂的人类问题。这些题材和这些问题给科幻小说以永久的鲜活的生命力。

影响中国科幻小说发展的第二个问题是"科普论"的创作观念。最早提出科幻小说"科普论"的是顾均正。他在1946年出版的《和平的梦》的序言中提出："我们能不能，并且要不要利用这一类小说来多装一点科学的东西，以作普及科学教育的一助呢？"顾均正提出的"科普论"显然受到30年代以来文坛上盛行的科学小品创作观念的影响。由写科学小品转写科幻小说的顾均正提出这样的小说观是很自然的。顾均正的"科普论"在1949年以后的中国科幻小说作家身上得到了强化和彻底的贯彻。二十多年的科幻小说创作几乎一律以科学普及为己任。至今为止，科幻小说的创作观念有了很大的改变，但是"科普论"还是有着巨大的影响。

不是说科幻小说不能普及科学知识,科幻小说普及科学知识的确是其长项;但是,当科幻小说完全与科普等同起来,而这类科普又完全以传授科学知识为主要目的,实在是对科幻小说创作的极大伤害。首先,科幻小说的发展道路就变得相当地狭窄。什么样的文体最能达到科普的目的呢?当然是少儿作品。事实上少儿科普作品就成了1949年之后的二十多年中中国科幻小说的发展轨迹。1950年天津知识出版社出版的张然的《梦游太阳系》是20世纪中国科幻小说创作历程中重要的转折点。这部标明"新少年读物"的科幻小说开了中国少儿科普型科幻小说的先河。这以后的二十多年时间内,中国科幻小说创作时断时续,时急时缓,基本上是这种创作思路的反复。科幻小说作家萧建亨对这样的创作思路作了如此形象的概括:"无论哪一篇作品,总逃脱不了这么一关:白发苍苍的老教授,或戴着眼镜的年轻工程师,或者是一位无事不晓、无事不知的老爷爷给孩子们上起课来。于是误会——然后谜底终于揭开;奇遇——然后来个参观;或者干脆就是一个从头到尾的参观记——一个毫无知识的'小傻瓜',或是一位对样样都好奇的记者,和一个无事不晓的老教授一问一答地讲起科学来了。参观记、误会记、揭开谜底的办法,就成了我们大家都想躲开,但却无法躲开的创作套子。"[①]其实,当科幻小说创作被固定于少儿科普小说时,也就只能用这样的"套子"进行创作了。科幻小说创作少儿科普作品的确有其独到之处,但是科幻小说绝不仅仅是少儿的。

既然以科普为己任,究竟怎样写那些科普知识就成为作家们最伤脑筋的问题,处理得不好就会对小说创作的美学原则产生伤害。事实上,这种伤害首先就在理论提倡者自己的小说中表现出来。《和平的梦》等作品为了承担"科普"的任务,顾均正不惜用几页篇幅集中介绍无线电、强导磁场等知识,甚至还画了磁力线图,摆出了化学方程式。这些"知识硬块"使得他的小说一半是文学作品,一半是物理教科书。顾均正小说中的毛病在以后

---

① 萧建亨:《试谈我国科学幻想小说的发展》,载黄伊主编:《论科学幻想小说》,北京:科学普及出版社1981年版,第24页。

其他作家的科幻小说中屡屡重犯,写到海洋就要介绍海洋知识,写到冷冻就要介绍冷冻知识,写到天空就要介绍航天技术……小说中相当多的篇幅成了某类科技的说明书。由于是少儿科普作品,科幻小说一律是科学畅想曲:科学进步总是和美好的生活联系在一起,人生观念总是一片灿烂,不是充满幻想的天真烂漫就是满腹知识的循循善诱;情节的构思和故事的编造只有一个目的,就是如何将作家心目中的"科学知识"有效地传递给小读者。结果造成作品的思想性淡薄,难以深刻地反映社会现实。

更重要的是当科幻小说与科普作品完全等同起来以后,它的盛衰就和时代的需求结合了起来。1949年以后中国大陆地区科幻小说的发展大概有两个波段,这两个波段起落的根本原因不是科幻小说的特有魅力,而是时代的需要。50年代末和60年代初是第一个波段,新中国的很多科幻小说都发表在这个时期。此时之所以能出现一系列科幻小说,与1955年《人民日报》发表《大量创作、出版、发行少年儿童读物》的社论和中央发出"向科学进军"的号召是分不开的。1978年中央召开全国科学大会,在欢呼"科学的春天"到来的社会环境下,大陆的科幻小说迎来了第二个波段,新时期重要的科幻小说均发表在这一时期。在相当长的时期内,中国各类小说的创作都与时代的需求紧密相连,但是表现在科幻小说身上尤其突出。

1978年童恩正在《人民文学》上发表了《珊瑚岛上的死光》。这部小说的模式虽然创新还不够,但是它使得中国科幻小说创作从二十多年的少儿科普的模式中摆脱出来,科幻小说的创造意识和自主意识再一次回归。正是这一回归,才使得新时期以来科幻小说的创作发展有了新机,也出现了不少科幻小说的佳作和优秀作家。可惜的是人们对这一回归的历史意义的认识还是被动的,对科幻小说究竟怎样承担"科普"的任务还没有清楚的认识。正因为这样,从整体上看,科幻小说突破性的作品还很少,引起整个文学界关注的作品也太少。至今为止,中国的科幻小说或者继续少儿科普创作,或者在"珊瑚岛上的死光模式"中重复。在小说创作有着更高审美要求的今天,科幻小说显然跟不上时代的发展,走向"边缘化"也就在所难免了。

科幻小说具有"科学"、"幻想"、"小说"三个要素。"科学"与"幻想"是科幻小说中互为作用又互为制约的两大美学要素,是"科学"的"幻想"和"幻想"中的"科学"。这是基本共识。问题在于"科学"与"小说"的关系。我认为它们不是并列关系,而是隶属关系。"科学"隶属于"小说",就像历史是历史小说的美学要素;刑侦是侦探小说的美学要素,科学也是科幻小说的美学要素,它们都是为了小说创作而服务的。"小说"是"皮","科学"是"毛",没有"小说",科幻小说中的"科学"是没有意义的。但是,长期以来,中国科幻小说中的"小说"与"科学"的位置完全颠倒了,"小说"隶属于"科学",小说文本成了"科学"的形象演绎。作家在创作科幻小说时首先想到的不是小说的美学要求,而是科学知识的普及。《小灵通漫游未来》是一部影响力较大的科幻小说,作家是这样说明小说的构思过程的:"在1959年,我曾把当时世界科学技术的新成就,搜集了三百种,写成《科学珍闻三百条》。后来,觉得这本书只是罗列现象,缺乏艺术感染力,便从三百种中选择了一些作为科学幻想素材。接着,进行小说构思,设计了一个眼明心灵的小记者——小灵通,到未来市去采访,见到种种神奇的新事,写成了科学幻想小说《小灵通漫游未来》。"[①]小说的构思完全是为"科学"服务的。以科学普及作为创作的前提,科幻小说的美学空间难以拓展,这样的小说怎么能有很强的文学性呢?问题还在于这样的小说中的"科学性"也是不充分的。任何一种科学发明都是一个独立而复杂的体系,它由科学原理、科学实验、科学效果等诸多方面组成,而那些为"科学"服务的科幻小说只是在科学效果上畅想。如果那些科学效果的畅想缺乏科学原理和科学实验,或者小说中阐述不够,还要受到很多严谨的科学界人士的指责。"小说"性不强,"科学"性也不充分,这样的科幻小说所处的地位是相当尴尬的。

当明确了"科学"隶属于"小说"之后,我们就明确了科幻小说中的"科学"是艺术的科学,它有科学的依据,但并不追求科学印证;它有科学的推测,但并不是科学的预言者,艺术的科学就能打破所谓的"近距离"、"中距

[①] 叶永烈:《论科学幻想小说》,载黄伊主编:《论科学幻想小说》,北京:科学普及出版社1981年版,第53页。

离"和"远距离"的距离限制。科幻小说可以反映眼前的社会现实,也可以在宇宙八荒中畅想;同样,艺术的科学就打破了科幻小说"未来学"的限制,科幻小说中的科学并不以是否能实现作为是否真实的标准,更不能以此作为小说优劣的标准。

有了这样的认识,就能明确美学倾诉是科幻小说创作的基本原则。小说中的科学家不仅是科学发明者和科学功能的传播者,而且是一个活生生的、有血有肉的、有着七情六欲的人。在事件的叙述中,他们不再是某种文化符号(埋头科研不问政治者、冲破阻力报效祖国者、充满私欲的狂妄自大者、迂腐酸臭不食人间烟火者),而是与现实生活紧密相连有着复杂的内心世界和鲜明个性的人物。科幻小说的情节结构不仅是"设谜—破谜—说谜"的三段式,还有更多生动灵活的表达方式。语言叙述不仅能消除那些枯燥无味的科学原理的解说,而且能够使科普知识形象化、性格化,更为重要的是作家的创作个性可以充分地表现出来,在廓大的艺术空间内,作家可以根据自我的审美标准写出自我风格的科幻小说来。科幻小说明确了自我的位置,自然就有了艺术感染力,有了读者,有了强大的生命力。

爱国情绪与忧患意识、承担科普的责任以及具有"科学"的观念都是科幻小说的特长。对科幻小说来说,它们是必要的要素。但是,必要的绝不是唯一的。如果要论唯一的话,它们首先应该是小说,这大概是20世纪中国科幻小说给我们的最大启示。

现在我们不妨把眼光放到台湾,因为台湾的科幻小说创作是跟着世界潮流走的。今天我们就来介绍一下台湾的科幻小说作家张系国。他在1980年出版了一部小说集《星云组曲》,一共收录了十部科幻小说,这可以看做台湾乃至整个中国科幻小说创作的成就。张系国的《星云组曲》体现了其科幻小说创作的观念。他曾经在这部小说和其他一些理论著作中提到过科幻小说的真正作用:第一,科幻小说的作用在于揭示科技与人类的关系,这是科幻小说创作的动力和难点所在。第二,中国的科幻小说如何民族化。这两个问题恰恰是科幻小说创作的根本点。下面试以两部小说为例来说明张系国是如何体现他的创作观念的。一部是《翦梦奇缘》,写了当代先锋人士热衷的网络生活,比如网络一夜情、网上家庭等等虚幻的东西。小说里是这样写的:在电视早已被网络完全取代的时代,每到晚上,全地球的人就开始漫无边际地虚拟网络生活,体验各式各样的网络爱情。这种体验方式是要收费的,但是情节内容可以由个人设定,有梁山伯与祝英台式的爱情,又有罗密欧与茱莉叶式的爱情,都能让你身临其境地去体验一番。于是,我们看到,在这样一个虚拟的网络世界里,人人都可以轻而易举地实现自己的目的与欲望,人类的大脑已经为天网所控制了。在小说中,也有一派持反对意见的人,他们反对天网对人类社会的控制。但是小说家所持的意见却与这群人相反,认为他们无视网络的存在恰恰是一种自私自利的表现。从这一点上,我们可以看出,作者这样写是在人类与科技的关系上做文章,而这恰恰是科幻小说应该真正体现的东西。从这个角度上来写,科幻小说就会出彩。

再举一个例子。张系国的另一部著名作品叫《望子成龙》,这部小说影响很大,我甚至觉得这部小说可以被看做 20 世纪中国科幻小说中的经典作品,如果要编作品选的话,一定要把它选进去。这部小说不但涉及人类与科技关系的话题,也写到了中国的民族性问题。小说讲了人类生养的问题。在作品所述的时代中,生孩子必须到专门的生养中心作登记以确定指标。有了指标,就有配额,每年就有计划地规定出生多少男孩,出生多少女孩。生孩子也不是由家里的太太来生,因为那时的社会上已经有了一种职业,专门从事生养,替别人生孩子。人们大都想生男孩子,但不是说想要就有的,还必须通过抽签决定。有一个家庭一直想要个男孩子,可是一连抽了 10 年的签都没有抽到。他们觉得很不公平,于是就找生养中心的人理论。得到的答复是,要想生男孩子可以,必须交钱来。这家人出了很多钱,终于拿到了一个生男孩的名额,很满意,又花了很多钱定做漂亮男孩的长相。但没有想到的是,生下来以后一看,男孩倒是男孩,可居然长得奇丑无比。大人无法接受这样的事实,又去找生养中心的人。他们的回答是,这个指标本来就是超额的,难保质量,而且这世上原本就有美丑之分。还安慰孩子的父母说,长得漂亮的人不想好好工作,不会有好的职业,而丑人因为自己丑,将来反而会好好工作,有份好职业。大人对此也只能长叹一声。透过这个故事,读者看到的是中国人一贯的望子成龙心理,同时,作品中也流露出对计划生育政策的质疑。

如何定位香港的倪匡呢？我的个人看法是,科幻小说的基本要素是科学技术,倪匡的小说更多是具有神魔、神幻、玄幻的色彩,说他是科幻,似乎有点牵强,所以,在这里,我并不把他作为科幻小说作家来讲。

二十

"爱国小说"、"国难小说"和"抗战小说"

　　一讲起通俗小说就想起言情、武侠、历史、侦探这类小说,这不全面,通俗小说还是社会小说。通俗小说作家特别关心影响老百姓生活的各类社会事件。20世纪上半叶,中国社会是在外族入侵和反抗中度过的,于是一批要求强国强民、描述外族入侵而造成的中华民族灾难和中华民族奋起抗争的小说就出现了,它们被称为"爱国小说"、"国难小说"和"抗战小说"。

　　现代"爱国小说"是由晚清的"政治小说"开先河的。梁启超的《新中国未来记》、岭南女士的《东欧女豪杰》等"政治小说"艺术上并不突出,但是,它们对中国作家产生了重要影响,启发着中国作家对当下国家发生的重大问题予以关注,并将这些重大问题写进小说。当时中国最重大的问题是什么呢?是国家沉沦和民族存亡,这是当时中国最重大的社会忧患,这种社会忧患辐射并渗透于中国社会的各个方面,也成为中国社会变革的最初出发点和最终根据。"爱国小说"和"国难小说"也就在这样的背景中产生出来了。

"爱国小说"首先关心的是晚清所实行的"新政"。1901年到1911年，晚清政府施行了所谓的政治改革，被称为晚清新政。在这期间，清政府曾派了五位大臣出国考察，一时成为国人的热点话题。对清政府的新政，小说家们持讽刺和批判的态度，而讽刺和批判的焦点就是五大臣出国考察。吴趼人写了一篇小说《立宪万岁》，小说有个副标题"吁嗟乎新政策"。小说写上天玉帝派孙行者、列子、雷公、哪吒、戴宗五位大臣到下界考察新政，从而引起了天界畜生们的不满，它们设计阻止五大臣成行。虽然它们使得五大臣受了点伤，考察照样进行。五大臣到了下界吃喝玩乐一通，回来胡乱通报了一下，就宣布天界也进行新政了。看到这种情况，天界的畜生们感到前番谋害五大臣实在是多余了，它们一起高喊起来：立宪万岁！立宪万岁！换汤不换药，新政只不过是遮挡腐败的一个幌子，小说的政治讽刺是比较辛辣的。与《立宪万岁》同一主题的还有《立宪魂》（作者未署名），它是写幽冥世界里的立宪，结果，立宪之后幽冥世界的官员们更加腐败，群鬼们的生活更加贫困，"饿得大鬼晃晃摇，饿得小鬼吱吱叫，饿得摸壁鬼靠着墙倒，饿得落水鬼爬上岸跳"。幽冥世界的立宪只肥了阎王，肥了官差，穷了群鬼。这次立宪终于在群鬼的风潮中结束了。比《立宪万岁》还进了一步，《立宪魂》还暗示了"立宪"的结果。对政治的关心和讽刺不是说通俗小说作家们反对改革，而是他们实在不愿意国家再折腾下去了。在帝国主义列强面前，中华民族是那么羸弱，他们都快成了别人的刀下俎、口中食了。关心和讽刺的背后是一种担心、一种焦虑。

这种担心和焦虑在陈冷的小说中表现得就十分直露了。陈冷是当时《时报》的政论主笔，是"社会进化论"的宣扬者。他曾翻译了一部外国小说《食人会》。小说写由于大雪封路，一列火车被封在荒无人烟的地方，车上的人全靠食人肉来维持，强者要活就得吃弱者，弱者无奈只能献身强者。整整18天，车上的人在一片打杀和吞吃中，32人只活下来2人，其他人统统化成了粪便。小说是篇外国小说，译者的思想体现在小说结尾的一段"批解"中，说："我译此篇，我知食人之事虽不多见，然世界物竞，无一非食，食人名誉，食人财产，食人事业，食人心思才力，无时蔑有。我译此篇，而我百感交集,试问读者。"陈冷的意思很明白,他在警告国人,千万别做强者之食的弱者。相同的思想在作者1910年出版的小说《刀余生传》中得到进一步阐述。小说写一个旅客被土匪捉去,他坚强不屈,受到了匪首刀余生的赞扬,有意收他为接班人。为了让这位旅客心服,刀余生带他参观匪窟,并进行思想教育,他们参观了洗剥处、斩杀处、剖解处、货币处、练力场、演戏场、高等学生教课场……这些地方有杀人的地狱,也有欢乐的天堂。在观赏了这些惊心动魄的景观之后,这位旅客听到了刀余生一番高论:"世界至今日,竞争愈激烈,淘汰亦愈甚,外来之种族,力量强我数十倍,听其自然之淘汰,势必不尽灭不止,我故用此杀人以救人,与其淘汰于人,不如我为之淘汰,与其听天演之淘汰,不如用我人力之淘汰。"那么,又有些什么人在刀余生的淘汰之列呢?请看以下这段精彩的杀人谱:

> 鸦片烟鬼杀,小脚妇杀,年过五十者杀,残疾者杀,抱传染病者杀,身肥大者杀,侏儒者杀,躯干斜曲者杀,骨柴瘦无力者杀,面雪白无血色者杀,目斜视或近视者杀,口常不合者杀(其人心思必收敛),齿色不洁净者杀,手爪长多垢者杀,手底无坚肉脚底无厚皮者杀,眉蹙者杀,多痰涕者杀,走路成方步者杀(多自大),与人言摇头者杀(多愚智),无事时经常摇其体或两腿者杀(脑筋已读八股读坏),与人言未交语先嬉笑者杀(贡媚已惯),右膝合前屈者杀(请安已惯故),两膝盖有坚肉者杀(曲膝已惯故),齿常外露者杀(多言多笑故),力不能自举其身者杀(小儿不在此例)……

有趣的是,旅客听完这番杀人的高论后,竟然投身于匪窟,被命名为"新刀余生"。

"爱国小说"主要集中在清末,内容主要是国家的改革、民族的整肃,以面对外国列强的侵略。进入民国以后,国家的内忧外患不但没有减轻,反而更加深重,于是"国难小说"就登上了文坛。什么是"国难小说"?施冰厚曾发表了一篇小说专论《爱国小说的借镜》,作了这样的解释:"足以激励爱国之小说,其艺术有正反两面。或写亡国惨痛,读之触目惊心,令人愤慨;或写爱国事迹,可以感奋。然无论如何,欲创作深刻之印象,固不能仅以单纯之观念,就事实铺陈之即已。必有内容,有深度,始可言动人。"① "国难小说"实际上就是些写"亡国惨痛"或"爱国事迹"的爱国小说。由于日本对中国虎视眈眈,自1894年中日甲午战争之后日本亡华之心不死,对日关系也就成为中国"国家意识"最鲜明的体现,成为文学作品表现"国难"和弘扬民族精神最集中的表现。日本"浪人"在中国的飞扬跋扈在晚清的社会小说中多有描述,将日本作为侵略国家,并以反日作为主要情节的小说,据我所知,最早的大概是叶小凤刊载在1914年、1915年《小说大观》上的《蒙边鸣筑记》。这部小说写日本间谍平小川为了获取中国的情报如何地忍辱负重,书生江南生和女侠李朝阳识破了平小川的诡计,在"胡子"首领铁鹞王的帮助下,擒杀了平小川,挫败了敌国的阴谋。这部小说的价值在于不仅表现了时代的情绪,还对中国政府的腐败和人民的麻木表示了愤怒和激愤。作者特地将平小川窃取的情报和他对中国社会状态的分析报告公布出来,虽是出自敌人的口中,却句句切中时弊,令人触目惊心。之后在1915年4月《礼拜六》的46期上,剑侠根据日本和德国在青岛开战的情况,写了纪实小说《弱国余生记》。当年5月《礼拜六》的51期上王钝根根据日本人在中国的各种罪行写作并开始连载长篇纪实文学《国耻录》,喊出了"嗟我同胞,不起自卫,行且尽为亡国奴"的口号。此时,周瘦鹃一连写了《中华民国之魂》、《祖国重也》、《为国牺牲》等小说,强调祖国利益高于一切。特别是他20年代初发表在《半月》上的《亡国奴家的燕子》,用寓言的笔法写了"几个矮外国兵"在中国土地上烧杀抢掠的行径,小说产生了很大影响。1931年的"九·一八"事件和1932年的"一·二八"事变以后,中国文坛上涌现出一大批"国难小说"。此时写"亡国惨痛"的纪实作品主要有含凉生的《国难中的苏州》、玉峰客的《国难中之昆山》、叶慎之的《国难中之太仓》以及郑逸梅的《沪变写真》。它们以纪实的笔法写了上海"一·二八"事变中苏州、昆山、太仓的社会状况,写了日本军队在上海的烧杀抢掠。上海"一·二八"事变

---

① 施冰厚:《爱国小说的借镜》,载《珊瑚》1932年12月1日第11号。

引发的难民潮,茅盾的《林家铺子》曾有间接的描写,"国难小说"作家们则以此作为直接题材写了不少小说。许廑父的《流离》写难民的生活状况;王天恨的《失落》写"一·二八"深夜上海外白渡桥人挤人、挤死人的惨状;徐卓呆的《食指短》写难民战后回到江湾时看见的各种凄惨情景。这些触目惊心的亡国惨痛给人留下了深刻的印象。与写"亡国惨痛"的作品相比,那些写"爱国事迹"的作品以长篇小说为主。比较引人注目的作品有邓启炘的《抵抗日记》和程瞻庐的《不可思议》。邓启炘是十九路军的一位连长,受伤后曾受到程小青的精心照料。在程小青的辅导下,邓启炘以日记的形式写了十九路军的上海抗战过程。程瞻庐的《不可思议》写了一个刻章世家的子弟如何丢下刻刀拿起战刀参加义勇军的故事。顾明道发表小说《国难家仇》,以"九·一八"事件为背景,写东北人民如何建立了义勇军奋起抗敌。"抗战小说"出现在1931年之后,其中贡献最大的是张恨水。和其他作家作品相比较,有两个结论相当明显:第一个结论是张恨水是中国现代作家中创作"抗战小说"最丰的作家。他直接将抗战作为主要素材的作品近十部,涉及抗战生活的作品数十部,在中国现代作家中这样的创作量首屈一指。第二个结论是张恨水是将"抗日作品"从"国难小说"层面带入"抗战小说"层面的作家。他的作品写了日本侵略者对中国人民的残害,呼吁中国人民奋起反抗。但是,他的注意力显然更集中于写中国人民怎样奋起抗战。不仅仅是受苦受难的倾诉,更多的是惨烈、悲壮、感奋的场面描述,张恨水的小说完成了中国的"抗战小说"由"难"转向"战"的提升。说张恨水是中国"言情小说"大家,这是学术界的共识。其实,还应该加上一句,他同样是中国"抗战小说"大家。张恨水的儿子张伍说:"在抗战作品中,应该说父亲是走在最前列的,也是满腔热情地为抗战奔走呼号的人。他最早写出了反映南京大屠杀的作品《大江东去》,还自费出版了《弯弓集》,他的抗战小说《前线的安徽,安徽的前线》、《巷战之夜》以及写战事的小说《虎贲万岁》,都写得淋漓尽致。他后期的抗战小说,不仅写战争,更重要的是揭发贪污,揭露国民劣根性以及内忧与外患,写出了人性,表现了战争的复杂性。"①虽是出自张恨水亲属之口,但这样的评价符合实际。正因为这样,我们说分析张恨水的小说可以体现"抗战小说"的特点。

  张恨水的这些抗战小说最值得一说的是表现出了强烈的"国家意识"。这个国家就是正在遭受磨难的中华民国,这是当时的张恨水和所有中国人的祖国;这个意识就是国家的利益高于一切,这是当时的张恨水和所有中国人的根本意识所在。在张恨水众多的"抗战小说"中,有两部似乎不太显眼的小说,一部是《仇敌夫妻》,一部是《虎贲万岁》,这两部小说从两个侧面体现出这样的"国家意识"。《仇敌夫妻》写一对彼此相爱的夫妻,偏偏来自于中国和日本两个交战的国家。他们爱自己的孩子和对方,但是更爱自己的祖国。妻子为了自己的祖国窃取了丈夫身边的义勇军的机密文件。丈夫发现后,同样为了祖国的利益将妻子毒死了。这部小说情节的虚构痕迹很明显,同样的情节曾在民国初年周瘦鹃的小说《行在相见》中见过。由于小说的虚构,曾受到钱杏邨的点名批评。但是我认为此时此刻由张恨水写出这样的小说却有着重要的意义。张恨水的小说一直有着明确的价值判断,人间的感情重于一切,并以此来构思情节,褒贬人物。而这一部小说却出现了相反的价值判断,它显然告示读者,夫妻之情固然是好,但是当它与祖国的利益发生冲突时,就应该牺牲掉它。理智和功利战胜了张恨水一直维护着的感情和理想,意味着作家价值观念的转向,意味着在强烈的刺激和推动下作家的意识发生了转型,这对写惯了纯情并正处于声誉高峰的张恨水来说,并不容易。与《仇敌夫妻》的虚构不同,张恨水反复强调《虎贲万岁》是一部纪实的小说。但是,由于小说的材料来自第二手资料,小说的艺术性的确乏善可陈。然而,这部小说同样具有重要的意义,即它是中国现代文学史上为数不多的描述以国民党军队为主力抗战正面战场的小说。小说写了抗战后期重要的"常德之役"的始末。小说材料都有根据,作者说得很清楚:"关于每位成仁英雄的故事,我是根据《五十七师将士特殊忠勇事迹》。""那战事

---

① 《张恨水研究通讯》,2005 年 7 月 5 日第 5 期。

的主要将领,除了书中曾述及的周庆祥师长外,有王耀武、李钰堂、欧震、杨森、王陵基、王赞绪几位将军,这是报纸曾披露过的。"①小说完全是赞颂的态度,作者同样说得很清楚:"一师人守城,战得只剩下八十三人,这是中日战史上难找的一件事,我愿意这书借着五十七师烈士的英灵,流传下去,不再让下一代及后代人稍有不良的印象,所以完全改变了我的作风。"②这些牺牲的人是为国捐躯的烈士,作者不愿留一点污点在他们身上。在大敌当前时,国家的利益为上,国民党的抗战部队是代表国家利益的标志,这是当时张恨水创作"抗战小说"的基本认识。

与这些"抗战小说"相比,此时张恨水影响最大并受到人们关注的是那些讽刺小说,如写于抗战时期的《八十一梦》以及其后的《五子登科》、《魍魉世界》等。这些小说对国民党那些要员发国难财的丑恶行径进行了无情的嘲讽,曾引起了广大人民的共鸣和统治者的反感。这些论述在众多论家的论文中多有阐述。我更感兴趣的是,这些暴露讽刺小说究竟与那些"赞颂小说"是什么关系,张恨水在这些暴露讽刺的小说中究竟持什么立场。关于张恨水的暴露讽刺小说与"赞颂小说"的关系,作家自己在《八十一梦》的《自序》中其实说得非常清楚,他说:"盖吾为中国人,自当有以报中国,报国而又在吾职业中为之,未另有所耗于血汗,此最便宜事,奈何不为乎?……吾既立此一准则,故发表于汉港沪者,其小说题材,多抵抗横强不甘屈服的人物。发表于渝者,则略转笔锋,思有以排解后方人士之苦闷。夫治苦闷之良剂,莫过于愉快。吾虽不能言前方甃寇若干,然使人读之启齿一哂者,则尚优为之,于是吾乃有以取材于《儒林外史》与《西游》、《封神》之间矣。此《八十一梦》所由作也。"那些写"抵抗横强不甘屈服的人物"的发表在武汉、香港、上海等地的小说也就是"赞颂小说",那些写"排解后方人士之苦闷"的发表在重庆等地的小说也就是暴露讽刺小说。通过张恨水以上的自述,

---

① 张恨水:《虎贲万岁·自序》,载《虎贲万岁》,太原:北岳文艺出版社 1993 年重版本。

② 同上。

可以看到,这两类小说是一致的,都是他的报国之所为。对敌战区而言,是要坚决抵抗,是要发扬民族气节;对国统区而言,是要勤政廉洁,是要团结对外。没有内部的勤政廉洁就没有外部的抗战胜利,而外部的抗战胜利需要内部的勤政廉洁做保证,这是他的"抗战小说"的两个方面,只不过地域不同、读者不同而有所区别而已。共产党对张恨水小说鼓励大家抗日给予了高度评价,对他的暴露讽刺小说给予了更多的赞赏;国民党对他的暴露讽刺小说表示了不满,而对他的那些"赞颂小说"给予了奖赏。抗战胜利后,共产党赠送了张恨水礼品,国民党政府也向包括张恨水在内的一千多人颁发了"抗战胜利勋章"。其实,此时的张恨水并没有什么党派意识,国家意识至上、民族大义为重是他最高的价值判断。以此为出发点,他与国民党的高官接触,也欢迎共产党的领袖来渝。对于两党的斗争,他虽不明说,但心中恐怕并不赞成,说不定还将其看做中国社会乱象之一,从他的《八十一梦》之二十四梦《一场未完的戏》中我们可以有所感觉。在这个"梦"里张恨水提出"家和万事兴",对兄弟不和造成家庭动乱表示不满。

张恨水的这些"抗战小说"在当时的中国并没有得到满堂喝彩,反而还受到了一些左翼作家的点名批评,其中最有名的是钱杏邨那篇讽刺挖苦的文章《上海事变与鸳鸯蝴蝶派文艺》。没有必要对这样的文章做多少反批评,或者为张恨水做多少辩护,更值得思考的是这些左翼作家在大敌当前的时候为什么要对这些抗战小说讽刺挖苦呢?心胸狭隘和门户之见只是表面的现象,根本的问题是左翼作家们对以张恨水为代表的这些传统作家们的文化观念认识不够。虽然也接受了现代西方人道主义观念的影响,但张恨水这些传统作家主要秉持的还是中国传统文化观念,他们是新时期的中国传统文人。将文学作为消闲、趣味的对象固然是大多数中国传统文人的文学观,但是民族气节作为人格原则被列为传统文化的核心内容。虽然追求文学的消闲趣味,但是在民族气节问题上,中国传统文人们是从来不含糊的。就以民国初年的鸳鸯蝴蝶派来说,他们写了很多消闲趣味的言情、家庭小说,也写了很多高风亮节的爱国小说,即使是那些充满了脂粉气的小说,情节中只要涉及国家和民族的问题,他们的态度马上就严肃了起来,并常常将国家和民族的态度作为小说人物人格完美的一种升华。作为鸳鸯蝴蝶派开山之作的《玉梨魂》,作者徐枕亚并没有让主人公何梦霞死在温柔乡中,而是死在武昌起义的城楼下。张恨水的这些"抗战小说"创作的根本驱动力就是中国传统文化的民族气节。钱杏邨这些左翼作家对鸳鸯蝴蝶派文学的认识不够,对传统文化的现代意义重视不够,他们的分歧是文学观和文化观的不同。如果要追根溯源,就要从"五四"新文化运动中寻找得失了。

社会和言情是张恨水小说的两大法宝,将社会言情结合起来是张恨水的创造。他前期的作品以言情为主,以社会为辅,这种组合创造了中国现代社会言情小说的辉煌。此时的"抗战小说"以社会为主,以言情为辅,这种组合所表现出来的艺术成就不如前期作品,对此不必讳言。其实,张恨水是一位善于言情、拙于社会的作家,凭着他对人性、人情敏锐的感悟力,他对人性、人情的把握和描述达到了相当高的境界。他对社会的把握主要还是从一个报人的角度出发的,追求和表现的是社会现象的新闻性,描述和评判的是社会风气的变幻性。对社会的深刻分析,他比不上鲁迅、沈雁冰等新文学作家。对此,张恨水不是没有感觉,否则他不会说"到我写《啼笑因缘》时,我就有了写小说必须赶上时代的想法"[①]。然而,到了大敌当前的关头,他心甘情愿地丢掉他擅长的一面,展示他钝拙的一面,为此,他甚至牺牲小说的一些美学原则而不顾,例如《太平花》创作过程中"九·一八"事变爆发了,他马上将小说内容从言情转向抗战,明知道这样做有损于这部小说的完整性,也要硬改过来,为什么呢?那就是民族气节,就是张恨水在多种场合、多篇文章中所说的一个"文人"、一个"书生"在抗战的岗位上"尽其所能"。就凭着这种出发点,我们就应该对张恨水以及他的"抗战小说"高度评价。他前期的社会言情小说展示了他作为一个作家的文学魅力,他后期的"抗战小说"展示的是他作为一个作家的人格魅力。一个伟大的作家只有将他文学上的独特贡献与他高尚的人格素质相提并论才能显示出他的伟大。尤其是与同时代那些受到后人很高评价的作家相比时,如周作人、张爱玲等

---

① 张恨水:《我的创作与生活》,载《文史资料选辑》1980 年第 70 辑。

人,张恨水身上的光环就显得更加完美和灿烂。

　　从"爱国小说"到"国难小说",再到"抗战小说",中国现代通俗小说作家随着社会的变动调整着自己的步伐,他们紧跟着时代,而贯穿始终,不变的是一颗爱国的心。

二十一

张恨水怎样"引雅入俗"

1924年在北京的张恨水创作了《春明外史》,100万字。这是它的成名作。"春明"是什么?是北京的别称,外史是什么?外史就是正史不写的那种野史,就是各种各样的社会生活。那么换句话说,它就是写的北京各种各样社会新闻。正是从这部小说开始,张恨水开始把雅小说中那些雅的要素引到通俗小说中来,迈开了"引雅入俗"的第一步。在这部小说中间,张恨水解决了怎样将通俗小说中散乱的材料集中起来的问题。他把所有的材料都服从于一个人的命运,用一个人作为小说的主人公从头到尾把故事情节贯穿起来。这个人物在这部小说中就叫杨杏园。小说中应该有一个贯穿始终的人物,在现在的小说创作和阅读中已经成为常识,但是在张恨水这部小说之前,中国通俗小说恰恰就没有,之前的通俗小说基本上是《官场现形记》、《二十年目睹之怪现状》、《儒林外史》的模式,它是一个故事接一个故事地讲述,人物只是某个故事中的人物,并不贯穿始终。张恨水是现代通俗文学作家中第一个以一个人物贯穿一部小说的作家。他在《春明外史》中所做的贡献,给他的小说带来两大好处:第一大好处是小说中间有一个贯穿始终的人后,这个人就成了小说的主脑,小说中所有的事情都跟这个人有关系,材料再多、再复杂都不会凌乱。主脑就是小说中的根,从根子上伸展出去的各种枝枝叶叶都是枝枝有来源,叶叶有依据。第二个好处是小说有了一个完整的结构。人物的命运起伏和发展成为小说主要的情节结构,他的命运能完整地描述,小说结构自然就能完整地体现。小说中的杨杏园是来自安徽的一个报人。他来到北京就是小说结构的起点;他到北京后看到各种各样的生活,这是小说结构的延伸;最后他死在北京,这是小说结构的结局。整部小说的结构相当地完整。如果小说中没有一个贯穿人物的话,就可以无休止地永远写下去,小说结构就不可能完整。

《金粉世家》是张恨水的鼎盛之作,给他带来了巨大声誉。从引雅入俗的角度来说,为小说建立主脑的特点仍旧保留着。这部小说的主脑不是一个人物,而是金总理一家,小说实际上是写了金家四个儿子与四个女儿的故事,这也说明了张恨水驾驭长篇小说的能力在增强。他在引雅入俗的道路上是怎样前行的呢?贡献同样是两个:第一个贡献就是通俗小说开始有了心理描写。在相当长一段时期内,中国的通俗小说没有心理描写。中国通俗小说受话本的影响很大,人物心里想什么并不描述出来,而是通过写人物语言、表情、动作暗示出人物的心里所想。张恨水的《金粉世家》将人物的心理活动直接描写到小说中间来,人物性格的刻画深度明显地加强。小说有两处写得特别好,一处是金燕西偷偷地去看冷清秋,看完以后心理活动的描述:

> 我守着看人家不是有些呆吗?这就回得家去,一个人坐在书房里呆想,那人在胡同上那微微一笑,焉知不是对我而发的?当时可惜我太老实了,我就回她一笑,又要什么紧?我面孔那样正正经经的,她不要说我太不知趣吗?说我不知趣呢,那还罢了,若是说我假装正经,那就辜负人家的意思了。他这样想着,仿佛有一个珠圆玉润的面孔,一双明亮亮的眼珠一转,两颊上泛出一层浅浅的红晕,由红晕上,又略略现出两个似有似无的笑涡。燕西想到这里,目光微微下垂,不由得也微微笑起来。

金燕西在冷清秋家门前等着,冷清秋走了过来无意之中看到这么个男孩子傻站在这地方,就微微地向他一笑。一般情况下,如果说你心中无意,不管这个女孩子怎么笑都没关系。这个时候金燕西心中有意,冷清秋此时对他这么一笑,自然会引起他复杂的心理活动。一般的通俗小说,写到这儿,就过去了。但是张恨水的《金粉世家》恰恰在这里开始运用了心理描写,将一个单相思的男孩子心态生动地表现了出来。在电视中间大家可能看了金燕西和冷清秋最后分手主要是由于家庭社会地位的距离太大,其实在小说中间写得很清楚,金燕西和冷清秋分手的一个非常重要的内在原因,就是这个金燕西的大男子主义思想。金燕西的这个思想正是通过他的心理描述表现出来的。小说中金燕西的大哥与大嫂、二哥与二嫂都常常吵架,当金燕西与冷清秋快结婚前,他们又在吵架,这时对金燕西有一段心理描写,为后来他们的分手打下了一个伏笔。

> 我将来和清秋结了婚,难道也是这个样子不成?无论如何,我想自己得先振作起来,不要长了别人的威风……若是男子对他夫人有很厚的爱情,却落了一个惧内的结果,岂不让天下男人都不敢爱他妻?

男人的气势、男人的尊严的观念在金燕西的思想中极为重要。他始终就没有把冷清秋放到与他平等的位置上。冷清秋出身平民家庭,为了自尊,她又特别看重自我的位置,金燕西与冷清秋后来分手似乎很自然。心理描写开始出现以后,人物的神韵显然增加了,这是张恨水对通俗小说的贡献。第二个贡献是场面描写。场面描写拓展的是小说的空间概念。中国传统的通俗小说的最大毛病就是叙述故事中的因果关系,它是一种线性的时间结构。《金粉世家》注意到在同一时期、同一场合写不同人物的表现,这就是场面描写。小说中金燕西办了个诗社,还开了诗会。总理的儿子办诗会,他身边的人是真的要写诗吗?不是的,是想巴结他在其他方面有所发展。诗会中金燕西也写了诗,诗很臭,但所有的诗人都说这首诗最好。这个场面描写把每个人的状态、心理状态都写了出来。还一个精彩的场面是金总理死后葬礼上的描写。官场上的婚丧嫁娶往往是各种矛盾最激烈的时候,总理死了以后,虽然大树倒下了,但是人家根深盘结的很多关系在这儿,你怎么出面,送什么礼物,以及怎么讲话,都很重要。在这个场面上,张恨水将人情世故刻画得相当深刻。

《春明外史》、《金粉世家》都是一百多万字,1930年写作的《啼笑因缘》只有20万字不到,但是这部小说却是张恨水的成熟之作。其成熟的标志是小说中的人物描写。传统的通俗小说写人物有个习惯的方法:生活起居注式的人物介绍。例如说,门一并进来一个人。通俗文学作家一般都这么写:某人、某者、某也,头上戴什么帽子,身上穿什么衣服,脚下穿什么鞋子,从什么地方来,到什么地方去,面面俱到,十分详细。这种写法很吃力,但是很不讨好,茅盾先生在批判鸳鸯蝴蝶派时曾经说过一句话,他说,这是写小说么?这叫生活起居注。这种生活起居注式的人物描写在《春明外史》中还有,到了《啼笑因缘》则面貌大变。我们看一下《啼笑因缘》里四个人物的出场:

> 见他穿了一件蓝湖绉夹袍,在大襟上挂了一个自来水笔的笔插。白净的面孔,架了一副玳瑁边圆框眼镜,头上的头发虽然分齐,却又卷起,有些蓬乱,这分明是个贵族式的大学生。

这是樊家树,袍子是知识分子的象征,自来水笔是洋学生的象征,头发梳得分齐,但是有点蓬乱,有点贵族气息,蓬蓬松松很潇洒。再看:

> 这时出来一位姑娘,约莫有十八九岁,挽了辫子在后面梳着一字横髻,前面只有一些很短的刘海,一张圆圆的脸儿,穿了一身的青布衣服,衬着手脸倒还白净,头发上拖了一根红线,手上拿了一块白十字布,走将出来。

这是关秀姑。梳着一字横髻、刘海、红绳子,处处都透露出关秀姑是山东人,是来自农村的一个姑娘。我们再看:

> 说话时,来了一个十六七岁的姑娘,面孔略尖,却是白里泛出红来,显得清秀,梳着复发,长齐眉边,由稀稀的发网里,露出白皮肤来。身上穿旧蓝竹布长衫,倒也干净齐整。说着,就站在那妇人身后,反过手去,

拿了自己的辫梢到前面来,只是把手去抚弄。家树先见她唱大鼓的那种神气,就觉不错,现在又见她含情脉脉,不带点些儿轻狂,风尘中有这样的人物,却是不可多得。

"白里泛出红来,显得清秀"、"穿旧蓝竹布长衫,倒也干净齐整"、拿着辫梢含情脉脉地躲在一个妇人的后面来偷偷地看着樊家树,这是一个单纯清秀的小家碧玉的形象,这是写沈凤喜。再看:

> 这个时候,有一个十七八岁的女子,穿了葱绿绸的西洋舞衣,两只胳膊和雪白的前胸后背,都露了许多在外面。以为这人美丽是美丽,放荡也就太放荡了……

不用多说,这是何丽娜。再也不是从头到脚地写人物,而是抓住最传神、最能体现人物形象特征的那些地方勾勒几笔。按照鲁迅的话说,这是白描手法。此时张恨水的人物描写已经相当娴熟了。

在《啼笑因缘》中,张恨水还做到了运用人物性格推动小说情节的发展。最为精彩的是沈凤喜。沈凤喜出身贫寒,纯真、羞涩,但是这个人的性格中有一个毛病,比较爱虚荣,爱攀比。这个毛病使得她喜欢钱。她的叔叔沈三弦,是个心计很坏的典型的小市民,他把沈凤喜推给军阀刘将军做小老婆。沈凤喜与刘将军第一次见面就打牌。牌桌上有很多的门道,今天这四个人坐下来打牌,其实中心人物只有一个,就是沈凤喜。其他三个人都有数的,今天要输钱给她。于是,第一次打牌的沈凤喜糊里糊涂地赢了400个大洋。沈凤喜一生都没有见过这么多钱。小说这样写:赢了多少钱,她不知道,因为当着很多人的面她不便点钱。一回家了,她把门一关,赶快喊妈妈出来,干什么呢?点钱。沈凤喜兴奋地点过钱后把钱包了起来,放在自己的枕头旁边,睡觉之前看一看,醒来以后再看一看。这么个情节,说明了一个性格特点,沈凤喜太爱钱了。这对后来的情节发展打下了一个重要的伏笔。沈凤喜屈服于刘将军,一方面是由于刘将军的逼迫。她被刘将军抓到公寓里面来,就不让她走。另一方面也有沈凤喜性格上的缺点。小说的情节是这样演绎的:樊家树走的时候,将沈凤喜托付给他一个朋友,就是关秀姑的父亲关寿峰。沈凤喜被刘将军关起来,关寿峰组织了一群人去救她。关寿峰趴在屋檐上,看下面,就是沈凤喜一个人在那里,按照原来的计划,可以把她救出来,但是他没有救,为什么?他准备救的时候,门开了,刘将军进来了。不要以为刘将军进来就是施暴,他并没有,而是往地下一跪。如果仅仅是跪,可能对沈凤喜来说都没有用处,因为沈凤喜心里面确实还有樊家树的影子。她一看这个刘将军不单单跪在那儿,手上还举了一个账簿子,那个账簿里有很多支票,上面有 20 万。她眼睛就盯着这个账簿上的 20 万元钱,然后轻轻地一笑说,将军还跪在这里干什么呢?然后把账簿子拿了过来。她自己已经愿意了,看到这个地方,关寿峰走了,礼义已尽,不可能救她了。这部小说的情节发展到这里开始由纯情转向惨情,推动情节这样变化,沈凤喜的性格起了很重要的作用。

　　从《春明外史》到《啼笑因缘》,张恨水完成了"引雅入俗"的过程。对这个过程,我下面做三个评价:

　　第一个评价,张恨水小说接受的"雅"元素,核心的内容是写人。文学作品中强调写人不是张恨水的发明,而是鲁迅等新文学作家的特色。张恨水的小说"引雅入俗"只是把在当时中国已经广为流行并成为中国文学正宗的新文学的美学要素放到通俗小说创作中来,是他必须赶上时代的三部作品。

　　第二个评价,我们尽管说他的小说是引雅入俗,但是应该说明的是,他的小说还是通俗小说,他努力追求小说的商品效应和市场效应。张恨水是用小说来养家的,他家 16 口人全靠他用小说来养。用张恨水自己的话来说,他就是个文字劳工,写小说就是要赚钱。《啼笑因缘》里面对市场价值的追求,有两个例子非常明显。这部小说除了言情之外,还加了很多武侠因素,关氏父女实际上是武侠人物。为什么加上武侠呢?一方面是连载这部小说的《新闻报》的编者有这个要求,另一方面张恨水非常明白,当时的武侠小说在南方广为流行,读者很喜欢看。穿插了武侠就有市场效应。还有一个例子是张恨水开创了中国言情小说的"三角恋"。前面的"鸳鸯蝴蝶派"写过很多言情小说,但是他们从来不写三角恋爱,小说中只是一个才子和一个佳人,哭哭啼啼的,不会有一个才子与三四个佳人乱谈恋爱的情况。张恨水的这三部小说中间都有多角恋爱的关系,那就是很有名的所谓"众女追一男"的模式。在小说结构上,张恨水的小说还是章回小说的结构,他只是把"章"改为"回",只不过是名字发生了一些变化,基本格局没有变。章回小说是通俗小说模式的一个标志,张恨水并没有打破,所以我们认可张恨水是章回小说大家的说法。

第三个评价,张恨水小说的"引雅入俗"实际上建立了说故事、写人物的创作模式。这种模式的建立对中国文学创作产生了重要的影响。如果仅仅是写故事,没有生动的人物形象和人物性格,小说的格调就不高,美的东西就不突出。反过来说,如果仅仅是人物刻画,没有生动的故事,人物形象也不能生动地塑造,小说也不能吸引人。只有两者结合才能形成好小说。根据这样的思路,我们把眼光向后搜寻,就看到了张爱玲的小说。张爱玲的小说都有一个精彩的故事,但是都有一个曲折的人生。再往后看,我们甚至可以看到20世纪八九十年代的文学作品。这条线索如果隐隐约约地把它贯穿起来的话,我们就更加重视张恨水小说"引雅入俗"的贡献,他实际上引领着中国小说走上了雅俗合流、雅俗共赏之路。

二十二

张爱玲和琼瑶：爱情的问号与感叹号

20世纪中国文学中真正写爱情的作品并不多。爱情和婚姻在很多作家那里被看做社会问题，是进行思想和文化思辨的一种话题，即使是张恨水这样的言情小说大家，他笔下的爱情和婚姻也成了强权和强暴的对象。人生究竟有没有爱情，婚姻究竟是怎么一回事，对爱情婚姻中的这些内涵思考得最深刻的是两位作家，一位是张爱玲，一位是琼瑶。

张爱玲小说的深刻之处就在于对爱情和婚姻始终抱有怀疑态度，画出的是一个问号。在她的小说中间没有爱情，也没有美满的婚姻。她著名的小说《倾城之恋》很清楚地表露出她的爱情婚姻观。男主人公范柳原，女主人白流苏，他们两人结合在一起完全是偶然。范柳原是个华侨，他到上海是想找个具有东方女性色彩的女孩子（张爱玲小说包括《半生缘》、《金锁记》中都常有这样有外国留学背景的男孩子，到大陆来找个有东方色彩的女孩子），他与白流苏是在一次相亲中相识的。这个相亲会范柳原原来是为了白流苏哥哥的小孩而来的。可是白流苏的这个侄女儿很害羞，总是低着头不说话,这样的女孩不被范柳原所喜欢。吃完饭后跳舞,一家人中只有白流苏会跳。于是这场相亲会反而给白流苏创造了机会。白流苏也确实要改变自己的命运,为什么呢?实际上白流苏是离过婚的。刚离婚的时候家里欢迎她,是因为她带了一笔钱回来。但是钱总是有限的,随着她的钱越来越少,特别是当她哥哥弟弟的孩子都要结婚的时候,家里房子就显得小了。虽然家里人不好说要她走,但是眼神流露出要她走的意思。这个时候,有了这么一个机会,她自然要与范柳原走在一起。他们在一起根本不是什么爱情,一个是好奇,一个是需要。但是他们最后结合在一起了。是什么原因促成他们结合的呢?是后来产生了爱情?根本不是,他们吵吵闹闹几次要分手,都没有分成。他们的结合是因为香港被轰炸,太平洋战争爆发。香港被轰炸以后,他们滞留在香港,只能生活在一起。这样的结果同样是出于实际的需要。

《金锁记》中的曹七巧则是对爱情的拒绝,因为有了爱情金钱就会被分掉。曹七巧拒绝爱情,她自己的感情只要一露头就要被扑灭掉,甚至还拒绝儿女之情,破坏儿子和女儿的婚姻,她破坏的目的就是害怕他们结婚要拿走她的钱,儿子女儿都痛恨她。她就是为了金钱,紧紧地把自己锁了起来。这种无奈的没有感情的充满实际需要的爱情、婚姻,多次出现在张爱玲小说中。在她的第一部小说《沉香屑——第一炉香》中,张爱玲甚至将女人的婚姻与妓女的卖淫相提并论。小说的结尾,葛薇龙与乔治从电影院出来,葛薇龙看见路边的妓女拉客,突然觉得自己与他们差不多,如果有差别,只是她们是卖给很多男人,而葛薇龙是卖给了一个男人,"她们是不得已,我是自愿的"。

非常有意味的是生活中的张爱玲对感情的追求与张爱玲小说中的人物对感情的失落是两回事。张爱玲对感情的执著,充分表现在对胡兰成的一往情深。她是性格比较内向,平时也很少和人讲话,但是偏偏和胡兰成一谈就是半天,经常去他宿舍谈文学、谈理想。胡兰成对感情又是极不专一的人。这就注定了张爱玲的感情要经历磨难。胡兰成是汪精卫伪政府宣传部的一个次长,奔波于上海、武汉两地,他就在武汉找了一个叫周训德的护士同居。抗日战争后,胡兰成作为一个汉奸,逃到温州,在温州又与另一个女人范秀美同居。对于胡兰成与周训德的关系,张爱玲知道,并且容忍了他。胡兰成流亡期间,张爱玲不断地给予他经济上的资助。得知胡兰成在温州,张爱玲还跑到温州去与他会面。如果不是对感情的执著,能做到这样吗?即使到最后她不得不与胡兰成分手了,随着那封绝情信一起寄给胡兰成的,是她刚刚得到的一笔稿费,那是导演桑弧为了解决张爱玲的生活困难,让她编写的两部电影剧本《不了情》和《太太万岁》的稿费。分手就分手了,分手之前还寄上一笔自己的养命钱,没有感情做得到吗?张爱玲对感情的执著,还表现在对她父亲的感情上,这句话是什么意思?她非常爱自己的父亲,她说过:"我喜欢鸦片的云雾,雾一样的阳光,屋里乱摊着小报。看着小报,和我父亲谈谈亲戚家的笑话——我知道他是寂寞的,在寂寞的时候他喜欢我,父亲的房间里永远是下午,在那里坐久了便觉得沉下去,沉下去。"①对父亲的爱,使得她甚至把自己的母亲看做对手。张爱玲八岁的时候,她的父母协议离婚。对这次离婚张爱玲后来说,她是赞同的。她的母亲要到法国去,到她上学的小学校向她道别,她根本就无动于衷,一直到母亲离开了她,她才流下了眼泪,她说眼泪是流给自己看的。她父亲又要结婚了。这个消息她是在姑妈家中听到的。当时她们正在阳台上,张爱玲的反应是这样的:"我只有一个迫切的感觉:无论如何不能让这件事发生。如果那女人就在眼前,伏在铁栏杆上,我必定把她从阳台上推下去,一了百了。"1937 年夏,日本军队突袭上海,沪战爆发了,张爱玲住在母亲家里两周都没有和后母说,她后母很着急,张爱玲回来的时候正好在楼梯上被她遇见,后母问她去哪里?怎么不打招呼?外面这么乱,家里急死了。可是张爱玲不说,后母很生气,就打了张爱玲一记耳光,张要还手,但被拉住了。这时她的后母开始又哭又闹,指责丈夫怎么教导的女儿。张爱玲的父亲很不高兴,就把张爱玲关在房间里。张爱玲很愤怒,愤怒的是父亲站在后母那边,于是就在房间里大哭大

---

① 张爱玲:《私语》,载《张爱玲文集》第 4 卷,合肥:安徽文艺出版社 1992 年版,第 106 页。

闹,把所有玻璃都打碎了,不断蹬门,这些镜头在《半生缘》等作品中我们都见过。在张爱玲的小说中间没有爱情,但是在生活中她又追求爱,而且是如此地执著,这样的矛盾状态,使我们必须追寻张爱玲到底是什么心态。我认为张爱玲小说中无爱的世界是她现实中追求爱的另一种阐释,是她现实生活中追求情感而产生的困惑和疑问的情节化和故事化。无爱的世界却夹杂着有爱的焦虑在她的小说中间就出现了浓厚的苍凉感。

20世纪中国文学中最早对爱情画上感叹号的应该是丁玲。丁玲在她的《莎菲女士的日记》中提出了"真的爱情"的概念。可是丁玲对爱情的探索浅尝辄止,她很快转向革命小说的创作。之后,40年代"新浪漫主义"作家们又提起了这样的话题。真正对爱情全面地阐述并产生重大影响的还是琼瑶的小说。琼瑶认为人世间不但有爱情,而且有着那些撕心裂肺的爱情。她画的是爱情的惊叹号。对爱情提出问号,总是能得到高度评价,因为人们在其中似乎能够挖掘到更多的文化内涵,所以张爱玲的小说好评如潮;对爱情提出感叹号,却总是被认为浅薄,认为是脱离社会,是在做梦,所以琼瑶的小说评价不高。这是不公平的,因为无论是美学价值还是文学史价值,琼瑶的小说都应该被充分肯定。

琼瑶小说的美学价值,我认为有四个方面值得一说:

琼瑶小说宣扬"性格决定爱情"的爱情观念。这种观念宣扬的择偶标准不是金钱,不是社会地位,不是显赫的家庭,也不是迷人的外表,而是一种与自己相投的性格,用当今流行语言来说,就是"是否来电"。以这样的标准选择的爱情在别人看来也许非常怪异,难以接受,但是却投我缘,活得舒畅。根据这样的标准,也就不论对方是老师还是学生,是有夫之妇还是有妇之夫,只要性格相投爱情就有可能产生于其中。江雁容和康南相爱根本就不考虑是学生还是老师的身份;结婚后的江雁容始终想念着康南是因为与眼前的这个丈夫始终性格不投;最后,江雁容又与康南相见了,这对有情人是否会成眷属呢?看来也不会,因为康南身上那种吸引她的性格特征已经没有了,肮脏、委琐、酒气熏天的康南给江雁容带来的只是同情,而不是爱情(《窗外》)。杜小双与性格变得怪异的卢友文离婚了,但她就是不愿嫁给在旁死死苦等的朱诗尧,坚信自己终会和卢友文破镜重圆(《在水一方》)。性格好坏的标准不是社会舆论,不是别人的看法,而是自己。琼瑶自己说过:"我从不解释我的小说,但这一点我要说明:许多(不是全部)悲剧都是自己的性格造成的,聪明的人驾驭感情,愚笨的人为感情所驾驭,而愚笨的人总比聪明的人多。"①琼瑶的小说是言情的,但不是泛情的;是讲究一见钟情的,但不是见义忘情的,因为性格决定了感情。

　　琼瑶小说总是写一个女人和几个男人的故事,是多角恋爱的模式。中国传统的言情小说很少有多角恋爱的。多角恋爱是1930年张恨水的《啼笑因缘》创造的,之后,多角恋爱的言情小说开始流行文坛。琼瑶的小说同样是写多角恋爱。与众不同的是她小说中的多角恋爱的中心不再是男性,而是女性。以男性为中心的多角恋爱,女性处于被动的地位,或者被接受,或者被抛弃,爱情的悲剧往往表现在功利性污染了纯洁的感情,从而产生对感情的赞美、对功利性批判的阅读效果;以女性为中心的多角恋爱,女性处于主动地位,付出与索取并存。她的恋爱过程有情感的付出,或者是错误的付出,或者是正确的付出,不同的付出有不同的效果。但是错误的付出之后却还可以索取回来,因为主动权在女性手中。这样的角色变换最为积极的效果是给她的小说带来了女性的现代意识。另外,它还给琼瑶小说带来了两大阅读效果,一是小说中的爱情波折往往表现为感情的磨难,经过磨难后的感情再得到某种归属,感情就显得更加纯洁和可贵。事实上这就是琼瑶设计故事情节的常用手法。在多角的恋爱线索之中必然有数角是写感情磨难的,在数角的感情磨难衬托之下,那正确的一角必然是让人读得荡气回肠、唏嘘不止;二是女性的情感世界得到了充分的释放和细腻的表现。那种隐秘的、奔放的、迟疑的、热情的、悲痛欲绝的、激动人心的,女性的情爱心理和情爱生活伴随着曲折的故事情节,在琼瑶小说中得到了最生动的展现。

　　琼瑶小说是言情的,但决不写性;对爱情的追求是执著的、坚韧的,但却

---

① 转引自古远清:《台湾关于"琼瑶公害"的批判和"三毛伪善"的批评》一文,载《通俗文学评论》1994年第2期。

是含蓄的、温柔的;人物的观念是现代,甚至是前卫的,但故事往往在一个传统的大家庭中展开。在现代和传统之间琼瑶非常准确地控制着一个度。这个"度"使得琼瑶小说既有现代气息而又不违背传统。在《我的故事》中,琼瑶说:"我想,在我的身体和思想里,一直有两个不同的我。一个充满了叛逆性,一个充满了保守性。叛逆的那个我,热情奔放,浪漫幻想;传统的那个我,保守矜持,尊重礼教。"琼瑶"身体和思想里"的两个"我",恰如其分地在她的小说之中交融,而且我们看到那个叛逆的"我"是显性的,那个保守的"我"是隐性的,隐性的"我"支配着显性的"我"。我们看到的琼瑶小说恋爱和感情实际上是分开着的,恋爱是可以多角的,但感情却是一角的;恋人的身份是毫无顾忌的,但感情的真挚是必须的;男女主人公也许并不能终成眷属,给小说留下遗憾,但男女主人公的感情一定会有一个落实,无论满意不满意最后总有一个交代,从一定程度上说,磨难的感情是以喜剧告终的。看似热情奔放、浪漫幻想的琼瑶,骨子里是保守的。

琼瑶的小说是"诗意小说"。人物是理想型的。男主人公都有英俊的外表、坚韧的性格和宽广的爱心;女主人公无论是泼辣或含蓄,其内心都是温柔的,都有丰富的感情世界。环境描写是有意境的,无论是现代的、古典的,室内的、室外的,自然景观、人文景观,都很整洁优美,而且都与人物感情的起伏相协调,很有韵味。书写的文笔充满了诗情画意,不仅小说的名称诗意十足,就是叙述语言、人物语言也满是诗画气息。这种风格给琼瑶小说带来了正负两面的效应。从正面看,说明作家有很高的中国文学修养;从负面看,使她的小说减少了叙事作品应有的生活气息,而生活气息的减少,小说的现实社会性自然就不够了。

具有这样的美学价值的琼瑶小说在文学史上具有什么样的价值呢?

琼瑶小说在海峡两岸的出现都有它积极的历史意义。琼瑶的小说出现在台湾的20世纪60年代初。50年代的台湾文坛相当僵化,统治文坛的是一些歌颂国民党政府、反对大陆的"政治文学"。把这个僵化的文坛软化下来主要是两种力量,一个是以余光中为代表的"现代文学"作家,他们将西方的现代文化与中国传统文化相结合,创作了大量的诗歌、小说,给当时的台湾文坛吹进了一股清风,这是横向的冲击。但是不要忘记还有一批作家是股纵向的冲击力量,他们将中国传统的大众文化现代化,他们是把"政治文学"消解掉了,同样也软化了50年代的台湾文坛。在这股力量中,琼瑶小说扮演了重要角色。历史意义几乎相同,琼瑶小说70年代末80年代初来到中国大陆,同样对当时中国文学的僵化起到了软化作用。我们这一代人在接受情感教育的时候,都是讲阶级情操高于血缘关系。现在突然看到琼瑶小说,就会感到,原来世界上还有这样生动、感人的情感,就如甘露点滴在干涸的心田,觉得很滋润。这是琼瑶小说在当时特别流行的一个重要原因。

从大陆的文学背景中看,琼瑶小说同样具有积极意义。1949年以后,中国小说在写爱情问题时,从来都是将感情放在和革命对立的状态上,50年代著名的小说如《红豆》(宗璞),写的就是革命和爱情的选择:齐虹带女孩子去美国,女孩子不肯去,要去游行,游行代表了革命,齐虹代表爱情,最后结局一定是革命战胜爱情。这种对立直到《青春之歌》时登峰造极。林道静身边的男人分为两派,江华代表革命派,余永泽是代表学问派。《青春之歌》强调的是只有革命才有真正的爱情。虽然后来八九十年代中国的情爱小说不乏佳作,但是从正面角度表述爱情内涵的也就是琼瑶一个。王安忆最初对爱情还持肯定的态度,但很快就又否定了它。在1980年完成初稿的《荒山之恋》中,王安忆还写爱情是真正的两情相悦,1986年的《小城之恋》又写爱情是互相征服、互相依存和互相慰藉,没有感情了。紧接其后的《锦绣谷之恋》中就干脆写起精神恋爱,爱情就像一个短暂的梦。我们再把视角推到眼前。陈染、林白告诉人们爱情就是一种感情,而且这种感情是自己一个人的。林白说:"一个人的战争意味着一个巴掌自己拍自己,一面墙自己挡住自己,一朵花自己毁灭自己。一个人的战争意味着一个女人自己嫁给自己。"(《一个人的战争》)陈染对这样的意思作了明白的解释:"也许,我还需要一个爱人。一个男人或一个女人,一个老人或少年,甚至只是一条狗。"(《私人生活》)爱情就是感情的自我满足,至于对象是什么,这并不重要。池莉干脆将感情和生活区分开来,在她小说中感情和感情的内涵是分开的。感情是可以谈的,但这仅存在婚前很短的一段时间里,一进入生活,还在奢谈感情,那是十分可笑的。爱情是什么,爱情就是有一个完整的家。《烦恼人生》中印家厚说:"所谓家,就是一架平衡木,他和老婆摇摇晃晃在平衡木上保持平衡。"要使这个家得到平衡,就要平安地怀孕、生子、育子,就要舒畅地上班、下班,就要得到好房子,过上好日子。在池莉那里,爱情得到了最实在的落实。对陈染、林白和池莉的追求,卫慧和棉棉们肯定是觉得太迂腐和太俗气了。在她们看来世界上根本就没有什么爱情,只有一种欲望,是一种本性。"我的身体如果能迅速接受到一个男人身体的信息,那就表明我要这个男人。我不知道我的要到底指哪些具体的东西,我只知道全部的我在为之振奋,感觉就像是上了一辆冰淇淋做的小汽车。"(《糖》)既然是一种欲望,那就和人的吃喝拉撒睡一样很自然,就和人的生老病死一样很正常。既然是一种欲望、一种本性,也就不必那么认真,不必那么累人。只要有需求,那就满足它,至于用什么方式,那是不重要的。很显然,卫慧和棉棉们的情爱观不仅剥离了社会因素,而且剥离了感情因素,只剩下生物属性和自然属性了。

就生活的挖掘程度来说,这些作家作品都比琼瑶的小说深刻,她们不仅仅是表述爱情,还在爱情之中阐释人生,阐释文化,爱情生活只是一种题材,根本的目的还在于对人生和文化的阐释上。琼瑶小说的思路正好相反,她也写人生,写文化,但根本的目的是写爱情。她从正面明确回答爱情是什么。她认为"真的爱情"是有的,而且是美好的。她认为爱情是一种真实的感情,而且是纯洁的。她认为爱情是要经过磨难的,而且经过磨难后的爱情的价值是超乎一切的。她的这种爱情诉求对很多人来说,觉得像梦一般,觉得苍白无力,但是她却满足了人们对爱情是什么的心理探求,满足了人们"真的爱情"的美好模式的心理期待,满足了爱情遐想的浪漫情怀。所以说,琼瑶小说真正的价值是对读者心灵的慰藉,而不是现实生活的指导。

二十三

《上海宝贝》、《糖》、《乌鸦》

上世纪末和本世纪初,卫慧的《上海宝贝》、棉棉的《糖》、九丹的《乌鸦》在社会上广为流传。可是,与读者的阅读热情相比,评论界却显得相当冷漠。这些作品刚一露脸,众多评论家就用"身体写作"的封条将它们打入了"冷宫"。其实,任何一部文学作品的内涵都不能一言以蔽之,况且这些小说在这个时期出现自有它们的文化背景和文学渊源,其中所反映出来的一些观念上的问题很值得我们深思。

卫慧在《上海宝贝》中显然是想说明一个问题:什么才是真正的女人。在作家看来真正的女人应该是身心都得到满足的女人。倪可身边有两个男人,东方男人天天是她的男朋友,没有正常的性能力,行为乖僻,但是感情细腻,可以看做倪可感情的符号;德国男人马克是她的情人,身材魁梧,行为粗鲁,但却直截了当,可以看做倪可身体的符号。对于天天,倪可"天天"少不了他,不管行为如何放肆,如何出格,她对天天的感情始终没有变,至死不渝。但是,天天只能给她感情上的慰藉。马克成为她生活中不可缺少的一个组成部分。倪可常常抗拒马克的诱惑,但每次都是情不自禁地迎合他。

为了说明身心的健全对一个女人来说多么地重要,作家还设计了另外两个女人的感情生活,马当娜(麦当娜,性感的象征?)只追求身体的满足;朱砂(贞洁的象征?)的婚姻之所以破裂,是因为她只要求感情的满足。这两个女人感情生活的残缺衬托出倪可感情生活的健全。但是现实生活中"健全"的生活是难以实现的,小说的最后,天天死了,马克走了。这样的结局意味深长。

《上海宝贝》是"健全女人"的正面展示,棉棉的《糖》则将这样的展示建立在挑战的姿态中。小说的 A 章劈头就是这样的话:"父亲为什么会把我逼到蒙娜丽莎面前,而且给我听交响乐?我想这是那种叫做命运的东西。"对蒙娜丽莎,小说中的"我"似乎特别的仇恨,小说这样说:"她的眼睛,就像一场正在发生的车祸;她的鼻子,是黑暗发出的一道命令,是黑暗里笔直的梯子;她的嘴角,是灾难的旋涡;这个女人几乎没有骨头,除了她的眉骨,她光秃秃的眉骨,是无所不在的嘲讽;她的衣服,是一个能把我拐走的大伞,还有她的腮,她的手指,毫无疑问像腐烂尸体的一部分。"蒙娜丽莎是"公认"的经典美,父女俩对其却有不同的态度。父亲是长辈,是一个男性,"我"是受制于父亲的晚辈,是一个女性。从各自的社会地位与性别出发,我们就对上述的描述有了进一步的解读:这是一个处于弱势地位的女性向处于强权地位的男性所规定的美的秩序的挑战。对美的秩序的挑战还集中在男性需求、女性禁忌的性和性爱的规范上。小说认为贞洁是一种虚伪的东西,性是根本不需要爱的,19 岁的"我"将自己的贞洁给了酒吧里的"他",连他的名字都不知道。性也就是一种需求,它不属于别人,而是属于"我"的,"我"的付出是"我"的需要,"我"可以给一个人,也可以给很多人,甚至只给"我"自己:"对着镜子或桌子随时随地玩着自己的身体,我并不是想了解,我只是想自己跟自己玩。"与这一挑战相匹配的是强烈的女性意识。这种女性意识表现在两方面,一是对自己的认识:"我天生敏感,但不智慧;我天生反叛,但不坚强。我想这是我的问题。我用身体检阅男人,用皮肤思考……";二是对男性权力的消解和调侃:"那时我认为比男人更容易在婚姻里寻找到保障。现在我认为男人都是孩子,永远不要把男人和自己的命运搞在一起,只管欣赏他的存在就行了。""我认识的男人百分之九十九很无聊,那百分之一中有百分之九十九有女朋友。"

女性意识在九丹的《乌鸦》中向生存的方向发展。《乌鸦》中有一个情节很有意味。小说中的"我"准备做妓女的时候,芬要求"我"与她一起去教堂,去寻求"片刻的解脱"。她们之间有这样一番对话:

> 我回身看她,她一脸的泪痕。我轻轻说道:"你要我去的地方果真是我们的地方吗?"
>
> 我说了这一句,她就愣住了,沉思着。一会儿,她又说道:"既然教堂不是我们的地方,那你现在去哪里?"
>
> "去我该去的地方,那才是我们的地方。"

什么才是"我们的地方"呢?那就是妓院。"教堂"代表着纯洁,但它却是虚幻的;"妓院"代表着肮脏,它却是现实的。"教堂"不能换成钱,"妓院"却能,有了钱就能在这块土地上活下去。强烈的生存压迫感是这部小说传达出来的信息。没有友谊,没有温情,没有怜悯,只有实实在在的毫无掩饰的生存本能。这些生存本能包含着很多既有的道德标准所鄙视的邪恶和不齿,包含着既有的人生目标所憎恶的堕落和沉沦,然而,作者将这些生存本能移植于异国他乡,移植于一群毫无背景的女孩的个人奋斗史中,移植于沉重的生存压迫之中,似乎在为其存在的合理性寻找一些解释。

如果一般地翻一翻这些小说,感受到的只是浓浓的咖啡气息和怪怪的肾上腺素的味道。如果再仔细地阅读,就会发现仅仅用"身体写作"加以概括似乎太简单了些,严格地说,它们应是"身心写作"。

这些小说确实有一定的思想内涵,但是它们面世之后为什么受到大多数读者的鄙视和批评呢?首要原因是作家在性的描写上出了问题。小说中性的描写不是不可以存在,关键在于怎么去写,如果仅仅停留在动作行为的层面上,渲染的只是动物性,那是很鄙俗的;如果提高到文化层面和精神层面上,强调文化性和精神状态,那就有了美学价值。性的禁忌确实是几千年来对女性的一种束缚,特别是在中国这个东方古国里。既然是描写女性意识的小说,小说中性的描写不是不要,而是不能缺少。但是这些小说表现出文化性和精神状态的性的描写实在太少,而那些停留在动作层面上的性描写实在太多。有些描写是不必要的,如女性的一些性的生理特征和一些性行为的具体描述,它们没有什么美感,反而令人恶心,但是作者却不厌其烦地津津乐道。这些描写极大地冲淡了小说的思想表达和感情抒发。她们小说中性的描写受到很多人的批评,这里不加赘述。

问题还出在人物形象的塑造上。这三部小说毫无例外地都写了"另类人物"。

卫慧说,她写的是一群"新人类"的生活。"我的本能告诉我,应该写一写世纪末的上海,这座寻欢作乐的城市,它泛起的快乐泡沫,它滋长出来的新人类,还有弥漫在街头巷尾的凡俗、伤感而神秘的情调。"这段文字中有几个关键词特别重要:世纪末、新人类、凡俗、伤感而神秘的情调。这部小说写的就是一些"新人类"在"世纪末"演绎的人生片段,追求的就是"凡俗伤感而神秘的情调"。这些"新人类"由"真伪艺术家、外国人、无业游民、大小演艺明星、时髦产业的私营业主、真假另类、新青年"组成,他们似乎都有人生的创伤,但绝对富有;他们游移于公众的视线以外,自己形成一个圈子;他们的绝对人数并不多,但始终占据着城市时尚生活的绝对部分。由于他们的生活就是展现欲望和享受欲望,行为的注脚是人生苦短和及时行乐,这样的生活片段自然就洋溢着"世纪末"的情绪。又由于他们只对自己负责,与社会无关,对小圈子负责,与公众无关,他们表现出来的自然是"凡俗伤感而神秘的情调"。

《糖》中的"我"自认是"问题女孩",男主人公赛宁是一个"问题男孩"。他们毫无顾忌地酗酒,不计后果地吸毒,也不问底细地同居,因为"我们都来自破碎的家庭,我们的童年都极为阴暗,我们的书都念得不好,我们小时候都没有什么孩子理我们,我们的哮喘病都差点要了我们的命,我们长大后都不愿过父母给我们安排好的生活,我们都没有什么理想,不关心别人的生活,我们都有恋物癖,我们的家长都因为我们小时候吃过很多苦而特别宠爱我们,我们都没有音乐就不能活"。

《乌鸦》中的人物表现更多的是所谓的"生存技巧":眼泪伴随着谎言毫无顾忌地倾诉而出,"我"的父亲一会儿是外贸局的干部,一会儿成了省委书记,"我"也就成了一个高干子女;"我"一会儿怀孕,一会儿又要结婚,"我"又变成了一个楚楚可怜的弱女子。尊严为了金钱可以全部卖出,"乌鸦"也好,"小龙女"也好,甚至是杀人,只要有钱,只要能在这块土地上永久活下去,一切都在所不惜。"你知道吗?新加坡把我们这些从中国来的女人叫做小龙女,小龙女就是妓女。但是我想,只要成为有钱人,只要换了身份不回去,被叫做什么又有什么妨碍呢?""他就是让我杀人放火也比回去强。"利益的驱动使得她们不择手段地互相倾轧,为了挤兑芬,"我"明明接到了滚下桌的花瓶,也撒手让其摔碎,尽管芬是最早帮助过"我"的人;为了更好的经济来源,"芬"偏偏要夺取"我"的位置,尽管"我"在芬最困难时帮助过她;为了得到钱财,小兰可以联手出租汽车司机偷盗"我"的皮箱,尽管她也知道从此"我"将一无所有;为了达到长期生存下去的目的,"我"甚至可以成为别人杀人的工具,尽管被杀者曾经给予自己极大的帮助。

"另类人物"不是不可以写,但是"另类人物"的表现应该建立在深度的思想表现上。19世纪俄罗斯文学中的"多余的人"与主流社会和主流思想情绪格格不入,是当时的"另类人物"。他们以自己的人生追求以及这种追求不得实现的"原罪忏悔"打动着读者,使人们对主流社会和主流思想意识的合理性产生怀疑。郁达夫的《沉沦》等小说中的人物同样是些"另类人物",同样追求的是身心健全的人性,他把这种追求建立在呼唤祖国的强大和感叹现有的弱国子民的生活上。《上海宝贝》等三部小说要表现健全的女性意识,缺少的就是对这些社会问题的思考和人生价值的探询,于是"女性意识"也就剩下"女性"的"意识"了。

更重要的是,当失去了社会意义和人生意义之后,他们那些行为的自私性也就表现了出来。《上海宝贝》和《糖》中的女孩或者是"白粉女",或者是卖淫女,她们在舞台上跳来跳去为了表现自己,在大饭店里窜来窜去为了出卖自己。她们的性格无一不是"歇斯底里型",追逐"我爱"是歇斯底里,损害自己也是歇斯底里。疯狂的思想、疯狂的行为,构成了一个以自我为中心的疯狂的"女性世界"。更无价值的还有她们身边的那些男孩。男主人公都出生在一个破碎的家庭,却有着富足的经济来源,他们有着"一张天使般的脸",却有一颗脆弱的心,他们的语言和形态同样残缺而偏执。他们毫无例外地成为女性的附属品。最令人难以接受的是《乌鸦》。小说中的"我"竟然发表了这样的言论:"真想在这里长久地住下去,即使回去,也只是衣锦还乡,小住几日而已。在亲朋好友的眼里我永远是一个神话,一个公主,即使他们常年见不到我,但他们知道我在新加坡,是在一个文明高度发达的国度里,他们的心里就会很温暖,就会像有一缕阳光始终照耀着,真不想让他们失望啊。我们在这里失去尊严就是要在那边得到更多的尊严。"他们寻求的是一份能在自己的同胞面前获得的一份虚荣,追求的是在自己的同胞眼里"神话"的位置、"公主"的位置和"阳光"的位置。在外国人面前丢弃了一切,目的是要在国人面前抖擞,怎么不引起人的厌恶呢?作家自己说:"可以说《乌鸦》就是一本关于罪恶的书。"①此话其实并不是虚的。这样的女性意识又有多少代表性呢?这样的男人又有多少能力当得起男权意识呢?在他们身上发表女性宣言、消解男性权力,是不是太沉重了。

  小说仅仅表现人的生物性、另类性和自私性自然是要受到批评,但是责任能让这三位作家承担么?那是不应该的。在我看来,造成这种创作倾向形成的责任人首先应该是20世纪90年代以来中国小说界所奉行的"中心消解、边缘耀眼"的创作理念。经过80年代的呐喊和喧嚣之后,90年代中国的小说从主流意识领域大踏步地后撤,追求所谓的人性的本我和边缘生活的描写。在写人性本我的旗帜下,个人的欲望和隐私、人的动物性和自私性在90年代的小说中前所未有地大面积表现着;在写边缘的创作思维中,民族的"秘史"和人的日常生活等另类性的描述也在90年代的小说中前所未有地表现着。这样的小说背景自然是琐碎和灰暗,文风自然是自恋和自语。在这样的创作潮流下,高明的作家会架构一个曲折的故事情节,在人性

---

① 九丹:《一本关于罪恶的书——与友人对话》,载《乌鸦》,武汉:长江文艺出版社2001年版,第1页。

的"扭曲"、"承受"、"迸发"等问题上做文章;不高明的作者就干脆出卖"自我",出卖"隐私"。卫慧等人就属于后一种。高明者和不高明者的差别不在创作理念上,而在表现形态上。小说当然不是政治思想的启蒙书,也不仅仅是历史伤痕的记录或者自省书,小说是人学。既然人有生物性,人有自私性,人也有边缘性,写人的生物性、另类性和边缘性无可厚非。但是人绝不仅仅是生物性、自私性和边缘性,他还有社会性、集体性和中心意识。仅仅迷恋于人的生物性、自私性和边缘性的表述,摆出一副拒绝崇高、拒绝权威、消解中心、消解启蒙的姿态,这实际上是很不健全的,这种创作倾向本身就是一种"偏食"。"偏食"就会害病,卫慧等人的小说就是例证。

卫慧等人的小说是20世纪90年代中国大众文化思潮的重要表现,而这些小说在这个时期出现则与80年代后期在中国兴起的女性主义文化思潮和法国作家玛格丽特·杜拉斯(Marguerite Duras)《情人》的风靡有着极大的关系。

与20世纪初妇女所追寻的"社会解放"不同,20世纪80年代后期兴起的女性主义追寻的"性别解放",是以男性作为参照系追寻性别的独特性和性别的平等性,它的核心词是"社会性别"(gender)。这种以"社会性别"为中心的女性主义文化思潮自20世纪80年代后期一进入中国本土就受到了很多女性评论家的追捧,并很快地向各个学科蔓延。女性创作占重要地位的文学学科自然就成为女性主义重要的实验地。在这样的文化背景下,杜拉斯的《情人》又提供了一个绝佳的文本模式。杜拉斯在1984年出版的《情人》中说:"有的时候,我也知道,不把各种事物混为一谈,不是去满足虚荣心,不是随风倒,那是不行的,在这种情况下,写作就什么也不是了。我知道,每次不把各种事物混为一团,归结为唯一的极坏的本质性的东西,那么写作除了可以是广告以外,就什么也不是了。"[①]写作不是宣扬思想道德,不是文化启蒙,它只是"广告",是宣扬自己、介绍自己。在这样的创作观念支配下,杜拉斯写了她作为一个女人的情感、一个女人的性和一个女人深藏于

---

① 杜拉斯:《情人》,上海:上海译文出版社2002年版,第9页。

心底的那个情人。杜拉斯的《情人》在欧洲刮起了强烈的旋风。这股旋风飘洋过海,在中国吹刮的结果就是文坛上出现的那些"女性主义小说"。尽管她们写得没有《情人》那么感情炙烈,难以使人灵魂战栗,但她们都在写自己的"广告",写一个女人的感情、一个女人的性和一个女人深藏于心底的那个情人。

来自西方的文化思潮和文学文本给中国文化观念和文学创作带来了新鲜感,具有很强的冲击力,但却面临着一个重大问题,那就是怎样本土化。女性主义要想在中国土地上扎根,它必须解决两大问题,一是传统文化中的女性观念,一是思想观念中的女性角色。传统文化中的女性观念有很多腐朽、落后的道德标准,给中国妇女带来了极大的伤害,但是它从社会分工的角度上强调男女的社会责任和家庭责任的协调性,还是具有合理性的。女性主义要想说服中国读者,除了要对传统文化中腐朽、落后的道德标准进行批判之外,还必须解释怎样才是合理的男女性别的社会分工。自"五四"以来,中国妇女解放的思想观念一直就有很强的社会意识,"只有解放了全人类才能解放自己",一直被视为中国妇女的解放道路。可是女性主义偏偏是消解的理论,它要消解既有的启蒙意识,也要消解既有的社会意识。存在于中国文化观念和思想观念中的这两个问题都不是西方现有的女性主义理论所能解决的,更不是仅仅介绍一些西方女性主义概念所能解释的。由于不能解决女性主义本土化的问题,女性主义在中国就被简单化了。西方众多的女性主义流派和丰富的女性主义理论多数都被忽视了,只剩下了一个性别问题留在人们脑海里,好像女性主义就是女权主义,女权主义就是要求女性的性的权利,要求女性的性的权利就是男人做到的女人也可以做到。女性主义在中国的简单化不仅影响了女性主义理论在中国的健康发展,也将女性主义的小说引入了误区,好像女性主义的小说就是女权主义的小说,女权主义小说就是从女性性别特征中追求女性健全,女性的健全就是对男性性话语霸权的挑战和女性性欲望的展示。如果将陈染、林白和卫慧等人的小说与这些中国女性主义的表现进行比较就会发现,它们基本上是一致的。它们强调的是女性性别特征,描写的是女性的性意识,表现的是女性的自恋情绪。为什么人们对陈染、林白的小说给予更多的容忍,而对卫慧等人的小说给予更多的指责呢?这与小说的表现形态有关系。陈染、林白的小说是女性意识感情上的自恋,卫慧等人的小说是女性意识行为上的表现,前者含蓄,后者嚣张,虽是同一种文化理念,嚣张的表现形态总是给人留下偏激的印象。所以说,卫慧等人的小说就是中国女性主义简单化的思想观念在文学上结出的果。这些小说被人们批评,其文化责任的承担者应该是那些不能解决本土化问题的中国女性主义思想的启蒙者。

杜拉斯的《情人》有着高超的写作技巧。自传体的自叙和故事情节的叙述使得小说始终介于真实与虚构之间;"我"的故事、情节故事和小说中的"小说"使得这部小说具有三重生活空间;"现在型"的叙述和"回溯型"的叙述构成了现在和过去的时间交错;我、他、她的叙事角度形成了多维的叙事纬度。卫慧等作家努力地学习和模仿着这些写作技巧。应该说她们学习、模仿得还不错,特别是卫慧的《上海宝贝》,《情人》中的写作技巧在这部小说中都有所表现。但是这些都是有形的东西,这部小说深刻的思想卫慧等人却没有真正悟到。《情人》写了一个法国少女与一个中国男人的情人关系,写了一个女孩子对性的追求,描述了女性的性感受,但是这些描述绝不是最终目的,它只是一个过程。小说的真正目的是通过这些描写达到对生命的追求、生命的感受和生命价值的表达。小说写了女孩子的情人,也写了女孩子小弟弟的死、母亲在生活绝境中的挣扎、女孩子特有的生活幻想和自伤自悼的情感,时而欢乐,时而悲怆,性、情、死亡、挣扎、幻想和悲伤,这些人类的情感混杂在一起,在小说中滚动,奏响了一部很有感染力的生命交响曲。其实,那个情人究竟是不是一个实体,作者都无法肯定。"这少女直挺挺地站在那里,好像这次该轮到她也纵身投到海里自杀,后来,她哭了,因为她想到堤岸的那个男人,因为她一时之间无法断定她是不是曾经爱过他,是不是用她所未曾见过的爱情去爱他,因为,他已经消失于历史,就像水消失在沙中一样,因为,只是在现在,此时此刻,从投向大海的乐声中,她才发现他,找到他。就像后来通过小哥哥的死发现永恒一样。"①情人只是永恒的生命之中的一个组成部分,他只是一个过程,有没有这样的实体是并不重要的。令人遗憾的是,卫慧等中国作家们没能看到《情人》深层的生命含义,而是将《情人》实体化。停留在《情人》的实体上,不写性、性的感受又能写什么呢?

---

① 杜拉斯:《情人》,上海:上海译文出版社2002年版,第75页。

二十四

休闲娱乐、自然人性和模式化

通俗小说受人批评最多的就是追求休闲娱乐、表现自然人性和美学上的模式化。在这一讲中我将阐述我的观点。我从两个方面论述:一是通俗小说的休闲娱乐、自然人性和模式化究竟具有什么样的内涵;二是我们应该怎样论定。

有一个观点必须更正,那就是通俗小说仅仅是一种休闲、娱乐的文学,仅仅是写那些社会时尚、颓废文化、家庭伦理、日常生活的"软性生活"的小说。不错,休闲、娱乐是通俗小说重要的美学原则,"软性生活"是通俗小说重要的创作素材。但是通俗小说所表现的美学原则和素材绝不仅仅是这些,它还是中国近百年来重大社会问题和历史事件的记录者和文学的表述者。以抗日战争为例,1949年以前通俗文学作家创作的"抗战小说"要远远超过新文学作家。张恨水直接将抗战作为主要素材的作品近十部,涉及抗战生活的作品数十部,他是1949年以前写抗战小说最丰的作家。这个问题我在前面讲"抗战小说"时已经讲过。除此以外,"五四"运动、上海等地都市社会的形成以及中国工商业的整合和兴起、军阀战争、反饥饿、反内战等等,这些新文学作家很少直接描述的生活,1949年以前的通俗小说作家都有着大量的作品。当代通俗小说同样是以反映重大的社会问题显示其特色。1991年曹桂林的《北京人在纽约》出版,接着引发了"域外小说"创作热,这些小说的创作素材正是基于当时中国大陆重要的社会现象:"出国热"、"洋淘金热";紧接着一大批工商小说和刑侦小说登上文坛,它们是中国大地掀起商业大潮和开展"严打"活动的文学表述;20世纪90年代中期之后,在反映社会重大问题的通俗小说中有两类作品相当走红:一类是对中国20世纪80年代以来农村改革进行思考的小说,如冯治的纪实小说《中国三大村》;一类是对中国官场体制进行思考的官场反腐小说,如陆天明的《苍天在上》等小说、阎真的《沧浪之水》等小说、王跃文的《国画》等小说。通俗小说紧跟着中国改革开放的历史进程,对中国改革过程中的一些深层次问题展开了思考;到了世纪之交,通俗小说创作中的一些文化小说展现了出来,一方面是对中国传统的伦理道德展开思考,这类思考主要表现在那些表现家庭伦理生活的作品中,家风以及家庭成员间的纠葛、中国式离婚和结婚、第三者和婚外情等等都在叩问着中国人的道德价值和道德底线,另一类是在中外文化的对比中评价中国文化的得失,这类小说往往出自具有外国生活背景的作家手中,如虹影、戴思源、卢新华等人的作品,这些文化小说都呼应着跨世纪前后中国精神界对中华民族精神本源的思考。可以明确地说,90年代以来中国大陆的通俗小说是随着中国文化、政治、经济的演变而演变,相当及时地表现出急遽变化中的中国社会生活。如果我们再从此时中国雅小说状态的角度思考,这些通俗小说就更具有社会价值。90年代以来中国大陆的雅小说在社会价值的坚守中大踏步地后退,所谓的消解崇高、消解权威,所谓的"新写实"、"新历史",不管是怎样的自我欣赏,都是对社会价值的回避,甚至放弃。社会价值的追求是"五四"新文学以来中国雅小说最重要的特色之一,到90年代却让位给了通俗小说,实在是意味深长。

另外,文学的本质是什么,在我看来就是休闲娱乐,它本身就是人们精神中的一种需求,一种调剂。要求文学作品承担宣教的任务,实际上是将其他领域里的事叫文学来做。我这样说并不是否认文学作品要表现健康向上的文化精神,也不是要割裂精神文化的那种割不断的联系,只是强调文学应该有的本分是什么,强调由于表现休闲娱乐的精神情感就受到指责是有违文学的基本性质的。

本来中国小说的雅俗之别只是形式之分,但是20世纪文学的雅文学是在接受西方文化之中形成的,于是20世纪中国雅俗小说的美学标准也就有了新的变化。这个变化的核心是人物在文学作品中的位置如何。

如果把人性分成自然人性和社会人性的话,通俗小说显然侧重于自然人性。武侠小说无论是争霸、夺宝,还是复仇、情变,都与人的好强争胜联系在一起;侦探小说无论是侦破模式,还是反侦破模式,揭示的都是生死之谜;社会小说无论是调侃讽刺,还是揭露黑幕,都是要满足人们的正义感和好奇心;言情小说无论是棒打鸳鸯各分两边,还是"有情人终成眷属",都是引发人们对爱情的畅想;情欲小说无论是训诫还是赤裸裸的描述,都是煽动人们的性的冲动……这些自然人性雅小说不是不写,但雅小说的作家们总是努力地将它们从自然的层面上提升到社会的层面上,写观念意义上的人性。生态意义上表现人性和观念意义上表现人性,通俗小说与雅小说有了一个相对的分界点。我举两个例子说明。《断魂枪》是老舍写的一部江湖题材的小说。这部小说写到了江湖人士,写了"五虎断魂枪",写了武术的套路,但是这部小说却不是通俗小说,因为它不是写争强好胜等自然人性,而是写一个时代过去了,写这个时代中的江湖人士的失落和孤独,写这个时代中武术只能是杂耍的玩意或者用来关起门孤芳自赏而已。作家只不过借江湖题材写了他的一个社会观念和人生观念。一个作家对相同的题材做出不同的表现,小说也就分成不同的类型。无名氏(卜乃夫)同样是写爱情,在《北极风情画》和《塔里的女人》中是对爱情的诠释,它始终畅想在感情的空间,这样的小说就是通俗小说;而在六卷本的《无名书稿》中,他也写了爱情,却把爱情引入了哲学和宗教的空间,作家是通过爱情来阐释他的精神信仰,这样的小说就是雅小说。

自然人性建立在人的本能的基础上,因此通俗小说具有人性的普遍性。这种特色使得通俗小说可以辐射到社会人群中的各个阶层。无论是什么社会身份,有什么特殊的人生历程,他都会从通俗小说中得到某种阅读快感。举个例子,通俗小说就像大卖场,东西并不高贵,但是品种齐全,价格便宜,无论什么买主都会从中找到自己所需。金庸小说上至领袖人物,下至平头百姓,在社会各个阶层都有广泛的阅读面,原因就在于金庸小说与自然人性紧密相连,只不过不同的读者有不同的感受而已。社会人性建立在人的思想层面上,因此雅小说具有人性的思维性。人的思维性具有社会色彩和个人色彩,雅小说的阅读面也就和读者的社会层面、观念层面联系了起来。同样举例说明,它就像商品的专卖店,其商品虽然贵些,但是款式新颖质地优良,它很受一部分消费者的欢迎。鲁迅的小说在市民阶层大概少有市场,但为知识阶层津津乐道,其道理也就在这里。自然人性单纯直观,与读者是零距离,因此,通俗小说的阅读快感往往产生于阅读之中;社会人性复杂深刻,与读者保持距离,因此,雅小说的阅读快感往往产生于阅读之后。在旅途中,人们总是选取一部通俗小说阅读,尽管读完之后根本就不再考虑小说的情节,甚至还会将其扔掉,但不得不承认,它打发了旅途中的孤寂和无聊。一部雅小说在困顿的旅途中也许很难读下去,它适合于在几净舍明的书房里阅读,不管是否同意作家的观念,读完之后,却常常能使读者掩卷长思。前者激发的是读者本能的共鸣,后者追寻的是读者理念上的认可。

  通俗小说都是传奇故事。所谓传奇就是超常规的生活。人的生命是有限的,但人的欲望是无限的;人的生活是有形的,但人的愿望是无边的。无限的欲望和无边的愿望使得人永远处于超常规的生活冲动和渴求之中,但是有限的生命和有形的生活总是使得人依据自己的人生轨迹运行,因此,人的冲动和渴求总是处于不足和缺憾之中,通俗小说能够满足人的这种不足和缺憾。刀客的生活、侠客的行踪、乞丐的秘密、帝王的富贵……那些暴发户怎样发财、那些领袖人物有什么特殊经历、克林顿与莱温斯基究竟怎么样、单身女人怎么找情人、官场究竟是什么内幕……对大多数人来说,这些都是一些超常规的生活,而通俗小说最善于表现的就是这些生活。阅读这样的小说能给读者以超常规的感性体验,能在一定程度上满足读者欲望或愿望的冲动和渴求。

通俗小说的生活是超常规的,那是传奇;通俗小说的叙述文本却是常规的,那是故事。所谓故事就是对有头有尾的人和事的描述。在通俗小说的故事叙述中,偶然往往构成故事的开端,突变往往构成故事的曲折,崇高往往构成故事的结局。这些情节在很多通俗小说中几乎成为一种模式,甚至漏洞百出,成为一种滥调,但是它总是受到很多读者的欢迎,原因就在于故事的表述思维与读者的接受思维相一致,与读者的审美期待相一致。人们惯常的思维习惯总是在因果关系中展开,逢因必问果,逢果必求因,偶然、突变、崇高的演变过程正好是一个完整的因果关系的转换过程。人们对事物的判断总是向善的,偶然总是善的发现,突变总是善的威胁,崇高总是善的提高。通俗小说的故事情节常常受到读者的质疑和指责,质疑某一个细节的安排是否合理,指责某一个情节是在编造,但是它总是使得读者将其读下去,阅读过程一般都能得以完整地完成,法宝就在于它的情节思维与读者的阅读思维一致。

自然人性和传奇故事构成了通俗小说的美学要素,决定了通俗小说对读者的影响方式:煽情。读者阅读通俗小说的过程实际上是诱发和满足自我的本能和欲望的过程。"情不自禁"是通俗小说想要产生广泛的社会认同的基础。社会人性和生动的人物形象刻画决定了雅小说对读者的影响方式:顿悟。读者在作品的阅读中似乎得到了什么。优秀的雅小说每读一次似乎都给人一次人生启悟,无论古代文学还是现代文学都是这样。当然,俗、雅小说的这两种表现方式超出了读者的认知限度,作品对读者的影响就会走向反面,通俗小说只煽动读者的自然欲望,而无视读者的社会需求,这样的作品就是庸俗,这是通俗小说常出现的问题。读者读不懂作品,这样的作品就谈不上什么顿悟,就是晦涩,这是雅小说常出现的问题。

论述通俗小说,必然要讲到模式化问题。一讲到模式化就要受到批评,就将其视为通俗小说浅薄的原因。但是我们是否想到,为什么这些模式总是能吸引很多人?为什么明明知道很浅薄还是使很多人爱不释手呢?其中的很多问题值得我们进一步探讨。

如果把模式视为构成小说的要素和创作技巧,精英小说与通俗小说都有模式。它们的区别在于怎样运用模式。精英小说注重的是事件的价值，是通过事件的描述探求社会价值和人生价值，因此，我们可以称之为"价值小说"；通俗小说注重事件的本身，是通过对事件发展变化的描述构成小说曲折多变的情节，因此，我们可以称之为"情节小说"。我举例说明。20世纪30年代初茅盾先生创作了《子夜》，描述了中国工商业与证券交易所的生活，此时，通俗小说作家江红蕉也写了一部描述中国工商业与证券交易所生活的小说《交易所现形记》。不用说内容，从题目上就能看出，《子夜》侧重的是对中国社会前途的思考，是要说明中国工商业的前途就如"子夜"一样深沉与黑暗，《交易所现形记》侧重于"现形"上，是要说明中国的工商业和证券交易所充满了阴谋和黑幕。《子夜》的事件是为了小说的思想价值而存在，每一个人和事都围绕着揭示思想价值而展示；《交易所现形记》中的事件是为了揭露阴谋和黑暗而存在，每一个人和事都是为了增加揭露的难度或者提供揭露的方便而设置。因此，《子夜》的价值体现于它思想的深刻性，《交易所现形记》的价值体现于它情节的曲折性。由于雅小说侧重于思想价值，通俗小说侧重于情节本身，它们处理小说结构的侧重点也不同。雅小说对结尾特别看重，由于悲剧具有更多的社会和思想的批判精神，所以雅小说常常以悲剧告终，例如王安忆的《长恨歌》、铁凝的《大浴女》，小说主人公一生都是在与社会或者思想搏斗，最后还是死亡或者失落。读者在悲剧的气氛中掩卷而思：这个社会怎么啦？这个人怎么啦？通俗小说对小说的结尾相当忽视，它们的小说结尾可以说是"蹩脚"的，甚至是"失败"的，但是它们十分重视事件的发展过程。以同样写女性生活情感命运的琼瑶小说为例，她的小说有着几乎是千篇一律的结尾：喜剧的大团圆。可以这么说，只要看了开头就知道了结尾，但是明知道主人公的结局是什么，读者却还是要看下去，因为读者的阅读享受就在于故事发展的过程。从这个层面上说，雅小说可以称之为"结尾小说"，而通俗小说则是"过程小说"。雅小说的价值在小说之外，"人物"、"情节"、"叙述"，这些小说的文本要素都是为了增强小说文化、社会、人生的内涵而服务，所以雅小说可以称之为"内涵小说"；通俗小说注重事件的本身，而事件又是由不同的题材所组成，因此通俗小说就可以以题材来分类,例如言情小说、武侠小说、侦探小说、历史小说等等,通俗小说实际上是"题材小说"。

通过以上的分析,我们自然就可以得出这样的结论:通俗小说是注重题材和表现手段的一种小说类型。由于不同的题材有着不同的表现手段,通俗小说也就形成了一整套程式化的创作技巧。例如言情小说"三部曲":纯情—变情—纯情;武侠小说"五要素":争霸、夺宝、情变、行侠、复仇;侦探小说"三程式":设谜—解谜—说谜;历史小说"两线索":权利和情欲,等等,这些创作技巧构成了各类通俗小说的模式。我们不能简单地否认这些通俗小说的模式,没有了它们就没有了言情小说味、武侠小说味、侦探小说味、历史小说味,否定了其中的某一类实际上就否定了某一类通俗小说。因此,我们应该明确,模式本身就是通俗小说的特色,没有了模式也就没有了通俗小说。由于这些模式在反复和重复使用中被推到了极致,就形成了最为人们所诟病的"模式化"。这些模式化的小说之所以能够吸引读者,我认为有三点原因应该肯定:一是模式的组合之中本身就充满了愉悦性,就如玩弄一个变形金刚,玩弄者的兴趣并不在于它最后会变成什么形,而在于变形过程中各个模块的扭来扭去。二是读者的参与性,这些模式与大众的认知水平相一致。小说在引导读者阅读故事的同时,读者也在进行自己的文学想象。无论是肯定还是否定的意见,读者都有能力并有可能在参与性的文学想象中产生精神愉悦。第三点最为重要,那就是这些模式能够满足人性的基本欲望。人的生命和生活圈子都是有限的,但是人的欲望是无限的,这种有限与无限之间形成的矛盾激发起人类很多的基本欲望。如果我们对通俗小说的这些创作模式内涵进行分析,就会发现这些模式是与人的好奇心(几乎每一个人都对身外的事情产生兴趣)、隐私欲(几乎每一个人都想了解别人那些隐秘的事情)、破坏欲(几乎每一个人都想有一个情绪发泄的对象)、占有欲(几乎每一个人都想获取更多精神和物质财富)、情欲(几乎每一个人都具有的自然欲望)等人性的基本欲望紧密相连。对通俗小说这些模式的阅读也许不能引起多少人生哲理的思考和人生价值的启发,但一定会产生阅读的快感,在这些阅读快感中,阅读者的焦虑、紧张的现实情绪会得到松弛。人类的这些基本欲望一直生生不息转换多变地存在,生命力极其旺盛,通俗小说的模式也就能生生不息转换多变地延绵,生命力同样极其旺盛。

另外,中国通俗小说在模式化的运用上也不是一成不变的,它经过了由叙事为中心向写人为中心的转变,而这种转变也决定了通俗小说是现代叙述还是当代叙述。

从文学传统中分析,中国现代通俗小说形成写事为中心的叙事模式势成必然。中国现代通俗小说发轫于晚清的文学改良运动,作家们由中国的传统文人转变而来,他们大多数接受的是中国的传统教育,又大多数是从事于大众传媒工作的新闻界人士。传统的教育使他们形成了小说的创作观念,什么是小说,在他们心目中就是由话本演化而成的章回体小说。在相当长的时期内,这一观念在他们心目中根深蒂固,一个相当典型的例子是,晚清很多被翻译成中文的外国小说也被改编成章回体小说,他们认为只有这种样式才叫小说。新闻的工作又强化了他们小说的创作观念。从发展变化中分析,中国当代通俗小说形成以写人为中心的叙事模式同样势成必然。叙事为中心不是没有优势,作家像拉家常一样向读者讲述着各种社会事件,作家与读者之间的距离相当地接近,通俗小说的"大众意识"得到了充分的体现。但是缺点更大:在这样的叙述格局中作家始终掌控着叙述的话语权,他可以随心所欲地安排故事情节。这些唠叨的叙述和为了追求故事传奇性而进行的胡编乱造有损于小说的美感,正如茅盾所说是一种"味同嚼蜡"的"记账式"的描述。① 历史对通俗小说的叙事模式造成了压力,也提供了机遇。"五四"以来以写人为中心的雅小说给通俗小说叙事模式的变革提供了绝好的样本。一些优秀的通俗小说作家开始对小说的叙事中心进行了变革。这样的变革始于张恨水,完善于金庸等当代通俗小说作家。金庸就多次强调"写人"在小说创作中的重要性,他说:"在小说中,人的性格和感情,比社会意义具有更大的重要性。"②在小说创作中他建立"成长模式"。围绕

---

① 茅盾:《自然主义与中国现代小说》,载《小说月报》1922 年 7 月第 13 卷第 7 号。
② 金庸:《神雕侠侣后记》,载《神雕侠侣》,北京:三联书店 1994 年版。

着人物的成长经历,人物就有了悲欢离合的情感展示,就有了苦难和忍耐、顽强和奋斗、投机和真诚等等性格的多方面展示。金庸小说所表现出来的这种叙事方式实际上是当代中国优秀的通俗小说作家创作小说时所遵循的基本思路。官场反腐小说中的贪官和清官、言情小说中的才子与佳人、历史小说中的帝王将相、公安法制小说中的警察和罪犯等等,作家们总是竭力在精彩的故事叙述中把他们塑造成有血有肉、有性格的"生活中人"。

通俗小说的那些模式在以写事为中心的叙事模式中,只能通过情节表达出来,情节稍微过分一点就会被指责为异想天开。在以写事为中心的叙事模式中,模式就有了那么一点灵气,显得生动起来,就有了"根",显得扎实起来。道理很简单,那些模式化已经演化为人物的行为和思维,已经转变成非常人的非常态的人生经历。正如前面所分析的那样,这样的模式化表达所产生的阅读魅力不仅仅是故事的过程,而且是对人的基本人性的激发。

通俗小说向雅小说(包括一些外国的雅小说)学习是事实,但是如果以为通俗小说就要完全与雅小说一致,那也是错误的判断。同样是写性格、塑造形象,通俗小说与雅小说的创作思路并不完全一致。雅小说以人物的性格作为小说情节发展的推动力,性格决定情节。叶圣陶的《潘先生在难中》的潘先生从让里跑到上海避难,再从上海跑回让里开学,所有的故事情节完全在潘先生胆小、敏感、自卑、自保的小市民性格中展开;鲁迅的《阿Q正传》中阿Q从"优胜"到"中兴",再到"末路",他的人生轨迹是他的性格所造成的。通俗小说中的人还是情节中的"人",人物形象的塑造和人物性格的刻画还是在离奇曲折的传奇之中完成。如果让通俗小说作家刻画潘先生的形象,一定会让潘先生在上海发生奇遇,一定会让潘先生在让里发生误会,然后再从这些奇遇和误会之中展现潘先生的性格,奇遇和误会是人物形象展现的前提。同样,如果通俗小说作家写阿Q也会写到他的"革命",但更大的兴趣一定是他与吴妈的关系、他与小尼姑的关系以及他怎样变成了贼。传奇的故事情节还是人物形象展示的推动力。因此,我们能否这样推论,当代通俗小说的"写人模式"实际上是以传奇情节为前提的写人模式,这样的"写人模式"决定了通俗小说的基本性质。

说故事、写人物,一方面符合中华民族传统的阅读习惯,另一方面也表现出现代中国所需要的生活的深度思考。这种模式的形成经过了历史和市场的检验。所以,我认为中国特色的小说叙事也许就酝酿于其中。

最后,稍微说一下中国通俗小说的批评标准了。我先阐述我的文学批评观。我始终认为文学批评的标准有其终结性和适用性之分。人性和人生的价值是文学批评乃至于整个社会科学的终结性标准,这是统一的。但是作为一个个体,作家的生活体验和文学体验不可能是一个模式,它们一定是多样的,作家多样的创作状态决定了文学批评不可能有一个放之四海而皆准的理论,决定了文学批评方式、原则、理论一定是多样的。同样是"五四"作家,叶圣陶有着更多的中国传统文学的体验,他的作品侧重于现实主义;郁达夫有着更多的日本文学的体验,他的作品侧重于浪漫主义,把叶圣陶的批评用于郁达夫身上就不适合。因此文学批评还有着一个适用性的标准。布以尺度,米用斗量,不同类型的文学作品应该用不同的批评标准衡量,这是进行文学批评能够适用、有效的基本出发点。明白了这样的道理,我们也就明白了对于中国通俗小说有效的批评不能仅仅用"五四"以来中国文学批评界一以贯之的精英意识,而是要结合、参照中国大众文化和大众意识,并以此来建立中国通俗小说的批评标准。如果建立了这样的批评标准,我们对通俗小说所追求的文化价值和审美机制就能够理解。反之,用精英意识所要求的社会批判和文化批判来要求通俗小说,通俗小说就显得相当地浅薄和无聊。同样,如果从通俗文学的批评标准出发,通俗小说很多创作方式就可以接受,而不是偏要用精英文学所喜好的创作方式要求之。例如武侠小说的创作,如果用现实主义的原则评判,它确实不合情理,有在峡谷生活几十年情态不变的人吗? 起码也应该是一个白毛女了;有身居山洞几十年而体格健壮者吗? 起码也应该得一个关节炎;有喝蛇血而功力大增的吗? 搞得不好会被寄生虫感染;至于坐在冰山上就能漂洋过海更是荒诞不经……根据这样的思路推演下去,武侠小说简直是胡说八道。问题在于武侠小说恰恰不是现实主义,而是大众文化形态的产物,它不追求环境的真实性,而追求环境的奇异性;它不追求人物形象塑造中细节的合理性,而是在夸张的人物的行为举止中表现出人文精神；它不追求创作风格的冷静和客观，而是追求想象力的丰富和瑰丽的色彩。从这样的思路出发，我们对武侠小说写的那些奇景、奇境就会有合理的理解，对武侠人物很多怪异的行为就会有欣赏的眼光，对武侠小说的想象力就会有一种平常的心态。在创作风格上，精英意识要求的是更多的独创性和新颖性，如果从这样的批评标准出发，通俗小说的模式化和大量的复制性自然就要受到批评，但是模式和复制正是大众文化的特征，正是它们的存在文化才能"大众"得起来。如果从通俗文学的批评标准出发，我们不但能看到通俗小说的模式和复制的合理存在，还能对这些模式和复制进行深入的研究和探讨。

中国通俗小说批评的滞后，除了批评的标准不科学外，还有众多批评家们对通俗小说的态度。这些批评家们只要一论及通俗小说马上就与"庸俗"联系了起来。为什么会形成这样的状态，我看原因是两个：一是从既有的概念和原则出发看待通俗小说，特别是以"五四"新文化批评"鸳鸯蝴蝶派"的理论评论中国所有的通俗小说，并以"五四"新文化的捍卫者自居；二是他们根本就没有看过通俗小说，并摆出不屑一看的姿态。这两种态度有着一个共同的缺憾，那就是脱离实际。他们对"五四"新文化对"鸳鸯蝴蝶派"的批评缺少科学的态度，并没有真正了解"五四"新文化对"鸳鸯蝴蝶派"批评的必要性和历史意义，并没有看到"五四"新文学在夺取中国文学正宗地位时所采用的那些矫枉过正的做法。他们对中国通俗小说也缺乏发展的眼光和变动的思维，并不了解通俗小说的性质，不了解当下中国通俗小说的实际状态。所以说，这些批评家的批评文章要么言辞激烈内容空泛，要么自说自话隔靴搔痒，看来，中国通俗小说批评标准的确立首先还是科学观念的确立。

二十五

新文学对通俗小说的批判与失误

  相当长的时期内,通俗小说作为批判的对象被新文学加以排斥。现在我们回头总结一下就会发现,这些批判有些是正确的,有些是错误的,其中的是非得失很值得我们认真地思考。现代通俗小说的主体来自传统小说,它是中国传统小说在现代中国的延续。我们先简单回顾一下现代通俗小说的发展线索。1902年,梁启超发表了《论小说与群治之关系》一文,被认为是小说界革命的开始。但是,如果我们把这篇文章看过之后,就会发现,《论小说与群治之关系》一文实际上讲的是小说的革命,强调的是小说革命的政治化。接着文坛上出现了谴责小说,谴责小说实际上是呼应梁启超的文学革命所进行的一次文学实践。但是,大多数中国文人们虽然对他的这种政治化思想表示赞成,却没有能力跟上去,因为他们没有强烈的政治理想和高超的判断能力,有的更多的是传统的伦理道德观念和传统文人的气息。所以尽管谴责小说风行一时,晚清文坛真正面广量大的倒是那些道德气息很浓的社会小说和言情小说。1906年吴趼人主办的《月月小说》创刊,在

《序》中他并不反对小说的教育作用,但是他提出了小说创作不仅要政治化,还要求达到两点:一是要有趣味性,二是要有道德性。由此我们就可以看出,吴趼人实际上是把梁启超所开创的小说革命的道路进行了一次调整,小说就不再仅仅是政治化了。这个调整首先就在吴趼人身上表现出来,他写的《二十年目睹之怪现状》还是属于谴责小说,但紧接着他写了《恨海》之类的小说,就开始实践他的趣味性与道德性的主张。趣味性和道德性被看做"鸳鸯蝴蝶派"的主要特征,从这个角度上来说,吴趼人可以被看做"鸳鸯蝴蝶派"或者说是近现代通俗小说理论的开创者。吴趼人的理论主张与当时大多数中国文人的理论水平和文化修养相合拍,所以应者云集,这就出现了1911年左右辛亥革命发生前后以徐枕亚等人为代表的"鸳鸯蝴蝶派"的形成。"鸳鸯蝴蝶派"是中国现代通俗小说创作的第一波浪潮。

鸳蝴派占据了中国文学的正宗地位,严格来说,是在1911—1917年,在这之后,新文学开始登上文坛。新文学登上文坛后做的非常重要的一件事就是对通俗小说展开严厉的批判。这次批判也可以称为新文学对通俗小说的第一次批判。这次批判从1917年开始,延续到1922年左右,它实际上成为这一时期新文学占据、夺取文学正宗地位的一个过程、一个步骤。在这次批判中,鲁迅、沈雁冰、周作人、郑振铎、郭沫若等新文学作家都写了很多批判文章。尽管这些新文学作家们分属于不同的流派,但在对待通俗小说批判这一问题上是一致的。他们的批判主要集中在两个问题上:一个就是批判通俗小说的思想观。他们认为通俗小说宣扬传统的伦理道德,只能创作思想保守、僵化的小说。周作人在1918年写的《人的文学》很有代表性。他指出:文学应该是"人的文学",人具有自然属性,也有社会属性,优秀的文学作品就是写人的这两个属性的作品。他实际上提出了新文学的核心思想,提出了文学创作和文学批评的标准。这篇文章的前半部分提出了新文学的观念,后半部分就集中批判通俗小说,他将通俗小说全部推到"人的文学"的对立面,统称为"非人的文学"。他将通俗小说划为十类,如色情类、迷信类、神仙类、奴隶类、强盗类、妖怪类等等。为什么这样说呢?因为通俗小说强调的不是人,而是伦理道德,而这种伦理道德,在五四时期看来,就是礼教。打倒礼教、打倒"孔家店"就是五四精神核心之一,这样就全面否定了通俗小说,这是批判的一个方面。

第二个方面主要是批判通俗小说的创作观。对此时通俗小说创作观的批判最有代表性的作家是沈雁冰。沈雁冰认为通俗小说创作观上的最大问题就是"记账式"描述。顾名思义,就是说通俗小说作家们在写作中往往是从早上的第一件事开始写起,一直写到晚上最后一件事,完全是记流水账,也可以说是"生活起居注",是以写事为中心而非写人。特别是这样的"生活起居注"不分轻重,把每件事都写得那么详细,这就难免啰嗦了。这种小说显然不好看,按沈雁冰的说法就是"味同嚼蜡"。

现在,我们回过头来对这次批判进行反思。我认为应该从以下两方面进行思考:

首先,应该看到这次批判相当的必要。为什么这么说呢?我们也可以从两个方面来进行论证:第一,应该看到,没有这次批判就没有我们现代文学的思想观念即"人的文学"观念的确立。"人的文学"观念的确立是中国文学进入现代化的重要标志。现代文学的核心思想就是文学写人,文学只有写人之后人物形象才会更加生动,才能更深刻地反映社会内容,因为人是社会关系的总和。所以说,这次批判是很有必要的。当然有一点必须指出,"人的文学"的确立主要是西方文学观念的移植,所以从某种角度上来说,以"人的文学"的观念来否定中国的传统伦理道德思想,实际上是用西方文学观念来否定中国长期以来的文学思想。第二,这是对小说创作尤其是短篇小说的创作观念是一次大的革命。因为这种"记账式"、"生活起居注"式的描述是一种因果关系的线性描述,自然让人读起来"味同嚼蜡"了。将"人的文学"作为小说创作的中心,小说就不仅仅是一种描述,而应有人物刻画、心理描写以及为写好人物所必须具有的小说结构的严谨性等等要素,这些要素将小说创作层次提高到了更高的美学层面上。这次批判实际上是为中国文学的现代化定调,它把中国文学的创作境界带到了现代化层面。

但是,这次批判是否存在问题呢?答案是肯定的。为什么这么说呢?"五四"时期思维有一个重大的缺点,就是非此即彼的思想。按照逻辑学来说,它是一种矛盾律的批评,矛盾的双方总是处于对抗之中,五四同人们都有这种思想,不是朋友即为敌人,没有中间状态。这种非此即彼的思维在对通俗小说的思想观与创作观两方面的批判上就显得过分绝对。中国传统的伦理道德对人性、个性都有很强的束缚,这是它的弱点,但是中国传统的伦理道德对提高个人文化、品德的修养起着重要的作用,这是它的优点。"五四"时期中国传统的伦理道德都被看成了压迫人的礼教,被完全否定,包括我们的忠孝观念等等,这样的评价就不够科学。通俗小说宣扬中国的伦理道德思想,也被完全否定,完全斥之为"非人的文学",这样的评价也不够科学。

在创作观念方面,新文学作家们提出要以写人为中心,小说不但有描述,还要有人物刻画,这是非常正确的,我前面已经讲过了中国的小说只有这样才能走向现代化。但是,完全否定中国传统美学观念也带来了一些问题,通俗小说的优点也就被遮蔽了。举例来说,中国的章回小说的优点就在于特别善于写故事,听故事又恰恰是中国观众的一个美学追求。"五四"新文学作家将章回小说完全否定,这是不对的。

总体上说,新文学作家对通俗小说的批判具有重要的历史意义,但是这次批判中新文学作家没有看到传统创作观念中的民族成分。"全盘西化"所带来的弊病直接影响了中国小说的创作,特别表现在新小说的创作中。

第二次批判发生在整个20世纪二三十年代。20年代初期,文坛上有两件事情轰动一时,第一件事是1923年左右向恺然(平江不肖生)的《江湖奇侠传》的发表。它的部分章节被改编成电影《火烧红莲寺》。电影放映,轰动一时,电影院场场爆满。《江湖奇侠传》改编成电影是小说走向商业化的标志之一。电影这种外来的艺术形式在中国扎根就是以这部电影为标志的。第二件事是1930年出了一本至今还很有影响的书,就是张恨水的《啼笑因缘》。一部电影、一部小说,就像两支强心针,把整个二三十年代的市民社会给激活了,当然也大大刺激了通俗小说的创作。社会上通俗小说铺天盖地,社会小说、言情小说、武侠小说、侦探小说,各类通俗小说掀起了一阵阵的创作热潮。在这样的背景下,新文学作家对通俗小说展开了第二次批判。

　　这次批判，主要是批判通俗小说的市民趣味。茅盾、钱杏邨、郑振铎等人都写了很多文章。新文学作家认为，市民趣味就是封建趣味和低级趣味。所谓的封建趣味就是指通俗小说所表现出来的伦理道德观念；所谓的低级趣味是指通俗小说所表现出来的娱乐性。上面我们已经讲到，将传统的伦理道德完全视为封建趣味是不对的。传统的伦理道德已经成了我们中国人的行为标准，不管你怎么反对，我们从小受的教育即是如此，如尊老爱幼、家庭观念、血缘观念、仁义礼智信等等已经牢牢地扎根于中国人的心目之中。其实，想否定也是否定不了的。追求娱乐也不能与低级趣味画等号。文学作品当然需要社会效果，可是没有读者又怎么会有社会效果呢？小说毕竟是文学作品，娱乐性是必要的条件。新文学作家这次对通俗小说的批判实际上还是"五四"时期的批判思路，忽略了通俗小说创作中的民族性问题。除了思路问题，这次新文学的批判中还夹杂着不少意气用事，凡是通俗小说作家创作的作品，无论是什么题材，一律排斥，因此一些思想性和艺术性都很好的社会小说、抗战小说都被他们列为批判对象。例如，这个时期通俗小说作家徐卓呆创作了《食指短》、顾明道创作了《国难家仇》、王天恨创作了《失落》、包天笑创作了《沧州道上》、周瘦鹃创作了《亡国奴家的燕子》等小说，这些小说都直接反映了当时中国的"亡国惨痛"和"爱国事迹"，应该说，都是一些优秀的抗战小说或国难小说。可是就因为这些小说的作者的身份是通俗小说家，钱杏邨就将它们全部否定了，说这些小说只是"在悲难的事件中打打趣而已"，是"封建余孽作家在小说方面活动的成果"①。这样的评论夹杂着很多的情绪色彩。

　　如果说"五四"时期对通俗小说的批判对促进中国小说创作进入现代化有着积极的意义，而这次批判是弊大于利，更大的不良后果则是新文学实际上把整个市民阶层都踢了出去。这句话什么意思呢？我们只要反思一下就会发现，新文学主要集中关注两个问题：一个是农民问题，一个是知识分

---

① 钱杏邨：《上海事变与鸳鸯蝴蝶派文艺》，载《现代中国文学论》，1933年出版。

子问题。农民问题和知识分子问题是新文学作家思考更多的地方,而广大市民想什么,需要什么,需要阅读什么本来就是新文学作家的薄弱环节。现在对市民的阅读趣味不分青红皂白地批判,市民阶层也就全部成了通俗小说的市场。我说这句话的意思不是说通俗小说赢了新文学,而是新文学不要市民阶层,于是,通俗小说就在市民社会以及市民阶层中如鱼得水。从另一个角度上说,通俗小说实际上也就是市民文学,它是中国市民社会和市民阶层发展变化的文学记录。我们在通俗小说中,可以看到上海的都市是怎样形成的,可以看到上海社会怎样经历"一·二八"事变,可以看到上海的租界是怎样形成的以及上海的各种商业化斗争等等(这些社会问题的描述在新文学作家中是很少见的,唯一的一部描写上海资本斗争的《子夜》也被写成了民族资产阶级的命运和中国社会性质问题,小说成了社会分析小说)。同样,市民文学追求离奇的、有趣味性的东西,通俗小说就有了大侠、大侦探以及不可思议的情节描写,这些作品大大满足了市民的阅读欲望,而新文学则避在了一边。我们再接着往下思考。当时的市民阶层人数虽不多,但它恰恰代表了中国社会中当时的阅读主体,因为当时只有这些市民才是书籍或者说文学作品的真正读者。中国社会的现代化是区域性进行的,从沿海城市开始逐步扩展,而长期以来,中国农民只阅读(更多的是听)《杨家将》、《岳飞》等作品,这些是中国传统的世俗流行小说。这就构成了一个很有意思的中国读者图像,新文学作家所表现的作品阅读者集中在精英阶层,而广大市民所关注的是通俗小说。所以我们就可以得出这样一个结论:从 20 世纪二三十年代开始,新文学扮演着中国阅读主导的角色,它引导着中国阅读;通俗小说扮演着阅读主体的角色,它承担了中国阅读的流动;传统的世俗流行小说有着更大的读者群,它还有着巨大的生命力。这就是中国二三十年代文学作品的阅读面貌。

　　第三次批判是在 20 世纪 40 年代初期,这次批判有两个特点:第一个特点是新文学作家的批评文章不多,主要有叶素的《礼拜六派的重振》、佐思的《礼拜六派新旧小说家的比较》等文章,而且这些批评都比较心平气和,特别是新文学作家在当时统一战线的背景下提出文学的统一战线应该接纳通俗文学作家,于是对通俗文学有了比较公允的评价,如新文学作家承认通俗文学作品中民族性的内容具有积极意义,承认他们创作的小说故事是生动的,这些话语在前两次批判中从没出现过,所以我们说这次批判与其说是批判,不如说是协商与批评。此次批判的第二个特点就是通俗文学作家们说话了。1942年,以《万象》杂志为根据地,开展了一次声势浩大的"通俗文学运动",这次运动可以说集中了通俗文学的一些精英分子,他们的文章主要有陈蝶衣的《通俗文学运动》、胡山源的《通俗文学的定义》、予且的《通俗文学的教育性》、丁谛的《通俗文学的定义》、危月雁的《从大众语说到通俗文学》、文宗山的《通俗文艺与通俗戏剧》。这些文章的观点大致上有这样几点:第一,为通俗文学正了名。通俗文学以前都被称做市民文学、"礼拜六"文学、"鸳鸯蝴蝶派"文学或是民国旧派小说等等,现在正式叫做"通俗文学"。第二,要以"通俗文学"统一中国的文学。陈蝶衣在《通俗文学运动》中分析说,这些年来实践证明,旧文学有缺点,新文学也有缺点,现在要将中国的所谓旧文学同鲁迅等人的新文学进行合并,合并后的中国文学的名称就应该叫做"通俗文学",里面包括新文学也包括旧文学。第三,对通俗小说的创作提出了具体的要求。这次通俗文学运动有些观点显得比较自大,也不合理,但同时我们感受到这些作家们的"底气"足了很多。诚然,经过二三十年代的创作实践之后,通俗文学确实留下了很多优秀的作家和作品,他们与新文学作家辩论时似乎就理直气壮了。另外,他们明确了通俗小说的美学特征。这是从新旧文学多少年实践中提炼出来的。一个是写人,一个是说故事。他们认为写人物、说故事就是中国文学民族化的特征。中国小说来源于话本小说,擅长的是说故事;西方小说来源于人物史传,擅长的是写人物。历史不同,美学追求也不一样。但仅仅是说故事的小说就变成了记账式的描述,就成为"生活起居注",这是中国传统小说的缺点;同样,仅仅是写人物,小说就不好看,不生动。现在"通俗文学运动"提出将两者结合起来形成中国小说的美学特征。不能不说,这是很有道理的。更进一步来认识,这种观念的提出实际上打破了从20世纪20年代开始中国文坛上形成的雅俗对立的局面,使得雅俗开始合流。事实上,这时文坛出现了一批新的作家,他们根本没有受到所谓的"五四"新文学传统或是中国旧文学传统的束缚,他们创作了一些完全是根据市场以及体现自己美学观念的作品,其中,代表人物就是张爱玲。"张爱玲"在此并非指她一人,她指代的是一批作家,如苏青、梅娘等等,他们都是讲故事、写人物。从大处讲,他们是中国文坛上雅俗合流成功的实践者。其实,新文学作家也同样在发生变化。如果我们将他们此时创作的作品和二三十年代的作品对比一下就会发现他们的变化,例如巴金,将他此时创作的《寒夜》、《憩园》和他30年代创作的《家》进行对比,就会发现他对中国的传统文化有着更多的留恋。"家"是什么?在《家》中,家是万恶之源,冲破家庭是"五四"精神之一,是《家》革命的行动。但是在此时的两部小说中,他却对家充满了留恋,对家里的血缘关系充满了留恋。我们再看看老舍,他是新文学作家中对市民生活描写较多的一位作家,他此时写的《四世同堂》实际上是写了一个弄堂生活,而弄堂生活却是通俗小说中最常见的生活环境。还有茅盾此时写了《腐蚀》,《腐蚀》采取的是"日记体"的形式,这与《玉梨魂》的手法是一样的。

  1949年以后,文学雅俗之间的斗争不见了,取而代之的是政治意识形态对文学观念和文学创作方法的规范和整合,那就是另一个话题了。

后 记

苦在其中，乐在其中

在社会文化变化和学者们的努力下，中国现当代通俗文学开始有"文学身份"了，这是 20 年前不敢相信的，因为长期以来以"鸳鸯蝴蝶派"为标志的现当代通俗文学一直被视为中国现当代文学的"逆流"，以被批判的身份存在于各种文学史中。现在能够恢复它的"文学身份"，说明人们对它的态度逐步地趋于科学性。但是史学家们对中国现代通俗文学还缺乏系统的了解，还缺乏文化层面上的认识，还没有意识到一旦中国现当代通俗文学恢复了它的"文学身份"就一定会对我们现有的文学史观提出挑战，从而要改变我们既有的文学史格局。

首先需要对中国现当代通俗文学做出客观评价。我认为以下四个方面最值得关注：

一、应该认识到现代通俗文学在整个 20 世纪具有系统性、完整性。

二、应该明了现代通俗文学与新文学有着文化上的差异。

三、要知道中国现当代通俗文学的发生与新文学不同步。

四、要了解通俗文学的两个明显的特点：媒体性和市场性。

中国现当代通俗文学有了合理的定位之后,就能明确它与新文学的关系,在此基础上才能建立合理的文学史观。这样的文学史观应该是既能超越雅俗,而又能统领雅俗;既包括文化观念的变动,也包括社会结构、文化市场、读者构成等诸多要素;既能阐释外来文化的影响,也能注意到中国传统文化的演进。只有这样才能是真正的"现代文学史",而不是"新文学史"、"通俗文学史",或者是附带一些通俗文学的文学现象、作家作品的以"新文学"为主导的文学史。

这样的文学史的批评标准应该有其适应性,对新文学的批评和对通俗文学的批评都能够符合各自的美学特征。用通俗文学的标准批评新文学显然不对,用新文学的标准批评通俗文学也不对,只能造成"主流"与"逆流"、"主导"与"边缘"、"批评者"与"被批评者"两个阵营。米用斗量,布用尺度,批评缺少适应性只能是"驴头不对马嘴"的批评。强调文学批评标准的客观性当然不是虚无主义的态度,而是要求实事求是的客观分析。

这样的文学史是一个"比翼双飞"的文学史,既要描述和分析新文学的发展历史,也要描述和分析通俗文学的发展历史。这不是为某一种文学现象争地位、争名分,这是现代中国文学现象的客观实在。更主要的是,它能够比较准确地描述现代中国文学发展的历程。可以看到"阅读主导"和"阅读主体"的消长起伏,可以看到新的文学现象层出不穷地出现,可以看到各种文学现象的纠缠争斗和互相依赖。这样的文学史才是基本客观、立体的文学史。

以上所述是我写这本专著的目的和动力。围绕着这样的目的和动力,我确立了本书的思维格局:1. 如果通俗文学进入文学史,文学史会有什么变化,文学现象会有什么新的发现。2. 中国现当代通俗文学各文类有什么重要特征。3. 我们既有的批评视角有什么必须更正的问题。由于自己的学力和视野有局限性,很多问题并不能解决,所以本书也仅仅是一个提示而已。

下面讲讲本书的形成过程。

1985 年我开始攻读苏州大学中国现当代文学硕士研究生。记得入学不久导师范伯群先生、芮和师先生就发给我们每人两套书,一套是魏绍昌先生编的《鸳鸯蝴蝶派研究资料》,一套是芮和师、范伯群、郑学弢、徐斯年、袁沧洲五位先生编的《鸳鸯蝴蝶派文学资料》。我拿到书的时候并没有什么感觉,后来在无聊时候读了起来,谁知就被其中的内容吸引住了,当时就想到为什么我对这些作家作品就一点儿也不知道呢。从阅读中我知道苏州是鸳鸯蝴蝶派的发源地,于是我就有意识地在苏州大学图书馆和苏州市图书馆查阅有关资料,并对其中的一些问题思考了起来。我在硕士论文的基础上写的第一本学术专著《中国文学现代化转型》中就专门列了一章《警世觉民:消遣中回味的报刊文学》论述有关问题。后来跟着范伯群先生读博士了,就以中国现当代通俗文学作为研究方向开始对其进行深入全面的研究。我想尽量多地阅读中国现当代通俗文学资料,为了读到首都图书馆的资料,曾经跟着范先生一起住在北京人民文学出版社家属宿舍楼的地下室里两个多月,当时每个床铺是六元钱,每天来回于东四十条和雍和宫的地铁线上,中午就在国子监旁边的小面馆里吃一碗面。当时我的师母还在世,和我们一起住在地下室里。那一天天气很冷,早晨临出门前,范先生关照师母说,今天要复印一些资料,可能回来晚些,在食堂里多买两份饭等我们回来吃。那天晚上我们回来果然较迟,师母只拿出了一份饭。原来她吃完饭再去打饭时食堂已经没有饭了,只留下了一份。范先生很不高兴,当着我的面数落师母,这是我唯一的一次看见范先生说师母的不是,当时范先生就带着我到街上去吃,看见师母委屈的神情我真是难受。现在写到这里,我的眼睛都模糊了,似乎还能看见那个景象。查阅资料真苦,但是有了收获就很兴奋,我是拼命地抄写(当时图书馆还没有复印机,只有个别复印专门商店里有,且很贵)。以后我又到天津图书馆、上海图书馆(当时民国的期刊报纸都在徐家汇)看书,一度还想要到大连图书馆看书,这个心愿一直到2006年在辽宁师范大学开中国现代文学年会才完成。我大概抄了十本笔记本的资料。这些都是第一手资料,依靠这些资料我完成了博士论文《中国现代通俗文学期刊文学研究》,依靠这些资料我写了很多论文,这些资料我至今还在用着,本书就运用了不少。查阅资料、抄写资料、运用资料是我学术生命的重要组成部分,所以在此特别记上一笔。

20世纪90年代后期我给硕士研究生、博士研究生开设"中国现当代通俗文学研究"的课程,2004年苏州大学文学院建立了一级学科博士点,"大众文化与通俗文学"被设立为自设方向,"中国现当代通俗文学研究"也就被列为中国现当代文学学科的必修课。我上课一般都是以问题的形式切入,然后分析问题,说明自己的看法和理由。这本书就是在我上课的教程基础上整理出来的,所以虽说是思辨,但是口语性很强。出版社决定出版此书的时候,我曾经想增加一点书面语和一些思辨性语言,后来放弃了,一是想保持原样,二是认为口语也能写学术著作。

记上这些琐事一是为了给本书的形成过程留下一点记录;二是感谢我师范先生多年的培养;三是说明虽然它只是一本小书,却有着我二十多年的努力和心血,这也许就是文人那一点敝帚自珍的情结吧。

但愿能够给读此书的朋友有点启发。

感谢北京大学出版社愿意出版这本小书,感谢魏冬峰女士辛苦的编辑工作,这是我们第二次的合作了,我们合作得很愉快。

汤哲声

2008年1月1日于苏州大学北校区教工宿舍